Helene Nolthenius

»O süße Hügel der Toscana«

Helene Nolthenius
»O süße Hügel der Toscana«

Ein Kriminalroman aus dem Mittelalter

Aus dem Niederländischen von Marianne Holberg

Arche

Die holländische Erstausgabe erschien 1977.
Die Übersetzung erscheint mit freundlicher Unterstützung des Nederlands Literair Produktie- en Vertalingenfonds.

1. Auflage September 1994
2. Auflage Januar 1995

Die holländische Ausgabe erschien u. d. T.
Geen been om op te staan
bei Em. Querido's Uitgeverij B.V. Amsterdam

Umschlagabbildung: Hieronymus Bosch,
Der Heuwagen (Ausschnitt)
Satz: Fotosatz Janß, Pfungstadt
Druck und Bindung: Ebner Ulm
Printed in Germany
ISBN 3-7160-2179-2

»O süße Hügel der Toscana –
seid mein Palast, den ich bewohn' . . .«
Lapo Mosca

Lapo Moscas Wege
durch die Toscana

Die wichtigsten Personen

Lapo Mosca, Bettelmönch, ehemaliger Spielmann
Maria Machiavelli, seine von fern Angebetete
Joosken, ein flämischer Weber
Meister Taddeo, Maler
Alda von Cione, Witwe
Tancia, ihre Tochter
Barna, Maler
Der Prior der Dominikaner in Siena
Donatus, ein Novize
Pandolfo und *Jachopo Arrighi,* Bürger aus Siena
Bentivoglia, ein Bettelmönch
Filippo de' Figlipetri, florentinischer Verbannter
Graf Conrad von Landau, Anführer der Großen Compagnie
Burkhardt, sein Bruder

Eins

Lapo Mosca, ein Franziskanermönch, in geheimer Mission unterwegs von Fiesole zu den Dominikanern in Siena, und eine Frauenleiche am Brückenpfeiler des Arno, jung und schön. Eine Unbekannte. Oder doch nicht? – Lapo Mosca soll und will keine Verbrechen mehr aufklären. Nur noch zur Frühmesse in die Apostelkirche, und dann fort. – Aber dann steigt er doch zu Joosken in den Keller ...

Lapo Mosca friert. Er träumt denn auch, daß die Luke des Weinkellers über ihm zugefallen sei. Dadurch weiß er sogar in seinem Traum, wie spät es ist: kurz vor Tagesanbruch. Er versucht, so lange weiterzuschlafen, bis er aus dem großen Faß hat trinken können. Aber es wird immer kälter, und seine Hoffnung und sein Faß gehen zusammen in die Brüche. Mit dem Schlaf ist's vorbei. Er schimpft, er zittert, er wirft sich herum und wehrt sich dagegen, die Augen öffnen zu müssen. Es ist zu früh. Zu früh am Tag, zu früh im Jahr. Vorige Woche lag noch Schnee auf den Bergen. Er ist keine Zwanzig mehr. Er hat Gicht im Bein. Er hätte zu Hause schlafen sollen. Sein Oberer hat wieder recht behalten.

Wenn das Recht eines Oberen doch häufiger dem Recht eines Bruders gliche. Wer außerhalb der Stadt wohnt und zu Hause schläft, kommt zu spät zur

Frühmesse in die Apostelkirche: Das Stadttor ist dann noch nicht offen. Aber wer für einen Auftrag losziehen muß ohne Frühmesse in der Apostelkirche, der kann seinen Auftrag gleich vergessen. Das jedenfalls bildet man sich ein, wenn man Lapo Mosca heißt. Bring das mal einem Oberen bei!
Kiesel stechen Lapo in den Rücken. Er schimpft und rollt sich zur Seite. Nun stechen sie ihm in die Schulter. Gestern abend hat er keine Kiesel gefühlt. Natürlich. Kiesel werden weich im Weinrausch. Ein Naturgesetz. Wer fühlt, daß sie wieder hart werden, weiß, daß er wieder nüchtern ist.
Kiesel als Strafe für die Schenke. Gerechte Strafe. Obwohl – ohne Schenke wäre ihm dies Lied so schnell nicht eingefallen. Dieses Liedchen mit dem schönen Text: Gott schuf den Wein und der Teufel den Kater, und der Zecher ist die Maus. Ein schönes Lied, sagten sie gestern abend: Es hat ihm mehr Runden eingebracht, als gut für ihn war.
Ein Hahn kräht, eine Glocke läutet, Lapo Mosca setzt sich auf. Er schlägt ein Kreuz und versucht, sich warm zu reiben. Er blinzelt mit den Augen, bis sie offenbleiben. Es dämmert.
Er sitzt am Arno, in einem Walkerhof. Auf der einen Seite ein Brückenpfeiler, auf der anderen eine Walkmühle. Schräg gegenüber löst sich ein kleiner eckiger Kirchturm aus der Morgendämmerung. Zwischen Turm und Hof, neblig, der Fluß.

Lapo beginnt, sich träge und ausführlich zu scheuern. Er reckt sich, er räuspert sich, er spuckt mit Hingabe. Mit den Nägeln kratzt er einen Pferdeapfel von seiner Kutte, während er verschlafen auf das Wasser sieht. Seine Knie schmerzen, und er muß pinkeln, und nun noch ein kleiner Schubs vom Teufel ins Kreuz, dann hat er einen Hexenschuß. Muß er denn immer zur Apostelkirche? Abgenutzte Gewohnheiten sollten zum Lumpensammler. Ein für allemal: Von jetzt an schläft er zu Hause.

Sein Blick bleibt an einem Gegenstand hängen, der an den Brückenpfeiler angetrieben ist. Sie werfen ihre Abfälle einfach überallhin, heutzutage. Er schaut etwas genauer hin ... und dann ist er plötzlich hellwach. Am Brückenpfeiler liegt ein Mensch. Kaum bekleidet, soweit man sieht, und in unbequemer Haltung. Halb im Wasser und halb über dem Wasser, läßt er sich vom Strom hin und her treiben mit der Gleichgültigkeit dessen, der mit allem nichts mehr zu tun haben will.

Lapos erster Gedanke ist: Bloß weg! Leichen haben die Angewohnheit, in seiner Nähe aufzutauchen, aber er darf sich nicht mit ihnen befassen. Was schlimmer ist: Er hatte bei den Walkmühlen nichts zu suchen. Ein anständiger Mensch hat bei Nacht draußen nichts zu suchen. Die schieben einem glatt einen Mord in die Sandalen. Ein Mord zwischen Abendläuten und Morgenläuten. Dafür kommst du in Florenz an den

Galgen. Der diesjährige Podestà soll ein Bluthund sein. Bloß weg!
Obwohl – genaugenommen schadet es nichts, wenn man weiß, wer da als Leiche liegt. Und ein Gebet für das Seelenheil wird doch wohl auch noch möglich sein. Vor sich hin murmelnd, kriecht er, auf Händen und Füßen, zum Brückenpfeiler. Es ist heller geworden.
Lapo Mosca schaut – und wendet sich hastig ab. Das Betrachten nackter Frauen gehört nicht zu seinem Stand, und das Betrachten durchgeschnittener Kehlen ist nicht seine Art. Er weiß ohnehin schon genug. Eine ansehnliche junge Frau. Lange hat sie nicht im Wasser gelegen. Ihre Halswunde stammt nicht von einem Fachmann. Irgend etwas meldet sich in Lapos Erinnerung, und deswegen kommt er um den zweiten Blick nicht herum. Das stolze, ovale Gesicht, die herrschsüchtige Nase, das Fleckchen neben den vollen Lippen. Er meint, daß die schmutzigen Haarsträhnen kastanienbraun gewesen sind. Aber nein, er kann sie doch nicht unterbringen. Gott sei Dank.
Lapo läßt den Pegel des Arno steigen und kraxelt ans Ufer. Er zieht seine Kutte zurecht, zögert und kann es dann doch nicht lassen, über die Brücke zu gehen. Es ist noch still. Irgendwo kommen aus einer Bäckerei Stimmen und der Widerschein von Feuer. Weit weg, draußen vor dem Stadttor, das Gebrüll und Geblöke von wartendem Schlachtvieh. Dann ganz nah, aus der Klause neben der Brückenkapelle, ein weinerlicher

Gesang. Das eingemauerte Weiblein spricht sein Morgengebet.
»Von Ewigkeit zu Ewigkeit, Amen«, sagt Lapo. »Morgen, Schwester Tratschtante. Nichts Besonderes gehört heute nacht?«
»Nachts bete ich«, sagt sie bissig.
»Brav so. Beten, daß einem Hören und Sehen vergeht. Können Schurken machen, was sie wollen.«
»Schurken? Hier auf der Brücke?« Die Augen des Weibleins funkeln, während sie ihr Gedächtnis nach einem Geräusch in der Nacht absucht. Nur ein ganz kleines Geräusch vielleicht . . .? Sie kann Lapo nicht ausstehen. Sie ist davon überzeugt, daß er sich das Lied von den eingemauerten Tratschtanten, das im vorigen Jahr die Runde machte, ausgedacht hat. Aber Neuigkeiten sind Neuigkeiten.
»Hat man etwa jemandem etwas gestohlen? Oder wird jemand vermißt?«
»Vermißt, na ja. Sie sagen, daß jemand da unten liegt. Aber der ist tot.«
Das Weiblein hätte beinahe in die Hände geklatscht. »Das wird gemütlich. Da kommt die halbe Stadt, um sich das anzusehen. Hast du der Wache schon Bescheid gesagt?«
Lapo antwortet etwas Vages, das glücklicherweise von den Glocken der Apostelkirche übertönt wird. Er verläßt die Brücke. Hier ist heute nacht nicht viel mehr zu hören gewesen als Geschnarche aus der

Klause. Das Schlachtopfer ist bestimmt weiter stromaufwärts ins Wasser geworfen worden. Beraubt oder vergewaltigt oder beides. Die Schweinehunde. Lapo läßt die Schurken aus seinem Bekanntenkreis vor seinem geistigen Auge vorbeiziehen . . .

Dies Weibsbild im Arno – wer warf es dorthin?
Dies Weibsbild – wer hat es ermord't?

Halt. Geht dich nichts an. Geh in die Kirche. Beten.
»Ist es wieder soweit?« fragt der Küster, als er den abgerissenen Bruder neben der Sakristei stehen sieht. »Was sollst du jetzt wieder in Ordnung bringen?«
»Ich soll nach Siena.«
»Herzlichen Glückwunsch. Ein Herr hier aus der Parochie hatte die Wahl zwischen Verbannung oder einer Gesandtschaft nach Siena. Er wählte die Verbannung.«
»Ich hab nicht zu wählen. Ich hab zu gehen. Das nennen sie den heiligen Gehorsam.«
»Ist denn nicht Krieg in Siena?«
»Frieden findest du nur im Himmel, sagt mein Oberer. Wo Krieg ist, kann ein Bruder viel Gutes tun, sagt er. Ich soll mit den Dominikanern reden.«
»Reden«, sagt der Küster mit Sachverstand, »ist das letzte, was du mit Dominikanern tun darfst. Da ziehst du immer den kürzeren.«

Er greift zur Kollektenschale.
»Mit der willst du sicher herumgehen? Sie ist gerade hereingekommen. Aber du darfst dich gern erst ein bißchen zurechtmachen.«
Da steht er dann, Lapo Mosca, das schlechte Gewissen der Schurken aus der Toscana. Folgsam kämmt er sein Haar mit den Fingern und streift sorgfältig das Spinngewebe von seiner Kutte. Er wartet, bis er den Platz des Küsters einnehmen und bei den wenigen Besuchern der Frühmesse sammeln kann. Deshalb kommt er zur Apostelkirche: Um der Frau die Opferschale hinzuhalten, die dort jeden Morgen neben der dritten grün-marmornen Säule links zusammen mit ihrer Kammerfrau kniet. Eine schmale Hand, die eine Münze opfert. Ein vages Lächeln im blauen Schatten einer Kapuze. Ein Lächeln ohne Verheißung, ohne Anspielung . . . aber ein Lächeln für ihn. Maria. Er sieht sie selten, er spricht sie nie, aber seit vielen Jahren ist sie ein fester Punkt in seinem Leben. Einer von zwei festen Punkten. Nachdem er die Schale zurückgebracht hat, kniet er vor einer Muttergottes, die auf ihrem hölzernen Gesicht dasselbe vage Lächeln zeigt.

»Maria im Himmel, Maria auf Erden,
Nun sagt mir: wen soll ich wählen?
  Ich ruf Euch zu Hilfe bei allen Beschwerden,
Maria im Himmel, Maria auf Erden,

o könntet Ihr beide gewählet werden,
doch da würd' ich beide verfehlen!
Maria im Himmel, Maria auf Erden,
Sagt an jetzt: wen soll ich wählen?«

Es ist dieses Rondello, das ihm seinen Beinamen verschafft hat: Lapo Duedonne, Lapo von den zwei Madonnen, den jeder in der Stadt kennt. Ist der Gesang inzwischen abgedroschen? Ist die Hingabe von früher erstarrt zur Gewohnheit oder gar zu Aberglaube: Kein Auftrag ohne Frühmesse in der Apostelkirche? Sind die beiden Madonnen denn noch mehr als gute, aber alte Freundinnen, die er ab und zu flüchtig begrüßt, ohne zu wählen?
In eine Kerzenflamme starrend, merkt Lapo: Nach außen hin mag sein Rondello verjähren, aber nach innen ist er sein Lebenslied. Was ihm bleibt, auch wenn er älter wird, ist das Gefühl einer faszinierenden Gratwanderung, links die Erde und rechts der Himmel.

Draußen hat der Alltag begonnen. Als Lapo an den Fluß kommt, sieht er den Menschenauflauf unten bei der Brücke, mit den Bütteln des Podestà und den barmherzigen Brüdern, die die Leiche abholen wollen. Für eine rasche Verbreitung von Neuigkeiten geht doch nichts über Kläusnerinnen. Wer weiß, wie viele Leute sie zur Stadtwache geschickt hat, von der Lapo sich wohlweislich fernhält.

Lapo Mosca müßte eigentlich das Hätschelkind der Obrigkeit sein. Wo es um die Aufklärung von Verbrechen geht, rächt sich nämlich, mit welcher Fürsorge die Stadt ihre höchsten Gerichtsdiener behandelt, den Podestà und den Capitano del Popolo. Die Augenbinde von Frau Justitia muß vor allen Dingen fest um ihre Köpfe geschlungen bleiben. Mit ihrem Gefolge von Richtern, Notaren, Bütteln und was nicht allem müssen sie von außerhalb kommen und nach einem halben Jahr wieder abziehen. Freundschaft mit Einwohnern dürfen sie nicht schließen, Nachrichten von zu Hause dürfen sie nicht bekommen. So bleiben sie unparteiisch, das schon . . . aber auch ohne Kenntnis dessen, was wirklich passiert. Ein neugieriger Herumtreiber wie Lapo Mosca verfügt über zehnmal bessere Beziehungen zur Unterwelt. Er könnte eine unschätzbare Auskunftsquelle sein, wenn er wollte, aber das will er nicht – und wenn sie ihm vertrauen würden. Aber sie vertrauen ihm nicht. Denn dafür bringt er die Büttel zu oft um ihren verdienten Lohn und wählt zu oft die Seite der Sünder. Über Schuld und Unschuld hat Lapo so seine eigenen Gedanken. Die Unterwelt weiß das, und so ist denn auch schon seit Jahren kein Anschlag mehr auf ihn verübt worden . . . Aber an Regierungsleuten, die ihn am liebsten als Helfershelfer aus der Stadt gejagt hätten, hat es nicht gefehlt. Deshalb wird Lapo zum riesigen Problem für seine Oberen, im Augenblick ist das der Gardian der Franziskaner von Fiesole. Lapo bringt den Orden ins Gerede. Er bringt sein Kloster ins Gerede, das es doch sowieso schon so schwer hat, klein und armselig, wie es ist. Immer, wenn er für einen Auftrag losziehen muß, läßt der Gardian ihn rufen und erteilt ihm eine Lektion. Gestern noch. Sünder zu bekehren, dafür bist du da, hat der Gardian gesagt. Sünder zu entlarven überläßt der Herr den Weltkindern. Lapo ist fest entschlossen, sich diesmal daran zu halten, denn er hängt sehr an seinem Gardian. Auch deshalb machte er, daß er wegkam von der Walkmühle. Auch deshalb unterließ er die Meldung an die Stadtwache. Er kennt sich selbst. Es juckt ihm schon in den Fingern, als er die *berrovieri* des Podestà beim Brückenpfeiler herummurksen sieht. Bloß weg!

Entschlossen läuft er über die Brücke und winkt im Vorbeigehn der Kläusnerin zu. Sie ist gerade dabei, einen Hühnerflügel zu essen, den eine fromme Seele ihr gebracht hat, und ruft mit vollem Mund: »Opfer unbekannt, Täter unbekannt, aber ich habe alles gehört heute nacht, bestimmt kommen sie, um mich zu vernehmen!«

»Na dann viel Spaß«, sagt Lapo Mosca, »ich geh nach Siena.«

Aber er geht nicht nach Siena – noch nicht –, und fünf Minuten später weiß er schon mehr als die *berrovieri.* Wirklich, er kann nichts dafür. Es kommt durch das Schwein, das ihm vor die Füße läuft, während er gehorsam in Richtung Südtor wandert. Es ist ein aufdringliches Tier, und Lapos Kutte duftet köstlich. Lästigen Straßenjungen gibt er gern mal eins drauf, aber einem unschuldigen Schwein verpaßt er so schnell keinen Tritt. Er steht also still, bis das Tier genug geschnüffelt hat – und in diesem Augenblick hört er aus einem halboffenen Keller seinen Namen rufen. Eine heisere Stimme mit einem Akzent, den er sofort erkennt. Es ist klar, daß der Mann, der ihn ruft, etwas gegen das Tageslicht hat. Also steigt Lapo ein paar Stufen herunter, bevor er leise fragt: »Joosken? Was hast du nun wieder auf dem Kerbholz?«

»Nichts«, beteuert die heisere Stimme. »Ich hab nichts gemacht. Ich hab nichts damit zu tun. Aber Ihr müßt mir helfen. Sonst bin ich dran. Wir aus Flandern bekommen für alles die Schuld.«

»Gewöhnlich zu Recht«, seufzt Lapo. Er kommt in den Keller. Seine Augen gewöhnen sich an die Dunkelheit. Er sieht Joosken hinter Ballen von Stoff zum Vorschein kommen, jämmerlich, verknautscht vor Angst.

Die flämischen Weber sind unruhige Arbeitnehmer. Von den Florentiner Bürgern werden sie über die Schulter angesehen, werden ausgebeutet, gemieden. Sie verteidigen sich auf ihre Weise, schließen sich zusammen, sind schnell mit ihren Fäusten und Messern. Es ist noch keinen Monat her, da hat Lapo vieren von ihnen Beistand geleistet, bevor sie aufgeknüpft wur-

den. Joosken wäre mit Sicherheit der fünfte gewesen, wenn Lapo sein Alibi nicht hätte beweisen können, ein Erfolg, den er diesmal weniger seiner Spürnase als seiner Sprachkenntnis zu verdanken hatte. Auf seine Heimat hatte sich Lapo nie beschränkt. Es gibt wohl kein Christenland, das er in seinen jüngeren Jahren nicht besucht hätte. Ebensowenig hat er sich auf die Sprache seiner Heimat beschränkt. Und so gibt es wohl keine Christensprache, von der er nicht ein paar Brocken kann, zum Nutzen von Kerlen wie Joosken.
»Dann beichte mal. Mach es kurz. Ich muß nach Siena.«
»Meine vier Kameraden, Pater, Ihr wißt schon. Sie haben mir ihre Sachen hinterlassen.«
»Kann ich bezeugen. Sonst noch was?«
»Pater, ich bin nur ein Mensch. Ein Mann in der Kraft seiner Jahre. Wir Gesellen dürfen nicht heiraten . . .«
In dem Augenblick weiß Lapo Mosca, woher er die tote Frau im Arno kennt.
»Jesusmaria, sag nicht, daß du etwas mit der ermordeten Hure zu tun hast!«
Nein. Das ist es gerade. Joosken bekam gar nicht die Gelegenheit, etwas mit ihr zu tun zu haben, und das hätte er doch so gern gewollt. Er hatte es gewollt, seitdem er sie entdeckte, vor Monaten schon. Das war doch mal was anderes als die Zwei-Groschen-Bräute, mit denen arme Schlucker sich abfinden müssen, unterernährte Arbeitstiere, runzelige Witwen, ranzige

Sklavinnen. Nennetta, so nennt er sie. Nennetta sah aus wie eine große Dame. Sie glich seiner Herrin, der Vrouwe van Groeningen, die ihn als Kind mit ihrer Pferdepeitsche verprügelt hatte. Aber vornehm ist teuer. Nennetta blieb unbezahlbar, sosehr Jooskenauch sparte und sparte. Bis er erbte. Von seinen aufgehängten Landsleuten. Er hat ihre Habe verkauft, bedachtsam, Stück für Stück. Dann hatte er alles beisammen: Badehaus, Barbier, neues Hemd ... und Nennettas Tarif, fünf Lire in Piccioli. Sie fielen aus allen Wolken da im Freudenhaus, aber er ließ sich nicht abwimmeln. Er wartete, bis er an der Reihe war. Ihr Zimmer mußten sie ihm zeigen, denn unten bei den Mädchen saß sie nicht. Natürlich nicht. Sie lag auf ihrem Bett, und sie war tot.

»Laken voller Blut.« Jooskens Worte sind durch sein Zähneklappern kaum zu verstehen. »Ich stand. Ich stand, ich konnte mich nicht bewegen. Die Kerze ging aus. Da bin ich weggelaufen. Aber sie kennen mich, die Weiber. Sie verpfeifen mich. Ich hab es nicht getan. Ich nicht. Ich wär ja verrückt. Glaubt es doch. Ihr müßt mir glauben!«

Glauben ...! Lapo Mosca sagt: »Der Apostel Thomas bekam die Leviten gelesen von seinem Herrn. Bei der Polizei hätte er Karriere gemacht.« Der Flame begreift überhaupt nichts. Sein letztes Stückchen Selbstbeherrschung droht einzustürzen.

Lapo setzt ihm auseinander, daß Richter weniger

Wert auf Glauben legen als auf Beweise. Beweise kosten Zeit, Zeit haben sie nicht. Da braucht nur Jooskens Name zu fallen, und schon liegt er auf der Folterbank. Dort bekennt er alles, was sie wollen.
Lapo Mosca hat eine Schwäche für den Apostel Thomas. Jooskens Verehrung für die Frau Nennetta erscheint ihm ein bißchen merkwürdig. Obwohl – das kümmerliche Weberlein in der Rolle eines blutrünstigen Mörders erscheint ihm noch merkwürdiger. Der wirklich Schuldige wird alles tun, damit dieser arme Schlucker den Kopf für ihn hinhält.
»Du gehst zu den Franziskanern von Siena, jetzt sofort. Du fragst nach Bruder Bentivoglia. Du sagst, er soll für dich sorgen, bis ich komme. Aber ich warne dich. Wenn du gelogen hast, krieg ich dich. Marsch. Zieh deinen Kittel zurecht, halt dich gerade, pfeif ein Liedchen. Kein Sterblicher verdächtigt dich bisher.«
Jooskens Verkörperung von reiner Unschuld ist nicht überzeugend, aber genau besehen laufen Hungerleider seines Schlags nie als reine Unschuldslämmer herum. Lapo schaut ihm einen Augenblick nach . . . und macht dann rechtsum kehrt. Er biegt in eine Gasse ein, überquert eine andere Brücke und nimmt Kurs auf den Sito Baldracca, das Hurenviertel hinter dem Palazzo del Popolo. Es ist vielleicht nicht schön von ihm . . . aber er summt vor sich hin. Er wird Joosken, dem Weber, aus der Patsche helfen müssen, oder etwa nicht? Dann ist es also Nächstenliebe, die ihn zwingt,

sich mit der Toten aus dem Arno zu befassen. Das Gebot der Nächstenliebe wiegt schwerer als alle Gebote von allen Gardianen zusammen. Da drängt sich ihm tatsächlich wieder das Lied auf, das er vorhin nach Hause geschickt hat:

> Nennetta im Arno – wer warf sie dorthin?
> Nennetta – wer hat sie ermord't?

Wenn die folgenden Zeilen des Rondellos die Fragen beantworten sollen, wird es eine ganze Weile dauern, bevor Lapo damit fertig ist.

Zwei

Die Freudenhäuser von Florenz – und ihre Küchen und Lucia, die bereitwillig über die schöne Nennetta plaudert. – Der Weg zum Herzen der drei Freier ging über den leckeren »blanc-manger« – die Spur zu den Mördern auch? – Was bedeuten ein blütenreines Bett am frühen Morgen, ein tadellos gesäuberter Kamm und eine prinzipientreue Frau Wirtin?

Lapo Moscas Beziehung zu den Freudenhäusern vom Sito Baldracca stammt aus einer Zeit, in der er zu den Franziskanern von Santa Croce gehörte, eine Episode, die Gott zugelassen haben muß, um ihn zu strafen. Oder um den Gardian von Santa Croce zu strafen. Oder einfach deshalb, weil Gott gerade einmal schlief.

Santa Croce ist ein reiches und prächtiges Kloster. Es wird von Tag zu Tag reicher und prächtiger, obwohl Lapo Mosca es unbedingt mit einem großen Parmesankäse vergleichen mußte, an dem Betschwestern aus der Umgebung scharenweise wie Mäuse herumkratzen und knabbern. Diese Bemerkung fiel nicht auf guten Boden. Es ist eine Ehre, zur Gemeinschaft von Santa Croce zu gehören. Gelehrte Professoren halten dort Vorlesungen, der Großinquisitor von Mittelitalien residiert dort wie ein Fürst, Verliese inbegriffen. Santa Croce hat den teuersten Marmor der

Stadt und vergibt Aufträge an die berühmtesten Maler. Natürlich. Jeder, der etwas für seine ewige Seligkeit tun will, gedenkt der Minderbrüder in seinem Testament. Das nutzt seiner Seele, auch wenn die Erbschaft aus Wucher stammt, zumindest nach der Meinung von Juvenalis, einem früheren Gardian, der mit unermüdlichem Zusammenkratzen und Betteln aus seiner bescheidenen Niederlassung einen Palast gemacht hat.

Lapo Mosca wohnte erst einige Wochen in dem Kloster – zurückgekehrt von seinem Sendungsauftrag bei den Bulgaren –, als der Todestag dieses Juvenalis in großem Stil begangen wurde. Lobgesänge, Kerzen. Die Brüder riefen ihn an wie einen Heiligen. Lapo verstand das nicht. Er hielt mit seinem Befremden nicht hinterm Berg. Im Orient hatte er einen Mitbruder getroffen, einen Florentiner, der ebendiesen Juvenalis in einer Vision geschaut hatte. Zwei eiserne Vorschlaghämmer schlugen ihm auf den Kopf. Schlagen werden sie bis zum Jüngsten Tag, denn Juvenalis sitzt in der Hölle. So ergeht es Franziskanern, die ihre Braut, Frau Armut, im Stich lassen.

Eigentlich hätte der jetzige Gardian ihn damals am liebsten sofort hinausgeworfen, aber das wäre nicht gut gewesen für den Ruf des Klosters. Sankt Franziskus selbst hatte auch immer von »Reichtum« geredet, sobald man aufhörte, auch nur Mangel zu leiden. Der Gardian schickte Lapo, in Erwartung eines konkreteren Vergehens, mit einem Bettelsack in die Stadt. Ohne Erfolg. Der Mann ließ sich mit den falschen Elementen ein, lehrte sie die falschen Lieder und brachte leere Säcke nach Haus – nicht, weil er nichts zusammenbrachte, sondern weil er ständig auf irgendwelches Lumpengesindel traf, das größeren Hunger litt als die Klosterbrüder. Der Gardian gab ihm eine Aufgabe in der Kirche. Da begann alles, was nicht niet- und nagelfest war, in bedürftige Hände zu verschwinden. Als dann ein silbernes Altarglöckchen vermißt wurde, war das Maß Gott sei Dank voll. Lapo bekam einen gewaltigen Rüffel und seine Entlassung. Es wird erzählt, daß er noch in derselben Nacht in die Zelle des Gardian kam mit einer Schüssel voll süßen Breis, weil der arme Mann sich hatte heiser schreien müssen. Gewissermaßen als Versöhnung hätten sie schließlich die Schüssel zusammen leergegessen. Aber dennoch stand Lapo am nächsten Tag auf der Straße. Lapo Mosca sei wie Knoblauch, soll der Gardian gesagt haben. Eine Zehe könne nicht schaden, aber von einem ganzen Strang werde man krank. In dem Oberen von Fiesole hat Lapo schließlich einen Meister mit einem stärkeren Magen gefunden, vielleicht deshalb, weil er wie Lapo aus Lucca stammt. Es gibt nur ganz gewöhnliche Leute da in Lucca, und sie hängen zusammen wie die Kletten. Jedenfalls hat Lapo jetzt ein Kloster, das genau das Gegenteil von Santa Croce ist. Der Chor ist zu dunkel, um die Stundengebete lesen zu können. Der

Schlafsaal ist zu eng für alle Brüder. In Refektorium und Kapitelsaal müssen sie stehen. Ein franziskanisches Paradies. Obwohl – so weich brauchte Frau Armut für Lapo Mosca nun auch wieder nicht gebettet zu werden.

Inzwischen sind es schon wieder zwei Jahre her, seitdem er in Santa Croce vor die Tür gesetzt wurde, aber wenn er durch seine früheren Bettelviertel kommt, ist er immer noch überall willkommen. Auch im Freudenhaus am Arno, zumindest in der Küche, weiter ist er nie gekommen.

In der Küche thront Lucia, seitdem sie zu alt geworden ist für Tätigkeiten in anderen »Gemächern«. Sie bemuttert die Damen, speist die Herren und macht sich Sorgen um ihre eigene Seele, oder besser gesagt, die machte sie sich, bis Bruder Lapo etwas dagegen unternahm.

Lucia kann keine vollblütige Tatarin sein. Ihre Augen stehen nicht sehr schief, ihre Nase ist nicht sehr platt, ihr Florentinisch ist unverfälscht. Das macht sie zu einem unsicheren Besitz: Wenn solche Sklavinnen weglaufen, sind sie nicht mehr aufzuspüren. Also wird Lucia so behandelt, daß sie nicht ans Weglaufen denkt. Dennoch hat Lapo ihr auseinandergesetzt, daß da »oben« Sklaverei als mildernder Umstand gilt. Wer zur Hurerei gezwungen wird, hat keine Schuld. »Ja, aber«, hat Lucia sorgenvoll eingewendet, »ich fand es nicht immer so schlimm.«

Irgend etwas muß eine Sklavin haben, hat Lapo beschlossen. Seitdem betet Lucia mehr und grübelt weniger. Und weil eine Sklavin irgend etwas haben muß und sie das eine nicht mehr bekommt, hat sie ihre Hingabe nach und nach von Venus auf Bacchus verschoben.
Es ist also Lucia, die Lapo Mosca mit einer Morgenmahlzeit und den letzten Neuigkeiten versieht. Männer sind dagewesen, mit Pfählen, nein, Bruder, pfui, nicht solche Pfähle, das wären ja keine Neuigkeiten. Pfähle aus Holz, mit Meßlatten und Seilen. Es dürfen keine Freudenhäuser mehr in weniger als 200 Ellen Abstand von einem Männerkloster liegen. Das war zwar schon seit Jahren so, aber kein Mensch kümmerte sich darum. Nun wird fast die ganze Konkurrenz umziehen müssen, aber wohin? Es wimmelt in der Stadt von Abteien, Prioraten, Bruderhäusern und was sonst noch. Die paar freien Zonen, die übrigbleiben, werden ein einziges großes Bordell. Lucias Haus erreicht genau die 207 Ellen, und das ist auch gut so, denn Lucias Haus liegt direkt beim Palazzo del Popolo und bedient viel mehr Ratsherren als Mönche. Jetzt, wo sie das Reich für sich allein haben, werden allerdings wohl mehr Tonsuren als früher zwischen den langen Locken zu sehen sein.
Lapo, den Mund voller Hirsekuchen, schüttelt den Kopf und erklärt, daß er das nicht glauben kann, das mit den Tonsuren. Darauf antwortet Lucia gar nicht

erst. Sie reicht ihm eine Schale halb voll mit *blanc-manger* und wechselt zum folgenden Thema, dem Wohl und Wehe hier im Haus, und darum ist es Lapo natürlich gerade zu tun.
Er kennt die meisten Bewohnerinnen. In früheren Zeiten ist er oft als Vorleser und Schreiber von Briefen tätig gewesen. Nicht für die Frau, die Nennetta genannt wurde. Die bekam offenbar nie Post oder konnte selbst lesen und schreiben. Lapo hat sie nur ein paarmal flüchtig gesehen, wenn sie kam, um Lucia etwas zu befehlen oder vorzuwerfen. In Lucias Hauschronik nimmt sie überhaupt keinen Platz ein. Diese handelt vielmehr von Gina, die Vanna mit dem Fußwärmer zu Leibe ging, woraufhin Vanna in das Ohr von Gina gebissen hat. Und von der Mißgeburt, von der Lisa entbunden wurde, ein Kind mit einem Schnabel und mit Klauen, das schlechteste Vorzeichen des Jahres. Und von all den Gebeten und von den Tränen, die die Mädchen vergossen haben in der Fastenzeit, nach der obligatorischen Hurenpredigt in der Kathedrale. Geradezu gemein ist diese Predigt gewesen. Lapo wirft schnell ein: Ob Nennetta auch dabei war? Und wie es Nennetta eigentlich geht?
»Bösartiger mit jedem Tag. Und gieriger. Es ist *bramangiere* von ihren Kunden, was du da ißt. Gut, daß sie es nicht weiß. Sie würde es fertigbringen, Geld dafür zu verlangen.«
»Das wage ich doch zu bezweifeln«, erklärt Lapo

wahrheitsgemäß. Unerschrocken fängt er an, über das Amulett zu sprechen, das Nennetta ja bei ihm bestellt hat. So ein Happen Essen ist ja wohl das Mindeste, was sie dafür geben kann. Übrigens ist er wegen des Amuletts gekommen. Er muß sie mal eben sprechen.

»Das geht nicht. Sie schläft.«

»Dann weck sie auf. Ich muß aus der Stadt. Und ich kann das Amulett nicht fertigstellen, wenn ich den Namen ihres Freiers nicht weiß, auf den sie es abgesehen hat.«

(O Lapo von den zwei Madonnen,
Ein Schuft bist du, o Graus!
Das war von A bis Z gesponnen,
O Lapo von den zwei Madonnen!
Du hast dies alles zwar begonnen,
Doch wie kommst du da je heraus . . .?)

Ein Rondello, mit dem er sich täglich an die Brust schlagen muß . . . Aber Lucia schnattert weiter in argloser Aufgeregtheit. Nennetta, hart, kalt, scharf wie Hagel. Nennetta verliebt? Das gibt es nicht. Einen Kerl, der sie aushält, den soll sie sich mal suchen. An den Fingern zählt Lucia die Kunden auf. Der Ratsherr? Der Landjunker? Einer von den drei festen Freunden?

Lapo schiebt die leere Schale von sich. Mein Kompliment für den *blanc-manger.* Wenn die Köchin seine Meinung wissen will: Hierdurch ist der Weg zum Herzen des Freiers gegangen. Lucia nickt bedächtig. Der *blanc-manger* war für die drei Junker aus Marignolle, die immer gemeinsam kommen.

»Mit denen hat sie was. Meiner Meinung nach kennt sie die von früher. Wenn die kommen, muß ich immer mit ihr zum Badehaus. An so einem Tag nimmt sie keinen anderen an.«

»Also das war gestern alles, was sie zu tun hatte?«

»Gestern nicht, aber das war Zufall. Gestern blieben sie zu kurz, da war eine große Taufe, der eine von den dreien hatte einen Sohn bekommen. Und da stand ein anderer und wartete schon, der wollte und sollte sie haben. Den mußte sie nehmen, von der Wirtin aus. Ich wurde nach oben geschickt, um es ihr zu sagen. Sie war ganz schön wütend. Sie wollte sich nicht mal wieder anziehen.«

»Der Name von diesem Kerl braucht also sicher nicht auf das Amulett.«

»Ich weiß ihn nicht einmal. Mit Namen befassen wir uns hier nicht. Diesen hatte ich übrigens noch nie gesehen. Ein ziemlich vornehmer Mann. Er sagte keinen Mucks. Und er trug eine Maske.«

»Woher weißt du dann, daß du ihn noch nie gesehen hast?«

»Ach, Bruder, da kommen hier so viele mit einer Maske. Es gibt hundert Dinge, an denen du einen Mann erkennst. Dieser war merkwürdig. Er konnte nicht mal die Haustür finden, als er wieder nach unten kam. Sie war schnell mit ihm fertig geworden.«

»Dann hat sie jetzt lange genug geschlafen. Weck sie auf.«

»Na, danke. Den Pißpott schmeißt sie mir an den Kopf. Außerdem war sie immer noch nicht fertig. Da war noch ein Fremder, ein Gelegenheitsarbeiter, der auf sie wartete. Die Wirtin wollte ihn wegschicken. Solche Kundschaft mögen wir nicht. Aber er hatte das Geld und ... kannst du dir vorstellen, daß wir ihr so einen lausigen Hungerleider mal gönnten, so hoch, wie sie ihren Kopf immer trägt? Nun ja, er hat dafür büßen müssen.«

»Wofür?«

»Nennetta arbeitet für den besseren Stand. Ratsherren sind auch nicht mehr, was sie einmal waren, mit all den Leuten aus dem Volk, die neuerdings gewählt werden. Aber es sind wenigstens Florentiner. Und nun so ein widerlicher Fremder. Verlaß dich drauf, daß sie es ihm beigebracht hat. Er schlich weg, wie ein geprügelter Hund. Der versucht es nicht noch einmal bei ihr.«

Lapo gibt zu, daß das unwahrscheinlich ist. Ob Nennetta wütend war hinterher?

»Ganz sicher. Sie ist immer wütend, wenn es vorbei ist. Ich bin ihr ganz schön aus dem Weg gegangen. Der Kerl war der letzte Kunde. Kaum war er draußen,

schob ich den Riegel vor die Haustür. Und dann wie der Blitz den Riegel vor meine eigene Tür hier. Wenn man Nennetta kennt. Sie hätte es fertiggebracht, sich von mir ihr Bett noch einmal frisch überziehen zu lassen.«
»Schläfst du immer in der Küche?«
»Natürlich. Jedenfalls im Winter. Im Sommer kriech ich in den Schuppen am Fluß. Im Hinterhaus. Da ist es kühler. Warum, Brüderchen? Du willst doch nicht etwa eine Nummer abziehen?«
Lapo bringt ein schelmisches Augenzwinkern zustande und steht auf.
»Ich bin hinter meinem Amulett her. Wenn du es nicht wagst, Nennetta zu wecken, muß ich es eben selbst tun. Wo finde ich ihr Zimmer?«
»Also doch eine Nummer, nur nicht mit mir«, neckt ihn Lucia und zeigt: »Zwei Treppen nach oben, die Tür mit dem Einhorn, aber sieh zu, daß du der Wirtin nicht vor die Füße läufst.« Um selbst einen Rüffel zu vermeiden, nimmt sie Korb und Schultertuch und geht zum Markt.
Die Fenster von dem Saal im ersten Stock stehen offen, aber es hängt noch ein scharfer Gestank von Erbrochenem, von Schweiß und verschüttetem Wein in der Luft. Es ist turbulent zugegangen. Auf dem Teppich liegen Scherben und zertrampelte Blumen. Kissen sind von den Bänken gefallen und verschmutzt. Risse im seidenen Wandbehang, Sprünge in den Spie-

geln. Ein paar kleine Tische stehen noch auf ihren Gestellen, mit fleckigen Tüchern, Essensresten, schmutzigen Gläsern. Lapo bleibt kurz stehen, um die Szene in sich aufzunehmen. Ein gutes Mittel, um die Keuschheit zu bewahren.

Auch Einhörner sind dafür gut. Das Einhorn gilt als die personifizierte Keuschheit. Aber das Exemplar auf Nennettas Tür hat ein Geschlechtsteil, größer als das Horn auf seinem Kopf. Ein gotteslästerliches Tier. Lapo eilt hinein, bevor er selbst anfängt, dem Einhorn zu gleichen.

In dem Raum ist nichts zu sehen, und das allein ist sehenswert genug. Verglichen mit dem »Saal« unten atmet dieser Raum die Ruhe eines wohlanständigen Bürgerhaushalts. Saubere Kissen auf polierten Truhen, gebügelte Handtücher beim kupfernen Waschgeschirr, frische Kerzen in alabasternen Leuchtern. Hinter seidenen Gardinen ist das Bett frisch gemacht, blitzblank, unbeschlafen – außer durch eine schön aufgemachte Puppe. Der Toilettentisch vor dem Spiegel wirkt genauso frisch gesäubert und unpersönlich. Kämme aus Elfenbein ohne Haare, kristallene Fläschchen ordentlich in einer Reihe. Zibetparfüm, Rosenwasser, Pfirsichkernsaft; Lapo braucht kaum daran zu riechen, um zu wissen, daß ihr Inhalt unschuldig ist. Aber das Juwelenkästchen darunter ist nicht verschlossen und kaum halb voll. Nachgemachter Schmuck. Hatte der Rest größeren Wert, ging es dem

Mann mit der Maske darum, hat Joosken sich dessen angenommen . . .?

Nennetta schien nicht die Frau zu sein, echte Juwelen völlig offen aufzubewahren in einem Allerweltszimmer, aber weiß man das jemals? Die Weiber, von denen man es am allerwenigsten erwartet, sind verrückt nach Glitzerkram.

Lapo kehrt zurück zum Bett, schaut kurz drunter. Sogar der normale Abfall wie Schalen, Kerne, Kerzenstummel ist weggefegt. Ist da ein Blutfleck auf der Matte? Die ölgetränkten Fenstertücher sind geschlossen und lassen wenig Licht ein, aber nein, Blut ist es nicht. Und die Binsen der Matte fühlen sich nicht feucht an, sie ist also nicht saubergemacht, höchstens ausgewechselt. Lapo hat sich gerade eben wieder aufgerichtet, als hinter ihm die Tür geöffnet wird und eine eisige Stimme ihn fragt, was er sucht.

Die Geschichte vom Amulett kommt unterwürfig und unschuldig heraus. Wohl dreimal bekommt die Wirtin die gestotterte Bitte zu hören, Lapos Anwesenheit doch vor allem nicht an seinen Oberen zu verraten. Das wirkt. Der Argwohn auf dem harten Gesicht macht der Verachtung Platz . . . und Erleichterung? Wer seinen Besuch geheimhalten will, läuft nicht zur Polizei. Lapo kann die Frage riskieren, ob Fräulein Nennetta zur Kirche ist? Ob er eben auf sie warten darf?

Das würde sie dem Bruder nicht raten, sagt die Frau

höhnisch. Fräulein Nennetta ist gestern Abend spät noch weggerufen worden. So ein Hausbesuch von ihren jungen Damen kann Tage dauern. Hat das Küchenmädchen Lapo denn nicht verständigt? Hat sie vielleicht nicht einmal gemerkt, daß noch eine Sänfte vors Haus kam? Lag sie wieder stockbetrunken in ihrer Ecke, wie gewöhnlich?
Von welchem Kunden das Fräulein abgeholt worden ist, kann die Wirtin natürlich nicht sagen: »Dies Haus dankt seine Kundschaft seiner Diskretion«, erklärt sie spitz. Sie hält Lapo die Tür auf. Wenn er für das Amulett wenigstens Nennettas Taufnamen schon mal wüßte . . . versucht er noch, aber die Wirtin zuckt die Achseln.
»Mit Stammbäumen befassen wir uns hier nicht. Wir brauchen nur eins von unseren Mädchen zu wissen. Ob sie das Fach verstehen, von dem du keine Ahnung hast. Guten Morgen.«

Neben dem Freudenhaus wohnen die Seifensieder und dahinter die Färber. Bis auf die Straße hinaus stehen ihre Bottiche. Der Gestank ist beträchtlich: Ihr Purpurmoos schwimmt in Urin. Das hindert Lapo nicht daran, stillzustehen und zuzusehen. Im Laufe der Jahre ist er immun geworden gegen Gestank, so wie ein anderer gegen Pocken oder die Pest. Stinken tut es überall – für die Nase oder für den Geist –, aber nicht überall gibt die Welt Tonnen voll Farbe dafür

zurück, das warme Gelb von Safran, das Himmelblau vom Waid, das Blutrot von Krapp.
Blutrot, eine passende Farbe für jemanden, der seine Gedanken über einen Mord ordnen will. Jooskén, der Weber, und die Wirtin des Freudenhauses: Keiner von beiden hat sich in seinen ersten Lügen eine Blöße gegeben. Doch senkt sich die Schale beim Abwägen nicht zugunsten der Sänfte, sondern zu Jooskens heruntergebrannter Kerze und blutigem Bettzeug. Das Zimmer von Nennetta war zu unberührt, wenn es wahr ist, daß die Sklavin Lucia dort nicht mehr Hand angelegt hat, und warum sollte sie lügen? In ihre Küche hat sie sich eingeschlossen, ihre Küche an der Straßenseite, aber eine Sänfte hat sie nicht gehört. Was hätte sie gehört, wenn sie im Hinterhaus am Fluß geschlafen hätte? Der Argwohn der Wirtin, die Panik des Webers, sie bilden ein schlüssiges Ganzes.

Nennetta im Arno – wer warf sie dorthin?
Nennetta – wer hat sie ermord't?
    Entdeckt hat's Frau Wirtin im Zimmer drin;
die Leich' in den Arno – sie warf sie dorthin.
    Doch wer gab den Dolchstoß ihr unter das
                                        Kinn?
    Ein Dieb, der beim Stehlen gestört ...?

Halt. Ein Dieb oder ein anderer, das tut nichts zur Sache. Lapo Mosca braucht es schon nicht mehr zu wissen. Mit der Leiche hat die Wirtin den Mordfall aus ihrem Haus geschafft. Solange sie an ihrer Sänfte festhält, hat Joosken von der Polizei nichts zu befürchten. Obwohl – sehr fest hält diese Sänfte nicht zusammen. Die Wirtin fällt durch, sowie sie damit auf die Folterbank kommt. Ganz zu schweigen von dem Rausschmeißer, oder wer ihr sonst geholfen haben mag. Nein. Joosken darf vorerst nicht zurückkommen. Schon allein, um der Wirtin aus dem Weg zu bleiben: Er allein kann bezeugen, daß sie gelogen hat. Inzwischen ist die Frage, ob die Obrigkeit wohl so schwer zu tragen haben wird an dem Tod einer *baldracca*. Ihr Fach gehört nun mal zu den riskanten Berufen, so wie das eines Dachdeckers oder Bärenführers.

Lapo Mosca geht nach Siena. Er hat nichts mehr mit dem beklagenswerten Objekt im Arno zu tun. Nun ja, beten wird er natürlich für die Seele, die darin wohnte. Nicht gerade eine gelungene Seele. Es ist anzunehmen, daß es ihr ziemlich heiß ist in diesem Augenblick. Lapo schüttet sein erstes Stoßgebet darüber aus, wie ein Feuerwehrmann einen Eimer Wasser ...

Aber Florenz an einem sonnigen Frühlingstag ist ein Sack voller Flöhe: Auf allen Seiten bewegt es sich, springt es, kribbelt es und beißt es. Richte dann den Blick mal auf das Fegefeuer! Lauf dabei mal betend am Miedermacher vorbei, der am offenen Fenster mit Goldfaden scharlachfarbenes Tuch bestickt! Sag dann mal nein zum Pastetenbäcker, der sofort seinen besten Weißwein herausrückt: Unlängst hat Lapo in einem Fall von Vergiftung seine Unschuld bewiesen. Und wirf dann mal keinen einzigen Blick in die Panzerschmiede, wo aus Flammen und Hammerschlägen das neueste Helmmodell geboren wird!

Die kurzen Schläge der Hämmer begleiten Lapo noch, als er weitergeht. Widerwillig stellt er fest, daß sie noch anderes produzieren als Helme: Aus ihrem Rhythmus wächst von selbst die austauschbare Zeile eines Rondellos. Die sechste:

. . . doch wer gab den Dolchstoß ihr unter das Kinn,
weil sie zuviel hat gehört . . .?

Das ist es. Darum will er sich nicht mit dem Fall Nennetta befassen. Er glaubt nicht an einen Raubmord. Das Freudenhaus bezieht seine Kundschaft vor allem aus dem Rathaus. Die Wirtin ist natürlich auf den guten Namen ihres Betriebes bedacht . . . aber hätte sie wohl so gründlich saubergemacht, wenn sie nicht wüßte, oder nicht fürchtete, daß ein Ratsherr an dem Mord beteiligt war? Ein Ratsherr, der so betrunken war, daß er nicht mehr wußte, was er sagte? Viel brauchte er sich nicht mal entschlüpfen zu lassen. Auch einem Anfänger im Erpresserfach reicht ein einziger Seitenhieb gegen die Parteiführung.

Der Machtkampf zwischen der Stadtregierung und

der welfischen Partei hat nicht heute oder gestern begonnen, sehr wohl aber ist er unlängst wieder in Bewegung geraten. Natürlich kann man nicht von einem Streit reden: Es gibt keine andere Partei als die welfische. Auf der anderen Seite standen die Ghibellinen, die engere Bande mit dem Kaiser anstrebten. Die Ghibellinen sind seit Jahr und Tag aus Florenz verbannt. Aber der Mensch lebt nicht vom Brot allein: Er braucht auch den Streit, um zu leben. Kaum ist der Feind geschlagen, schon sucht man nach Konflikten im eigenen Haus. Im obersten Parteirat hat eine Handvoll Familien das Sagen. Da haben sich verbitterte Gegensätze eingefressen, und das war ein Segen: Jahrelang hatten die Parteiführer genug mit Intrigen zu tun. Die Stadtregierung bestand aus Bürgern, gewählt wegen ihrer Fähigkeit und ihrer Anständigkeit, nicht wegen ihrer Position in der Partei: Welfe war sowieso jeder. Die Stadt fuhr geraume Zeit gut damit. Seit kurzem haben die Anführer ihre Zwistigkeiten beigelegt. Ihre Einmütigkeit gab ihnen genügend Macht, eine Säuberungsaktion zu beginnen, mit der sie ihren Zugriff auf die Stadt festigen konnten. Es ist noch keine Woche her, da haben sie den Podestà gezwungen, acht Bürger aus den besten Kreisen als »nicht gut welfisch« in den Kerker zu werfen. Das kostet die Betroffenen 500 Lire Buße, aber das ist Nebensache. In Zukunft sind sie durch die Verhaftung von jeder öffentlichen Funktion ausgeschlossen.

Wenn sich die Welfen endgültig durchsetzen, ist für einen solchen Ausschluß bald nicht einmal mehr eine Verurteilung nötig: Eine »Mahnung« ist dann ausreichend, sowohl den »Gemahnten« als auch seine Familienmitglieder endgültig von der Stadtregierung fernzuhalten.

Die welfische Oberschicht strebte auch früher nach der Alleinherrschaft, aber die Willkür, von der die Stadt heute bedroht ist, gab es früher noch nicht. So haben die Herren Ratsmitglieder, die im Augenblick im Amt sind, denn auch keine ruhige Minute mehr. Tag und Nacht wissen sie, daß sie von welfischen Spionen belauert werden. In ihrem Ratssaal. In ihrem Eßsaal. In ihrem Schlafsaal. Warum dann nicht auch im Freudenhaus? Die tote Nennetta besaß vermutlich mehr Verstand und Bildung als ihre Durchschnittskolleginnen. Erpressung wie auch Spionage könnten zu ihr gepaßt haben. Wo ein Dolch in die Kehle geht, kommt kein Wort mehr heraus. Hände weg, Lapo Mosca! Bete und verschwinde!

Drei

Eine Weberei, ein Armeleuteviertel, Otto-nove-dieci – und immer wieder die Große Compagnie. – Lapo Mosca, der einst beliebteste Spielmann der Toscana: Man kennt ihn noch, man erzählt ihm viel. – Doch endlich durchwandert er seine »süßen Hügel«. Nur noch nach Siena wegen Bartolos Bein! Und Nennetta im Arno?

Lapo geht nach Siena. Das hält ihn nicht davon ab, noch mal eben bei den Stadtlöwen vorbeizuschauen, bei denen vier Junge geboren sind; tot natürlich, denn so ist das bei Löwen, aber heute morgen fangen sie gerade an zu leben. Er geht nach Siena, aber er hört noch mal eben dem Ausrufer zu und schwatzt noch mal eben mit der Kräuterverkäuferin, die ihr Gärtchen neben dem Kloster hat. Er geht noch mal eben ein Stück neben dem weinenden Verurteilten her, der zum Galgen gebracht wird, und ißt noch mal eben einen Happen mit von dem gebratenen Fasan, der gerade aus dem Stadtofen kommt. Er geht nach Siena ... aber zuerst führt sein Weg den Fluß entlang. Daß er sich ausgerechnet da beeilt, kann doch niemand verlangen. Mühlen drehen sich, Frachtschuten fahren, und an den Ufern wimmelt es jetzt von Waschfrauen, Fährleuten, Fischern, Sandgräbern, Gerbern. Wer ihn sieht, winkt ihm zu. »O

Lapo Mosca, geh mit Gott!« »O Gianni – oder Benci, Cecco, Corso – geh nicht mit dem Teufel!« »Ach, Bruder Lapo, meine Gans ist weg!« »Ach Moretta – oder Lina, Piera, Tosa –, dafür ist Sankt Antonius zuständig!«
Unter Vordächern wird die gefärbte Wolle gespannt und zum Trocknen aufgehängt, dort packen sie auch die getrocknete Wolle in Körbe. Zwei Esel sind gerade auf dem Weg zu den Webereien, hinter sich die Treiber mit dem bannertragenden Lamm der Wollgilde als Wahrzeichen auf ihren Kitteln. Lapo schlendert hinter ihnen her, über eine Brücke, um nun endlich zum Südtor zu kommen . . . aber als die Tiere in eine Werkstatt gelotst werden, bleibt er plötzlich stehen. Dies ist die Werkstatt, in der Joosken arbeitete, er hat da selbst schon mal mit ihm gesprochen. Von drinnen kommen Stimmen, und weil die Weber es mit dem Geratter der Webstühle aufnehmen müssen, sind sie bis auf die Straße zu verstehen. Sie sprechen flämisch und reden über Bier und Geschlechtsteile. Lapo fragt sich plötzlich, ob Joosken mit seinen Kameraden über seinen Besuch bei Nennetta gesprochen hat. Damit steht oder fällt seine Sicherheit. Er geht in die Werkstatt. Lehrlinge sind gerade dabei, die Esel abzuladen. Andere schleppen Ballen und Stoffrollen. Wieder andere haben die Aufgabe, vom Morgen bis zum Abend das Gewebe feucht zu halten. Die Luft hängt voller Flusen, Lapo fängt sofort an zu husten. Als er nach

Joosken fragt, erscheint ein blonder Riese mit rotem Kopf, mißtrauisch.
»Was willst du von Joosken?«
»Wissen, warum er gestern abend nicht aufgetaucht ist.«
»Sollte er zu dir kommen?«
»Zu einem Freund von mir. Einem Maler. Er hatte Modell stehen sollen als Hirte von Bethlehem. Für Geld.« (Schon wieder von A bis Z gesponnen / o Lapo von den zwei Madonnen . . .)
»Für Geld! Ach Bruder, nimm doch mich! Sieh mal, was für ein guter Hirte ich bin!«
Ein anderer Weber faltet die Hände und zieht eine solche Grimasse, daß Lapo sofort verspricht: »Wenn wir mit Ochs und Esel dran sind, werd ich an dich denken!« Aber währenddessen kommt er wieder aus der Werkstatt heraus, auf einen Wink von dem Rotkopf. Der sagt draußen: »Ich und Joosken, wir teilen uns ein Bett. Er ist die ganze Nacht nicht nach Hause gekommen.«
»Hatte er nichts gesagt von dem Maler?«
»Als Hirte stehen mit einem neuen Hemd? Mit geschnittenen Haaren? Wenn ich nicht mit ihm das Bett teilte, würde ich denken, daß er zu den Huren wollte gestern abend, so, wie er sich aufgetakelt hatte. Aber Joosken und die Weiber . . .«
Soviel also zur rührseligen Nennetta-Geschichte.
»Er hat zuviel Zaster«, fährt der Rotkopf fort, be-

sorgt. »Wenn die Maler das ihren Modellen bezahlten, würde kein Mensch in der Stadt mehr weben.«
»Du weißt doch, daß er geerbt hat?«
»Von den vier Hanfguckern? Komm, Bruder. Das waren Holländer, die schicken jeden Spargroschen nach Hause. Was Joosken geerbt hat, davon konnte er sich gerade mal einen hinter die Binde kippen.«
»Diebereien? Dafür scheint er mir zu ängstlich.«
»Es gibt Menschen«, sagt Jooskens Kumpan, »die sind zu ängstlich für die kleinen Gefahren. Aber um große Gefahren rechtzeitig zu erkennen, dafür sind sie dann wieder zu dumm.«
Er schaut Lapo zögernd an.
»Ich hab ihn gewarnt. Entweder du schaffst es nicht, hab ich gesagt, und dann erwischt die Stadt dich. Oder du schaffst es, und dann erwischt das Gesindel dich, denn dann weißt du zuviel.«
»Gesindel . . .?«
Wieder zögert der Rotkopf.
»Also gut. Joosken vertraut Euch. Er würde Euch selbst rufen, wenn er könnte . . . Die letzte Zeit noch im Mugello gewesen, Bruder?«
Lapo ist, was er selten ist: verblüfft.
Hinten im Mugello-Tal, ein wenig nördlich vom Florentiner Gebiet, biwakiert seit Wochen eine Abteilung Söldner. Es sind nicht viele, und sie halten sich ruhig, aber niemand zweifelt daran, daß sie zur Großen Compagnie gehören, die im Augenblick noch in ih-

rem Winterquartier liegt, an der anderen Seite des Appenin.
In ganz Italien gibt es kein Kind, das nicht täte, was ihm gesagt wird, wenn seine Mutter droht: Paß auf, sonst hol ich die Große Compagnie . . .! Ein Heer von ausländischen Söldnern, mindestens zwanzigtausend, die das Land schikanieren und ausplündern. Wo sie entlanggezogen sind, wächst kein Gras mehr, steht kein Haus mehr, lebt keine Jungfrau mehr . . . oder die Städte müssen sich loskaufen für enorme Beträge. Florenz bezahlt nicht gern und ist zu mächtig, um sehr ängstlich zu sein, und so steht die Stadt denn auch obenan auf der schwarzen Wunschliste der Compagnie. Sie beschränkt sich darauf, ihre Bürgerwache und ihren Verteidigungskordon instandzuhalten . . . und aufzupassen auf die Spione im Mugello. Aber die Stadt ist groß und belebt. Die Kontrolle an den Stadttoren – auf der Suche nach Verbannten und anderen unerwünschten Personen – bleibt ein Fangnetz mit weiten Maschen. Es ist unvermeidlich, daß dann und wann Mugello-Spione eindringen . . . und daß sie Handlanger in der Bevölkerung haben.
»Aber Joosken . . .? Solche Kerle lassen sich doch nicht mit einem Stümper wie Joosken ein?«
Der Rotkopf zuckt die Achseln. »Wer kein Stümper ist, läßt sich nicht mit solchen Kerlen ein. Es sind Teutonen, da hinten im Mugello. Uns können sie verstehen. Italiener nicht.«

Von drinnen kommt ein ungeduldiger Befehl, und der Flame sagt hastig: »Ich selbst hab keinen Deut damit zu tun, versteh mich richtig. Aber wenn Ihr etwas tun könntet . . . dumm ist er wohl, aber nicht böse.«
Lapo Mosca denkt, als er wieder geht: Ich bin dumm und böse. Dumm, weil er sich wie ein Dummer hat belügen lassen von Joosken. Und böse, weil die Nennetta-Geschichte viel weiter reicht, als er dachte . . . und ihn nun doch wieder gepackt hat. Keine Ratsherren, keine Welfen . . . sondern die Compagnie?

. . . doch wer gab den Dolchstoß ihr unter das Kinn?
Ein Gegner von draußen vorm Tor . . .?

Trieb sie Doppelspionage? Kam der Freier mit der Maske aus dem Mugello, um eine Rechnung zu begleichen? Er sieht für einen Augenblick den verstümmelten Hals am Brückenpfeiler. Kein Berufsmörder, denkt er wieder. Oder doch Joosken, im Auftrag von Gottweißwem? Er wird dem Kerl kräftig auf die paar Zähne fühlen müssen, die noch in seinem übelriechenden Mund stecken. In Siena . . . wohin er immer noch nicht auf direktem Wege geht.
Hier oberhalb des Arno wohnt das geringste Volk der Stadt, Walkmühlenknechte, Schauerleute, Abtrittreiniger. Die hölzernen Häuser sind verfallen, die Straßen schmutzig, die Kinder mager und zerlumpt. Übermüdete Frauen, eine wie die andere schwanger, sitzen

vor ihren Türen und spinnen. Aber die Bettler vor den Kirchentüren haben es besser als in anderen Stadtteilen. Arm hat mehr für arm übrig als reich. Außerdem stammen die meisten Bettler aus dieser Gegend. Eigentlich ist es wegen der Bettler, daß Lapo Mosca seinen soundsovielten Umweg macht, aber sowie sie ihn sehen, legen die Frauen ihren Spinnrocken beiseite und drängen die Kinder sich um ihn.

»Ein Liedchen, Lapo Duedonne! Ein Liedchen nur!« So einfach geht das nicht, er ist schon seit zwanzig Jahren kein Spielmann mehr, er ist Mönch! Er muß wissen, ob sie zum Abendmahl gegangen sind? Ihre Gebete hergesagt? Kein Obst gemaust aus den Körben von Monna Trecca? Keine Katzen am Schwanz aufgehängt? Dann singt er, worum sie ihn bitten, zu dem kleinen Tamburin, das in seiner Hintertasche steckt. Von dem Raben von Salvestro, »der predigen kann wie ein Pastor«. Für die Kinder. Von dem Müller, der fremdgehen wollte, »aber sein Weib hat ihn ganz schön reingelegt«. Für die Frauen. Und für die Bettler das Rondello über das Schicksal, bei dem jeder den Refrain mitsingen kann:

Fortuna dreht ihr großes Rad.
Ich fall herab dabei.
    Mein Feind steigt auf und pißt mich naß.
Fortuna dreht ihr großes Rad
    und wirft den Feind flugs auf den Arsch,

doch ich steig auf, juchhei!
Fortuna dreht erneut ihr Rad.
Ich fall herab dabei . . .

Als Frauen und Kinder gegangen sind, setzt Lapo sich zwischen die Bettler in die Sonne. Es ist ein erbärmliches Trüppchen von Blinden, Idioten, Verstümmelten. Die Verstümmelten kennt Lapo fast alle, entweder aus dem Stadtgefängnis, das in seinem früheren Bettelviertel lag, oder von den Schandsäulen auf den Brücken, wo sie zur Schau gestanden haben, bevor sie Hände, Füße oder Nase beim Scharfrichter lassen mußten. Er sieht sich um und fragt, wie die Geschäfte gehen?

Wie sollen sie gehen? Schlecht. Heutzutage gibt es viel zu viele Verstümmelte. Die Podestàs von heute lassen brandmarken und abhacken wie nichts.

»Verweichtlicht sind sie, das ist es«, erläutert ein Mann ohne Beine. »Früher hängten sie dich einfach auf, wenn sie sahen, daß du doch kein Geld hattest für die Buße. Heutzutage hacken sie, weil sie unbedingt dein Leben erhalten wollen.«

Lapo gibt zu, daß es verdammt ungerecht ist. »Wer kein Geld im Hintergrund hat, kann sich kein Verbrechen erlauben. Aber wer das Geld hat, braucht gar nicht erst ein Verbrechen zu begehen. Leute, was ich fragen wollte, ist Acht-neun-Zehn nicht da?«

Acht-neun-Zehn ist ein Deutscher, der in der Taufe

den Namen Otto bekam. Otto bedeutet acht in Florenz, und weil der Mann außerordentlich schnell ist beim Würfelspiel, ergab der Spitzname Otto-novedieci sich auch schnell. Schneller als Otto-nove-dieci selbst heute morgen, der den Bereich seiner unrechtmäßigen Arbeit wohl mal verlegen will. Lapo entdeckt ihn schließlich im Schatten der Kirche San Pier Gattolino, ganz nah beim Südtor, wohin er schlußendlich gehen muß, ob er will oder nicht. Er hat nicht den Eindruck, besonders willkommen zu sein.

Undank ist der Welt Lohn. Seinerzeit pflegte Otto, ohne Sold von seinem Heer zurückgelassen, an Lohn und Brot zu kommen bei den Gräbern örtlicher Wundertäter, die vor allem in Norditalien wie Pilze aus dem geweihten Grund schießen. Verkrüppelt, stumm, blind, mißgebildet oder gelähmt schleppte Otto sich zu deren Särgen, um auf der Stelle zu genesen – freigebigen Gläubigen zur Erbauung. Eine virtuose Vorstellung. Lapo hat es ihn verschiedene Male vorführen sehen und ihn aufrichtig bewundert. Es ging ihm eigentlich zu Herzen, dem ein Ende zu setzen, aber zum Schluß mußte er eingreifen, sonst hätten es seine Oberen getan: Die Verehrung der echten Heiligen – vor allem der franziskanischen – litt zu großen Schaden dadurch. Nun konnte man die Obrigkeit gerade eben noch heraushalten, denn Otto nahm sich die kräftige Warnung wohlweislich zu Herzen. Er mußte sich nach einem anderen Lebensunterhalt umsehen, und der Fuß, der ihm dabei schließlich – als Betriebsunfall kann man sagen – genommen wurde, hat an keinem einzigen wundertätigen Grabe wieder anwachsen wollen. An diesem Knacks in seiner Laufbahn gibt er Lapo Mosca die Schuld. Das wäre zu verstehen ... wenn es ihm nicht besserginge als je zuvor, seitdem er und sein ausgehöhlter Stock sich gemeinsam aufs Zaraspiel verlegt haben. In Wirklichkeit müßte er dem Himmel täglich für Lapo Mosca danken. Auch sollte er froh sein, daß Lapo hier in der Stadt niemanden aufgeklärt hat über Ottos wundertätige Vergangenheit: Dafür würde er auch heute noch ohne Pardon zum Tor hinausgejagt. Die Auskünfte, um die der Bruder von Zeit zu Zeit bittet, sollte er als Gegenleistung ansehen, nicht als Erpressung. Aber, wie gesagt, Undank ist der Welt Lohn.

»Ein Spielchen, Bruder?« fragt Acht-neun-Zehn ohne große Illusionen.

»Immer. Aber du weißt: ohne ausgehöhlten Stock. Und ohne Würfel.«

»Pfaffenspielchen. Du kannst mir mal.«

»Otto, Otto, wie wirst du dich langweilen im Himmel. Es ist nur gut, daß du vorläufig da gar nicht hinkommst.« Lapo läßt sich mit betonter Gemütlichkeit nieder. »Gut, Kinderspielchen also. Ein kindliches Gespräch, darum geht es mir. Ich muß in den Norden. Nach Bologna. Es sieht so aus, als würde ich unterwegs auf einen Trupp von der Großen Compagnie

treffen können. Ich dachte: Darüber kann Otto mir doch sicher etwas erzählen. Der hat doch in der Compagnie gedient – damals?«
Ein verklärtes Lächeln erleuchtet das Antlitz des Veteranen.
»Das war noch eine Zeit. Damals stand die Compagnie unter Monreale. Der größte General, den es je gab. Nun ja, er hat mich gefeuert, aber das hatte ich verdient. Befehl ist Befehl. Ich hatte einen Meßkelch beiseite geschafft.«
»Junge, Junge, damit hatte er Probleme? Ich wußte gar nicht, daß dieser Mann so fromm war.«
»Fromm? Natürlich war er fromm, aber darum ging es nicht. Der Kelch war in der ungeteilten Beute, er war aus Gold, da saßen riesige Edelsteine drauf. Ich konnte froh sein, daß mein Kopf nicht fiel. Ein gewaltiger General. Geheult hab ich, als sein Kopf fiel. Ehrlich wahr.«
»Sein Nachfolger scheint auch etwas davon zu verstehen. Ist der nicht auch ein Landsmann von dir?«
»Kein Vergleich mit Monreale. Ein Graf Landau. Und sein Bruder ist überhaupt nichts wert. Der hat im Augenblick den Befehl. Landau sitzt in Deutschland.«
Ach ja, Soldaten mit Heimweh auszuhorchen, ist ein Kinderspiel. Die Aktualität in Ottos Berichterstattung verrät Lapo genau, was er wissen will. Offenbar fühlt der Deutsche das selbst. Mit nichtssagender Miene ruft er: »Ein Spielchen, wie wär's?« einer Bäue-

rin zu, die gerade vorbeikommt. Ein Ablenkungsmanöver. Selbst die Bäuerinnen wissen, daß eine anständige Frau nicht würfelt, jedenfalls nicht auf der Straße. Lapo verzieht keine Miene.

»Was ich eigentlich suche, ist so etwas wie Geleitschutz. Die Soldaten, mit denen man spricht, können mir den natürlich nicht verschaffen. Wo kann ich irgendwo einen Offizier finden?«

»Woher soll ich das wissen? Denkst du, daß die zu mir kommen?«

»Nein, nein. Ihre Handlanger haben zwei Füße nötig. Darüber sei mal ganz froh. Zu wem sie dann aber sehr wohl kommen, darum geht es.«

Acht-neun-Zehn flüchtet sich in ein Gelächter. »Lauf von mir aus die Bordelle ab«, ruft er, »dann bin ich dich los.« Damit scheint er sich schon wieder verplappert zu haben, denn er fügt hinzu: »Nicht, daß du sie da finden wirst. Es kommen keine Offiziere in die Stadt. Auch keine Mannschaften. Nicht mehr. Es wurden ein paar aufgegriffen, vor Ostern. Ein Spielchen die Herren?«

Zwei gutgekleidete Lebemänner scheinen etwas für den Vorschlag übrig zu haben. Lapo winkt zum Abschied und geht nachdenklich seines Wegs.

Draußen vor dem Stadttor wimmelt es von Leuten vom Land. Zollwächter sind damit beschäftigt, eine Herde Schafe zu zählen, Salz zu wiegen, das von der See kommt, und Korn, die letzten Kornladungen des

Jahres. Ein Bauer schaut ganz nervös auf die Waage. Korn ist Gold, es bringt heute vierzig Groschen den Scheffel ein, aber die Zölle sind empörend hoch. Zwei Quintalen, drei Scheffel? So viel war es nicht, da muß irgend etwas mit den Gewichten sein ... Der Zollwächter beugt sich über die Waagschale, und dann sieht Lapo, wie hinter seinem Rücken ein anderer eine Karre mit zollfreiem Lorbeer nach drinnen fährt. Da guckt ein Schweineohr heraus, das Lapo in heftigen Zwiespalt bringt: Wen soll er warnen, den ungeschickten Schmuggler oder den nachlässigen Zöllner? Glücklicherweise folgt der Bauer Lapos Blick, sieht das Ohr und verdeckt es. Lapo selbst hat eine ganze Menge weggeschmuggelt, als er noch ein sündiger Laie war, und er fühlt eine tiefe Genugtuung. Aber das Augenzwinkern des Lorbeer-Kärrners erwidert er nicht, denn so ein Augenzwinkern ist Schmiergeld.
»Ach, Bruder«, sagt eine junge Bäuerin, »bete ein Vaterunser für mich, und ich gebe dir einen Apfel.«
»Weißt du sicher, daß du nicht Eva heißt?«
»Ich heiße Cosa.«
»Gib mir dann zwei Äpfel für zwei Vaterunser.«
»Was für Schlemmer, die Pfaffen hier in Florenz!« Aber von den Äpfeln, die sie aus ihrem Eselskorb holt, gibt er ihr einen zurück, den sie auf der Stelle aufessen muß, denn sie hat eine lange Reise hinter sich. Ihr Rock ist verstaubt, und außer den Äpfeln hat sie noch einen hohen Korb voll Safrankrokus: Den

bauen sie in der Gegend von San Gimignano an. Er verspricht ihr gute Geschäftsabschlüsse. Dank der Vaterunser werden Köche, Färber und Apotheker sich um ihren Safran reißen! Krokusse und Bäuerin duften vage nach Frühling und Erde. Auf einmal hat Lapo es eilig, aus der Enge herauszukommen. Vor ihm liegen die Chianti-Hügel, wogend unter dunklen, bestellten Äckern und grünen Olivenbäumen. Was macht er hier, vor Stunden schon hatte er dahinten sein wollen.

»O süße Hügel der Toscana –
seid mein Palast, den ich bewohn' . . .«

Es ist eins von den Liedern, die nie fertig werden. Ein Rondello darf nur kurz sein, und immer entdeckt Lapo neue Schönheiten, die unbedingt hineingehören. Sofort ist er wieder damit beschäftigt, so daß sie alle zusammen in den Hintergrund treten, Nennetta, die Weber, der Maskierte von der Großen Compagnie. Er geht nach Siena . . . was ihn nicht daran hindert, erst einmal nach Marignolle abzubiegen.

Vier

Lapo in Marignolle. Zwei redselige Alte auf der Piazza. – Später ein traumschöner Garten und der betrunkene Besitzer mit seinen beiden Freunden in der Laube: Zotenerzähler. Aber Mörder?

Der Name Florenz, sagt man, hat etwas mit einer Blume zu tun. Das ist dann wohl eine Sonnenblume, von der die Stadt selbst, innerhalb ihrer festen Mauern, nur das Herz ist. Die farbigen Blütenblätter liegen außen herum: ein Kranz von Sommerhäusern und Gärten. Über die Hügel wogend, bilden sie einen zweiten Ringwall in einem Umkreis von wohl fünfzig Meilen, so wird behauptet. Ein verletzbarer Ringwall natürlich, so daß viele Sommerhäuser aussehen wie Festungen. Das hindert ihre Eigentümer nicht daran, Sorgfalt und Ersparnisse in das zu stecken, was hinter den vergitterten Fenstern und schweren Mauern liegt, vor allem in die Gärten. Wer es sich nur eben leisten kann, schickt im Sommer seine Familie in seine Villa und reitet selbst hin und her zwischen der Kühle da oben und der Hitze unten in der Stadt. Nur im Winter, oder wenn Krieg droht, haben die Bauern das Reich wieder für sich. Aber Florenz schafft es immer eleganter, seine Kriege auf anderer Leute Terrain auszufechten, schon allein wegen der Landhäuser.

Der grüne Ringwall ist nicht überall gleich vornehm. Zur Zeit geht die Vorliebe zu den Südhügeln, und als ganz besonders fein gilt der Flecken Marignolle. Er ist sehr beliebt bei ruhigen Intellektuellen, und das, wird Lapo Mosca klar, hat ihm von Anfang an irgendwie nicht gepaßt. Stille Bäume ragen hervor aus noch stilleren Mauern, die Wege sind sauber und langweilig. Die drei ordinären Hurenböcke, die er sucht, werden kaum aus Marignolle kommen. Obwohl . . .

Die Sonne steht hoch, er ist durstig, und ihm ist warm. Das trifft sich gut. Für seine erste Erkundung rechnet er auf das Wirtshaus da am Platz. Wer beim besseren Stand landen will, fängt am besten beim niederen an.

Zwei Greise sitzen beim *vino bianco* mit der Gelassenheit lange Verwurzelter. In ihrer bäuerlichen Tracht sind sie ganz manierlich gekleidet, so daß Lapo sich ohne Gewissensbisse in ihre Nachbarschaft stellt, als er den Wirt laut um einen Becher Wasser bittet – um Gottes Lohn. Das wirkt. Wenig später sitzt er bei den Greisen hinter demselben weißen Wein. Wer Durstige labt, erhöht seinen himmlischen Banksaldo; vor allem, wenn es Durstige sind aus dem geistlichen Stand. Lapo ist in gewisser Weise ein Schnäppchen, weil er allein ist: In der Regel gehen Minderbrüder zu zweit auf Wanderschaft.

»Mit mir hält es niemand aus«, erklärt er freundlich. Seine Aufträge sind meist zu diskret, um von mehr als einem Vertrauten erledigt zu werden, aber das brauchen seine Gastgeber nicht zu wissen. »Trinken kann ich übrigens sehr wohl für zwei«, versichert er und hebt sein Glas. Trebbiano. Das dachte er sich schon.

»Ganz aus Fiesole!« Das Zweigespann hat ihn sofort ausgehorcht. »Dann bist du früh losgezogen, Bruder«, sagen sie voller Respekt.

»Ich mußte. Wer nicht arbeitet, soll nicht trinken.«

»Oh, das stimmt nicht. Ich hab mich krummgearbeitet und nie getrunken. Meine Frau wollte es nicht. Sie hatte ein Gelübde getan. Erst seit sie tot ist, halte ich mich schadlos.«

»Gott sei ihrer Seele gnädig. Woran ist sie gestorben?«

»An verdorbenem Wasser.« Der Alte kichert verschämt. »Davon bekam sie das Fieber. Die Löhne, die Gott für Gelübde zahlt – da staunst du als Sterblicher.«

»Ich hab mich auch mein Leben lang krummgearbeitet«, erklärt der zweite Greis. »Was für eine verlorene Zeit war das. Das Versäumte hole ich jetzt nach. Mit Nichtstun. Ich bin noch lange nicht damit fertig. Ich kann noch nicht sterben.«

»Das werd ich an die da oben weitergeben«, verspricht Lapo, und damit kommt er gut an. Hoffnungsvoll fragen die alten Männer, ob er nicht in Marignolle bleiben wolle. Der Pastor hier versteht nur etwas von Hühnerzucht. Nicht einmal Lesen und Schreiben kann er.

»Wollen schon. Aber ich muß nach Siena. Die Dominikanerpater dort haben ein Bein vom seligen Bartolo. Von unserem Bartolo, dem von San Gimignano. Ihnen nützt der nichts. Ein Mann wie Bartolo tut keine Wunder an Besserwissern. Das Bein gehört zu uns. Sie wollen es wohl verkaufen, aber wir Minderbrüder haben kein Geld. Nun schicken sie mich dahin, um es für nichts loszueisen.«

»Bekommst du denn öfter etwas umsonst von Dominikanern?«

»Ja, sicher. Bäckerkarren voller Steine, und sie reden so lange drum herum, bis du schwörst, daß es Brote sind.«

»Paß nur auf, daß diese Reliquie nicht auch aus Stein ist!« warnt der erste. Der zweite schaut mitleidig und sagt: »Hätte dein Oberer dafür nicht lieber einen Schlaueren schicken können?«

»Ich bin Lapo Mosca«, sagt Lapo Mosca – und betet hastig ein Reuebekenntnis.

Aber sein Name sagt den beiden Alten nichts. Oder doch. »Mosca? Von den Moscas aus Impruneta? Oder von dem krummen Mosca aus der Schwertmachergasse? Oder . . .«

»Nein, nein. Ich bin Lapo, Sohn von Lapo, dem Korbflechter aus Lucca. In unserem Orden wirst du Mosca genannt – Bruder Fliege –, wenn du kein Sitzfleisch hast. Mein Oberer weiß das. Darum bin ich es immer, der mit einem Auftrag losgeschickt wird. Im Tun lernt der Mensch. Auch wenn er kein Schlaukopf ist.«

Er sagt nichts davon – natürlich nicht –, was ihm wirklich bei diesem Auftrag quersitzt. Der Prior der Dominikaner hat ausdrücklich gefordert, ihn als Unterhändler zu schicken. Er versteht nicht, was sie von ihm verlangen können. Es wird ihnen kaum um seine Ansicht zu irgendeiner philosophischen Haarspalterei zu tun sein ...

Wir müssen unseren Nächsten lieben. Unseren nächsten Mitmenschen also. Über unseren nächsten Klosterorden sagt die Schrift glücklicherweise nichts, sonst kämen wenige Franziskaner in den Himmel. Dominikaner viel eher. Die können die Franziskaner zwar ebensowenig leiden wie umgekehrt, aber sie finden für alles eine Entschuldigung. Sagt Lapo Mosca. Dominikaner heißen eigentlich Predigtherren. Der offizielle Name der Franziskaner lautet Minderbrüder. Herren und Brüder: Auch die geweihte Gemeinschaft kennt Rang und Stand. Von der Freundschaft, die die beiden heiligen Ordensstifter vor anderthalb Jahrhunderten verband, ist nicht viel mehr geblieben als die schöne Hülle. Dahinter raufen sich die frommen Rivalen um jede unsterbliche Seele. Das macht persönliche Begegnungen in der Regel etwas gezwungen.

Der zweite Greis hat inzwischen den Faden des Ge-

sprächs wiederaufgenommen: »Wenn du nach Siena sollst, was machst du dann in Marignolle?«
Endlich!
Lapo trinkt sein Glas leer, bevor er beredt auseinandersetzt, daß er den Umweg seiner Frau Patin zuliebe macht. Ein früheres Milchkind seiner Frau Patin ist von einem Sohn entbunden, hier in Marignolle, und für den hat sie ein Mützchen gestickt, das er abgeben soll. Aber die Frau Patin hat keine Zähne mehr, und Lapo war etwas verschlafen beim Erzählen, und so sitzt er nun hier und hat keine Ahnung, wie die Familie heißt, zu der er soll. Er weiß nur, daß er einen Tag zu spät ist. Die Taufe war gestern.
Belcore, sagen die Männer wie aus einem Munde. Die einzige Taufe seit Ostern war bei Belcore, und, ja sicher, das war gestern: Wer gut schnuppert, riecht die gebratenen Gänse noch. Das teuerste Fest seit Jahren, sagen die Männer reserviert. Ein Protzfest. Belcore erstickt im Geld, aber er ist kein Herr. Herr zu sein, das lernst du nicht auf einmal vom Vater auf den Sohn, und Belcores Vater war noch ein einfacher Frachtschiffer, der zur Levante fuhr. Da hat er die Moneten verdient . . .
»Nicht da und nicht verdient«, unterbricht der eine den anderen. »Hier. Und gestohlen. Durch Steuerhinterziehung.«
. . . In jedem Fall die Moneten, womit der Sohn das Landgut der Figlipetri gekauft hat, als die verbannt

wurden. Belcore paßt dahin wie ein Schafsködel in die Schatzkiste, wie er's auch anfängt. Er kann nach Moschus stinken und sein Haar frisieren und überall Eichhörnchenpelz dransetzen, bis hin an seine Schlafmütze. Es ist damit genauso wie mit den hohen Hakken, die verbergen sollen, daß er ein Knirps ist: Faxenkram verbirgt nichts, er enthüllt.

Offenbar hat Belcore den Weg zu Freudenhäusern leichter gefunden als zu Männerherzen. Die Greise schämen sich ein bißchen wegen ihrer Tratscherei. Sie beeilen sich hinzuzufügen, Belcore mag kein Herr sein, seine Frau ist dafür eine Dame. Immer in Schwarz, immer Schweigen, immer Beten. Lapos gute Frau Patin hat ihr keine saure Milch gegeben, das steht fest.

Lapo bedankt sich für den Wein und die Auskünfte und läßt sich den Weg zeigen zu dem, was noch immer das Anwesen der Figlipetri genannt wird.

Die Fassade des Hauses ... mächtige Quader aus dunkelblondem Sandstein – unterscheidet sich von den angebauten Parkmauern nur durch Fenster und eine schwere bronzene Tür. Aus der kommt ein gewaltiger Neger, der ihn von Kopf bis Fuß durchsucht, als er nach dem Herrn des Hauses fragt. Hände, groß, weich, unheimlich, wie Polypen. Sie finden keine Waffen, nicht einmal ein Panzerhemd, nichts als das kleine Tamburin, das voller Mißtrauen betrachtet wird. Schließlich darf Lapo mit, durch eine Pforte in

der Gartenmauer. Der Livreeärmel mit dem Polypen dran zeigt in die Richtung einer Gartenlaube. Lapo kann es nicht lassen, den einen Satz Arabisch loszulassen, den er aus dem Heiligen Land übrigbehalten hat. Darauf erhält er die florentinische Version von »Quatsch nicht!« zurück.
Vor einem Hintergrund von Zypressen senkt sich eine Grasfläche herab, kurzgeschoren, dunkelgrün. Von der Freitreppe hinter der Villa schlängeln sich Pfade in verschiedene Richtungen, eng gesäumt von Keramikschalen mit duftenden Orangenblüten, weiter entfernt überdacht von Rosenbögen, die schon grün sind. Vögel zwitschern rund um einen weiß-marmornen Springbrunnen. Die Mauern verbergen sich hinter blühenden Sträuchern, Reben und Olivenbäumen. Die dunkle Feierlichkeit von Zypressen und Zedern bildet den Hintergrund. Lapo bleibt für einen Augenblick stillstehen, eine schöne Aussicht läßt er sich nie entgehen. Seine Gedanken wandern zum vorigen Eigentümer, dem Verbannten, Figlipetri. Die Freude des Besitzens erschwert das Leid des Verlierens. Es ist sicherer, ein Bruder Fliege zu sein, der »nichts hat und alles besitzt«, der einen Blick werfen und weitergehen kann. Was er dann auch tut – nach einem Blick auf ein antikes Götterbild an der Freitreppe, das ein samtenes Käppchen auf dem einen Ohr trägt, neben einer Göttinnenfigur, der rote Titten und schwarzes Schamhaar aufgemalt sind. Belcore hat Humor.

Aus der Gartenlaube klingen die Stimmen von Männern, die bereits ganz schön hinüber sind. So verwundert es Lapo auch nicht, daß ihm schon bald der schwere Duft von Malvasier entgegenschlägt und daß die Herren, auf die er verwiesen worden ist, hinter Gläsern und Karaffen verschwinden. Es sind drei; mit ein bißchen Glück hat er die drei Freunde von Nennetta auf einen Schlag zu fassen. Sie schauen ihn eine Weile verschwommen an, bis einer von ihnen feststellt: »Ein Bruder von Sankt-gib-mir-einen-Pfennig.« Lapo hat den Mann ausgesucht, auf den die Beschreibung der Greise am besten paßt. Er macht eine Verbeugung vor ihm und wünscht ihm die üblichen tausend Söhne.

»Wenn du wegen des Taufmahls kommst«, sagt der glückliche Vater, »in der Küche haben sie vielleicht noch einen Klacks.«

»Vielen Dank. Ich hab heute morgen schon einen Klacks von Eurem *blanc-manger* gehabt.«

Die Männer schauen sich an; ihr Blick bestätigt Lapo, daß er es offensichtlich mit Nennettas drei Freiern zu tun hat. Sie setzen sich aufrechter hin, scheinen nüchterner.

»Ist die Dirne verrückt, daß sie mir einen Pfaffen auf den Hals schickt?«

»Wenn ihr Nennetta meint, die such ich gerade. Es ist ihre Wirtin, die mich schickt.«

»Ist das Weib verrückt?« Belcores Wortschatz ist

etwas mager. »Denkt sie, daß ich mir eine Nutte ins Haus hole?«
Einer seiner Freunde schlägt sich auf die Schenkel vor Vergnügen. »Hört ihr das? Sismonda heimlich auf und davon!«
Aber der dritte, der Lapo die ganze Zeit schweigend angesehen hat, fragt mit Grabesstimme: »Bist du nicht Lapo Mosca? Das bedeutet Scherereien.«
(Schreib dir das hinter die Ohren, Angeber: Für tugendsame Greise ein Fremder, bei jungem Gesindel bekannt . . .)
»Scherereien, die Herren, aber nicht für euch. Hier war ein Familienfest, das weiß jeder. Kein Mensch sucht die Frau in Marignolle. Aber kein Mensch weiß, wo sie wirklich ist. Ihr habt sie gestern gesprochen. Was hat sie gesagt? Was wißt ihr von ihr?«
»Daß sie einen appetitlichen Popo hat«, beginnt einer herausfordernd. Die anderen ergänzen die Personenbeschreibung gierig mit allem, was sich außerdem noch lohnt an der Vermißten.
»Das wissen wir natürlich«, sagt Lapo ungerührt – und in der Tat, seit heute morgen weiß er das eine und andere davon. »Aber es würde helfen, wenn wir ein paar mehr Angaben über ihre Person hätten. Die Wirtin schickt lieber mich dafür los, als daß sie gleich die Polizei dazuholt. Sie selbst weiß auch nicht mehr, als daß der Taufname der jungen Frau Sismonda lautet. Aus welcher Familie kommt sie, mit wem hatte

sie Kontakt? Ihr müßt es doch wissen, ihr seid Freunde von ihr.«
»Freunde einer Hure? Ist dieser Pfaffe verrückt?«
»Niemand wird als Hure geboren. Sie scheint gesagt zu haben, daß sie euch von früher her kannte.«
Die Männer rutschen ein bißchen hin und her, bis Belcore mit den Achseln zuckt.
»Nun ja, lieber dir als der Polizei. Wohin sie ist, wissen wir nicht, aber wir kennen sie seit Jahren, das stimmt. Wir kannten sie schon, als sie noch anständig war und wir nicht einmal ihren Schatten ansehen durften. Sie bekam Unterricht mit den Schwestern von Carlo hier, Lesen, Musik, was weiß ich. Ein verdammt hübsches Mädchen, wir liefen ihr schon nach, als sie zehn war. Aber wir waren Dreck für sie, wir bekamen nicht einmal eine Antwort, wenn wir etwas zu ihr sagten. Ihre Familie wurde verbannt, aber sie blieb dasselbe Luder. Dann verschwand sie ... und vor zwei Jahren fanden wir sie im Puff. Durch puren Zufall. Schön, daß die Rollen vertauscht wurden. Wir hatten etwas heimzuzahlen, versteht Ihr?«
»Nein. Wer so tief fällt, hat genug bezahlt.«
»So etwas begreift ein Mönch nicht«, sagt der Freund, der Carlo heißt. »Der Padrone hier, Messer Belcore, hat um ihre Hand anhalten lassen, als sie zwölf war. Er bekam sie nicht. Er war nicht fein genug.«
»Das meinte ihr Vater, nicht sie selbst ...« Lapo

stockt. Er sieht Tränen in den Augen von Belcore. Tränen der Wut, der Erniedrigung, des Bedauerns.

»Ihr Vater, genau. Er wurde verbannt, er hatte keinen Pfennig mehr, er saß auf einem Dachboden in Siena. Da bin ich zu ihr selbst gegangen, was konnte mich eine Mitgift scheren, ich habe genug, ich hab um ihre Hand angehalten, sie hat mich verhöhnt, mich hinausgeekelt. Herrgott noch mal, was hat sie mir alles an den Kopf geworfen! Dreck war ich, genau wie früher. Sie bliebe lieber ihr Leben lang Jungfrau, sagte sie. Jungfrau! Sie! Und diesen Abschaum finde ich dann im Sito Baldracca. Noch immer auf die Hinterbeine gestellt. Noch immer bereit, mir die Augen auszukratzen und mich zur Tür hinauszuwerfen.«

Der Mann, der Carlo heißt, bricht in schallendes Gelächter aus.

»Die Madame mußte erst dazukommen. Da hatte Feo die Schnauze voll. Aber das haben wir am nächsten Tag zu dritt wiedergutgemacht, was, Feo?«

»Leichenblaß wurde sie, als sie uns hereinkommen sah. Meine Karbatsche im Ärmel. Sie hat 'ne Woche lang nicht sitzen können.«

»Seinen Hintern hat er sie lecken lassen . . .«

»Auf Händen und Füßen hat sie ihn herumreiten dürfen . . .«

»Los! Rascher, Frau Gräfin!«

»Kennt die Gnädigste Carlino noch? Maul auf für Carlino!«

Drei geile Trunkenbolde, Lapo sieht sie nicht mehr. Er sieht die Frau im Arno. Mein Gott, es war Selbstmord. Kein Wunder. Als er gegen die Prahlerei ankommen kann, sagt er: »Waschlappen, zu dritt gegen eine Frau. So treibt man einen Menschen in den Tod.«
»Aber nein, Bruder. Sie verlangt danach. Sie muß wissen, wer der Herr ist. Dann wird sie so heiß wie eine Katze.«
»Du weißt nichts von Frauen, Bruder«, sagt Carlino mit einer gewissen Gutmütigkeit. »Es gibt zwei Arten. Entweder sie legen sich gefügig auf den Rücken und schlafen ein, während du zugange bist. Gut, um sie zu heiraten, und weiter nichts wert. Aber die anderen! Die kommen erst in Gang, wenn du sie vermöbelst, und dann gibt es kein Aufhören mehr. Hurenholz. Aus dem ist Sismonda geschnitzt. Wenn wir die nicht an ihrem Bett festbinden oder die Peitsche oder den Dolch schwingen, ist sie nicht zu ertragen. Jedesmal wieder. Glaub mir nur, gerade das gefällt ihr.«
»Du hast Marduch doch gesehen, an der Haustür? Der war früher bei Sismonda, natürlich. Er gehörte zu diesem Haus. Wenn ich dir nun erzähl, daß sie selbst vorgeschlagen hat, ihn mal mitzubringen. Du hättest es sehen müssen. Verdammt noch mal, ich dachte, daß er ihr durchs Maul wieder nach draußen kommen würde . . .«
»Bewahr dir den Rest für deinen Beichtvater auf!«

Lapo merkt nicht, daß er schreit. Er will weg, er weiß genug. Die Frau im Arno war Sismonda de' Figlipetri. Die wievielte Verbannte, die, von allem beraubt, auf den breiten Weg geraten ist.

»Mach dir über das Mädchen keine Sorgen, Bruder. Sie ist wirklich nicht so schlecht dran. Was hätte sie in Siena anfangen sollen? Betteln? Heimarbeiten anfertigen für eine Gilde? In ein Armeleutekloster eintreten?«

»Du hältst uns da raus, was? Sie taucht bestimmt wieder auf.«

»Du siehst, wieviel Freiheit sie hat. Sag nichts gegen die Madame. Geht und steht, wo sie will.«

»Sie geht nicht, und sie steht nicht«, sagt Lapo, bevor er sich umdreht, »aber aufgetaucht ist sie allerdings. Heute morgen. Aus dem Arno. Mit durchgeschnittener Kehle. Guten Tag.«

Fünf

Ein Bild an der Wand der Wegkapelle: die Tote im Arno als Maria Magdalena? – Der Besuch in einer Malerwerkstatt und ein Affe, der einen bestimmten Rhythmus trommeln kann. – Die Spur führt weiter zu Barnas Familie, zu Alda von Fredi. Verwickelt, verwirrend: ein ertrunkener Ehemann, eigene Kinder, Ziehkinder, häßliche platte Daumen.

Sismonda im Arno – wer warf sie dorthin?
Sismonda – wer hat sie ermord't?

Ein Dieb. Ein Ratsherr. Ein Parteimitglied. Ein Söldner der Großen Compagnie. Ein durchgedrehter Freier. Sie selbst.

Ein kleiner, dicker, schäbiger Mönch läuft seine »süßen Hügel der Toscana« auf und ab, ohne sie zu sehen oder gar zu besingen: Sie haben nun doch gegen die Frau im Arno verloren. Er macht sich nicht einmal mehr vor, daß er sich Jooskens halber mit ihr befaßt. Durch den Bericht in Marignolle ist der Weber als Täter so gut wie ausgeschaltet: Das kümmerliche Männchen hätte ebensowenig über Sismonda Herr werden können wie der noble Belcore. Da würde Lapo doch eher an Selbstmord denken, aber wenn er genau überlegt, sind ihm keine Fälle bekannt von Menschen, die es schaffen, sich auf diese Art ihre Keh-

Kehle durchzuschneiden. Alles deutet auf den Fremden mit der Maske hin. Er wird ihm die Maske nicht herunterreißen, bevor er nicht Sismonda selbst demaskiert hat. Ihre Herkunft hilft ihm vielleicht weiter.
Der Figlipetri-Prozeß hat seinerzeit viel Staub aufgewirbelt. Die Stadt lag im Krieg mit Mailand. Sie brauchte Geld und suchte Vorwände, um große Vermögen zu konfiszieren. Um den Altbankier Figlipetri treffen zu können, hat sie allerdings lange suchen müssen. Figlipetri hatte nichts für Politik übrig, nichts für einflußreiche Beziehungen, nichts für Kniefälle vor Machthabern. In der Stadt erschien er immer seltener, selbst im Winter nicht. Mit seiner Familie und seinen Büchern lebte er zurückgezogen innerhalb der Mauern seines Landgutes: ein echter Marignolle-Bewohner. Nach dem Tod seiner Frau wurde er fast zum Einsiedler. Um in Nennetta das kleine Töchterchen von damals zu erkennen, hätte man häufiger bei ihm verkehren müssen, als den meisten vergönnt war. Wie das Töchterchen zur Frau Nennetta werden konnte, ist noch unklar – aber die Erklärung, warum sie zu Spionage und Erpressung, die der Stadt schaden könnten, bereit war, liegt auf der Hand.
Mit der Sonne zusammen verschwindet Lapos Spürlust. Nach vierzehn Stunden auf den Beinen ist er ermüdet, und Hunger hat er auch: Vor solchen Hindernissen treten die brennendsten Probleme zurück. Es dämmert schon, als er die kleine Wegkapelle auf dem

Bergkamm erreicht, wo er meistens schläft, wenn er in dieser Gegend einen Auftrag hat. Dankbar setzt er sich auf die Stufe neben die verwelkten Blumen, die Gläubige im Vorübergehen dort hingelegt haben, und holt das Brot hervor, das eine Frau ihm unterwegs zugesteckt hat.

Als es aufgegessen ist, schaut er noch lange zu, wie die Feuer auf den Bauernhöfen eins nach dem andern erlöschen und die Mauleselpfade schwach aufleuchten unter den Sternen. Zypressen ragen schwarz empor, wie erhobene Arme einer betenden Erde. Lapo folgt dem Beispiel, so gut er kann. Beten ist Medizin gegen Unruhe – aber heute abend bleibt die Wirkung aus. Lapo fühlt sich merkwürdig – wie aus der Bahn geworfen. Er hofft, daß es vom Fisch kommt, den der Pastor von Galuzzo ihm hat geben lassen und der seine beste Zeit schon hinter sich hatte; aber er weiß sehr wohl, daß der Fisch weniger verdorben war als die Sprüche, die er in der Gartenlaube hat anhören müssen. Es ist sein geistlicher Magen, der ihm zu schaffen macht. Jetzt, wo der Tag vorbei ist, stößt ihm alles wieder auf, und er fürchtet sich davor mehr als vor greifbaren Gefahren. Was Belcore und seine Freunde von sich gaben, erweckt seinen Abscheu ... aber auch seine Verwirrung.

Für einen, der sich mit offenen Augen und Ohren herumtreibt, ist Mönchsein nicht einfach. Armut hat Lapo geloben müssen. Das war kein Problem: Er hat nie etwas anderes gekannt. Und Gehorsam: ein Begriff, der nach allen Seiten dehnbar ist. Aber dann: die sogenannte Keuschheit . . .

Lapo Mosca ist ziemlich zufrieden mit dem Leben, das er schließlich gewählt hat. Der heilige Vater Franziskus ist ein Mann nach seinem Herzen, er schätzt ihn kaum weniger als Unseren Lieben Herrn selbst. Er fühlt sich am richtigen Platz als der Sohn eines Mannes, der sich ebenfalls herumtrieb, und der sang und der tröstete: gerade so wie er, Lapo, selbst, aber eben ganz heilig. Eine Rückenstärkung, die er wahrlich brauchen kann . . . solange der Tribut nicht sein Fassungsvermögen übersteigt. Den letzten Pfennig bringt er selten auf, und das liegt bei ihm vor allem an der Keuschheit. Keine Frauen. Als ob das nicht lästig genug ist. Aber nicht einmal an Frauen denken. Bilder, bunt wie Schmetterlinge, hartnäckig wie Wespen . . . Lapo seufzt und tastet sich in die Kapelle hinein. Er legt sich auf den nackten Boden, mit schwerem Herzen, denn er weiß schon im voraus, was er träumen wird. Die Frau, die von Belcore mißhandelt wird, wird sowohl Sismonda als auch Maria aus der Apostelkirche sein. Vielleicht ist es nicht einmal nur Belcore, der sich wie ein Schuft benimmt.

Er hat sein Herz an »Maria-auf-Erden« verloren, als er noch ein Straßensänger war und sie als kleines Mädchen in einem Innenhof spielen sah, blond, sittsam, ernsthaft. Sie kam auf ihn zugelaufen, mehr wegen seiner Fiedel als wegen seines Liedes, und zupfte an den Saiten, ein vorsichtiges Fingerchen, zwei wonnige blaue Augen. Ihre Amme rief sie vom Haus her; da hat er in einer Aufwallung gesagt: »Madonnina, alles, was ich singe, ist fortan für Euch.«

Das Kind hat geantwortet: »Dann sollt Ihr auch fortan mein Ritter sein«, und sie verbeugten sich voreinander.

Ein Spiel? Ganz vergessen haben sie es alle beide nicht. Für Lapo war es außerdem mehr als ein Spiel: Das Versprechen des kleinen Mädchens füllte einen offenen Platz aus. Dichter zu sein, bedeutet auch, eine Dame zu wählen, die man bis über die Sterne erhebt – auch dann, wenn man nur einfache Rondelli dichtet. Die Damen aus seiner Umgebung waren zu plump, um über den Sternen zu schweben. Stück für Stück fielen sie herunter – aber »Maria-auf-Erden« blieb oben. Sicher tausend Lieder hat er auf sie gedichtet, und viele davon sind bekannt in der Toscana. Das kleine Mädchen wurde groß, der Spielmann wurde Mönch, sie sprechen niemals miteinander; aber als Symbol hielt Maria jeder Veränderung stand. Aus der Ferne hat Lapo über sie gewacht. Als sie verlobt wurde, hat er ihre Schwiegerfamilie ausgeforscht bis ins dritte Glied, erst dann konnte er dem Paar im stillen seinen Segen geben. Sie hat in die Familie der Machiavelli hineingeheiratet, gute Welfen, die nicht so leicht verbannt werden. Besonders glücklich ist sie wohl nicht, aber nur ein Narr hält Glück für sein gutes Recht. Es ist schon gut, daß das weiße Gesicht in dem blauen Kapuzenmantel kein besonderes Unglück verrät. Von ihren vier oder fünf Kindern sind in jedem Fall zwei am Leben geblieben. Und die anderen sind schließlich so weit nicht weg. Sie kniet in der Apostelkirche, um ihnen zuzuwinken.

Sismonda de' Figlipetri. Maria ne' Machiavelli. Sie haben nichts gemeinsam, außer einer Lasur, die sich aus einer jahrhundertealten Tradition von Wohlstand und Kultur gebildet hat. Für einen armen Kerl wie Lapo Mosca ist das offenbar ausreichend, um sie in seinen Träumen zusammenfließen zu lassen. Als er morgens wach wird, hat er noch immer das Gefühl, als ob ein Eimer Spülwasser über seine Seele gekippt worden wäre. Die tote Frau steht ihm wieder unmittelbar und klar vor Augen. Das Totenhemd, mit dem er sie in Gedanken bedeckt hat, will schlecht haftenbleiben. Er brummt, schlägt ein Kreuz, reibt sich die Augen, öffnet sie dann.

Und dann brummt er und schlägt noch ein Kreuz und reibt noch einmal, denn vor ihm kniet Sismonda de' Figlipetri. Sie hat kein Totenhemd an, sondern einen roten Mantel, über den das kastanienbraune Haar hinabwallt, und ihre beiden Arme streckt sie aus nach einem Gärtner, dem daran nichts liegt. Die Kapelle ist Maria Magdalena geweiht, aber es kann kein Zweifel bestehen: Die Frau da auf der Freskomalerei ist Sismonda, bis hin zu dem Muttermal an ihrem Mund. Lapo murmelt etwas, das zwischen einem Stoßgebet und einem Fluch liegt. Er macht sich auf den Weg zu dem Dorf auf dem Hügel in der Nähe, das sein Tor gerade geöffnet hat. Er hat schon die Faust geballt, um damit bei dem Haus neben der Kirche an die Tür zu schlagen, aber die Tür steht offen. Ein kleiner Junge bemüht sich, zwei widerborstige Ferkel nach draußen zu befördern. Hinter ihm wird eifrig geschrubbt, gespült, gehämmert. Der Meister selbst mag noch im Bett liegen, aber seine Lehrlinge hält er kurz. Bekanntlich zieht man mit wenig Schlaf, wenig Futter, wenig Ablenkung die besten Maler heran. Lapo schlendert durch das Atelier, während er auf den Meister wartet ... und ist natürlich auf der Stelle vertieft in das, was es da zu sehen gibt. Seine bösen Träume lösen sich in Nichts auf, und sogar Sismonda gerät fast in Vergessenheit. Farben! Verse aus Farben machen, so wie er es mit Worten tut! Meißel, Gänsefedern, Holzkohlestifte werden herbeigetragen, Pinsel werden gereinigt, wackelige Staffeleien befestigt. An einem Tisch sind zwei Jungen damit beschäftigt, Farben anzurühren. Das ist doch was anderes als die Bottiche in der Färbergasse in der Stadt! All die Farbabstufungen von Rot, Gelb, Grün: Zinnober, Drachenblut, Ocker, Kölner Lehm, Meergrün und Erdgrün! Die Lehrlinge nennen die Namen der Mischungen, auf die Lapo weist,

aber ungeduldig, denn Farbe zuzubereiten erfordert alle Aufmerksamkeit, vor allem in dem Moment, wenn das Ei hineinkommt. Während Lapo gespannt zuschaut, fühlt er ein Händchen in seiner Hintertasche. Bevor er es verhindern kann, macht ein kleiner Taschendieb sich mit seinem Tamburin aus dem Staub und klettert blitzschnell auf einen hohen Schrank.
»Seit wann haltet Ihr Euch einen Affen?«
Seit etwa drei Tagen, so scheint es. Der Herr des Affen ist gestorben, und die Kinder des Malers sind närrisch auf das Tier. Die Lehrlinge offensichtlich auch, lachend und lockend stehen sie um den Schrank herum. Der Affe beguckt und beschnüffelt das kleine Tamburin von allen Seiten, und Lapo schaut beunruhigt zu; aber plötzlich beginnt das Tier, fachkundig darauf zu wirbeln.
Er ist ein Luder, sagen die Jungen. Seitdem er ihnen bei der Arbeit zugesehen hat, lauert der Affe ihnen auf, mit Farben und Pinseln ihre Tafeln vollzuklecksen. Lapo lacht mit. Doch dann wird er aufmerksam.
»Leute, er schlägt nicht irgend etwas. Er macht einen Unterschied zwischen Lang und Kurz, hört mal. Und zwischen Hart und Weich.«
Tatamta tatatamta tatatamtatamtatam, schlägt der Affe, wie zur Bestätigung.
»Man würde schwören, daß er ein Lied begleitet«, sagt Lapo verblüfft. »Ich hab in meinem ganzen Le-

ben nur von einem Affen gehört, den man das lehren konnte. Dem Affen eines Spielmanns.«

»Das wird dieser dann wohl sein. Sein Herr war Spielmann.«

»Doch nicht etwa ... wie hieß der Kerl doch noch, ein bißchen krumm, mit einem Bärtchen ... Naddo ... aus Perugia stammt der.«

Wie er hieß, wissen sie nicht, aber krumm war er. Sie dachten, daß es von den Schmerzen kam. Er hat nach Florenz gewollt, zu Doktor del Garbo, aber er hat es nicht mehr geschafft. Magenkolik. Er selbst behauptete steif und fest, daß er vergiftet worden sei.

Lapo schlägt ein Kreuz, mehr aus Heute-er-morgen-ich-Erwägungen, als weil er diesen ehemaligen Kunstbruder besonders gern mochte. Wenn es wirklich Naddo war, hat der Tod einen Leisetreter zu sich genommen. Und die Taschendiebereien hat sein Affe auch von keinem Fremden.

Tatamta tatatamta, beginnt der Affe wieder, und dann fliegt die Tür auf, und eine wütende Stimme brüllt: »Wer hat das verflixte Biest wieder reingelassen? Und wer hat ihm das verflixte Tamburin wiedergegeben? Ich hatte doch gesagt ...«

Aber dann hat Meister Taddeo seinen Besucher erkannt, und er schließt ihn in die Arme, die Schlafmütze noch auf dem Kopf. Noch während er ihn an sich drückt, ruft er in die Küche, denn wenn Lapo vorbeikommt, hat er immer Hunger. Feuer schüren! Wasser wärmen! Her mit dem Rest Kichererbsen und dem Thunfisch! Und nehmt eine Möhre, um das elende Biest vom Schrank zu locken!

»Warte noch!« bittet Lapo. »Er schlägt den Takt eines Liedes. Laß mich eben noch herausfinden, was es sein kann.«

Die Lehrlinge erzählen, daß sie das auch schon versucht haben. Bevor sie dem Affen sein eigenes Tamburin abgenommen haben, schlug er diesen selben Rhythmus von früh bis spät. Sie wurden schier verrückt davon. Aber was sie auch drauf sangen, immer begann er wütend zu schreien.

Lapo Mosca schlägt leise den Takt, den der Affe angibt, mit, summt dies, summt das, schüttelt den Kopf und sagt dann: »Ich kenne nur ein Lied, das genau darauf paßt, aber das ist keine Spielmannskost. Es steht in dem neuen Geschichtenbuch von Messer Boccaccio, am Ende des ›dritten Tages‹, wenn ich mich nicht irre. So etwas kann er kaum meinen!«

»Versuch es!« rufen sie von allen Seiten, und Lapo springt in das Getrommel wie in einen fahrenden Wagen:

»Kein Mädchen hat zu klagen –
und zu seufzen so wie ich,
denn leider ach! vergebens muß ich meine
Liebe tragen . . .«

Auf dem Schrank schlägt der Affe wie besessen das Tamburin und hüpft vor Vergnügen auf und ab. Dann tut er, was er für keine Möhre tut: Er klettert vom Schrank herunter und legt das Tamburin in Lapos ausgestreckte Hand. Fachleute unter sich.

Um sein täglich Brot zu verdienen, kann Meister Taddeo das Bemalen von Brauttruhen und Vorhängen nicht ausschlagen, aber seine Spezialität sind Kreuzigungen und Madonnen. Das war die Spezialität seines Vaters und seines Großvaters schon, und Taddeo meint, wohl aus Sohnesliebe, ihren Stil und ihre Technik nicht verändern zu dürfen. Gewiß ein Dutzend Kruzifixe stehen nebeneinander an die Wand gelehnt, so wie gegen die Wand einer Schenke während einer Prozession an einem warmen Tag. Sie befinden sich in unterschiedlichen Stadien der Fertigstellung, einige sind kaum mehr als skizziert, anderen fehlt nur noch das Gold in der Aureole, aber alle haben sie dieselben, zur Seite gebeugten, schematischen Leiber und dieselben bäurischen, schematischen Köpfe. In einer Ecke starren etliche Madonnen aus leeren, hervorstehenden Augen über ihre schwachsinnigen Babies hinweg. Unpersönlich wie sie sind, erinnern sie Lapo an eine arrogante Magdalena mit einem Muttermal.

»Wer hat das alte Fresko in der Wegkapelle übermalt? Ich liebte es, ich verehrte es, ich betete davor, sooft ich in der Gegend war. Ich traute heute morgen, als es hell wurde, meinen Augen nicht!«

»Heiligenschändung!« sagt Meister Taddeo nachdrücklich und bitter, und Lapo sieht Bewegung unter den Lehrlingen, oder besser Stillstand: Spatel ruhen, Pinsel sinken, Augen starren. Lapo wird mutwillig dadurch: »Natürlich, die vorige Magdalena schielte. Sie hatte einen Leib wie einen Sack Kartoffeln, und sie kniete in einer Haltung, die kein Mensch aushalten kann. Aber darin bestand für mich nun gerade das Heilige. Heilig kann ich diese Neue nicht nennen.«

Die Lehrlinge lachen versteckt, aber ihr Meister gibt Lapo grimmig recht. Der Jugend von heute ist nichts mehr heilig, sie schmuggelt die Erde in den Himmel hinein. Das neue Fresko ist ein Skandal. Er wäre bereit gewesen, es höchstpersönlich zu übermalen, aber der Graf, der dafür bezahlt hat, findet es auch noch schön. Den Lümmel, der es malte, hat er, Taddeo, entlassen. Wer gottlos malt, hat bei ihm nichts zu suchen.

Lapos Frühstück ist aufgegessen, er kann zur Sache kommen.

»Ich frage mich, was für ein Modell so ein Junge dafür benutzt hat?«

»Das Modell, das wir alle hier nehmen. Meinen Sohn. Du dachtest doch nicht, daß ich hier weibliche Modelle hereinhole? Ist überhaupt nicht nötig. Ihre Leiber sind nichts anderes als mißgeformte Männerleiber. Dauernd Frauen hier mittendrin, ich darf gar nicht daran denken. Sollen meine Lehrlinge etwa zitternde Hände und trübe Augen bekommen?«

»Und vergiß die trüben Seelen nicht!« ergänzt Lapo hilfsbereit. »Der Kleine mit den Ferkeln, war das dein Sohn? Dann kann ich nicht finden, daß die Ähnlichkeit gut gelungen ist.«
Meister Taddeo seufzt bei solchem Laiengeschwätz. Ähnlichkeit? Was hat Ähnlichkeit um Gottes willen damit zu tun? Ähnlichkeit ist die Maske der Vergänglichkeit. Wer gleicht noch seinem eigenen Kindergesicht? Wer kennt die Gesichter, die die Heiligen hatten, und was besagen diese Gesichter überhaupt? Im Himmel haben sie schon lange keine irdischen Gestalten mehr.
Vor sich hin schimpfend geht er nach hinten, um einem pausbäckigen Jüngling auf die Finger zu schauen, der einen Stern auf die Schulter eines Madonnenmantels malen soll. Sparsam sein, Blattgold kostet ein Vermögen! Dicht neben Lapo sagt ein Lehrling leise: »Keine einzige von Barnas Frauen gleicht dem Söhnchen unseres Meisters. Wohl aber gleichen sie sich alle untereinander.«
»Barna?«
Aus Siena kommt er, oder eigentlich aus Monteriggioni, aber seine erste Ausbildung hat er in Siena erhalten. Barna von Alda von Fredi, ein Bauernjunge, aber seine Kameraden sprechen von ihm wie die Mohren von Mohammed. Aus allen Himmelsrichtungen sind Kenner gekommen, um seine Magdalena anzuschauen. Kein Wunder, daß Meister Taddeo sol-

che schlechte Laune hat. Kein Wunder, daß Barna Geld wie Heu verdient, seitdem er sich selbständig gemacht hat. Durch den Mief der Kunst von gestern hat Barna einen dicken, klecksigen Strich gezogen.
Taddeo schreit, daß er den Namen Barna nicht mehr hören will, und Lapo nimmt Abschied. Es ist noch ein ganzes Stück bis nach Siena ... um so mehr, als er wieder einmal nicht geraden Wegs dorthin geht.
»Bete unterwegs für die Kunst, sie hat es nötig«, sagt Meister Taddeo und läßt eine Handvoll Münzen in Lapos Tasche gleiten. Meister Taddeo ist nicht der Schlechteste.

»Arri!« treibt der Fuhrmann sein Maultier an, und er schnalzt mit der Zunge. Dann wendet er sich wieder Lapo Mosca neben ihm auf dem Bock zu und wiederholt: »Rüpel!« mit dem Dünkel des Städters. Er ist Sienese und Ortsvorsteher von Monteriggioni. Lapo hat ihn unterwegs getroffen, die Peitsche in der Hand, um damit einen Dorfschmied zu züchtigen, einen Schmied mit einem Hammer: Das war natürlich nicht sehr vernünftig; aber der Flegel wollte doch tatsächlich ein Rad auf seine Weise reparieren und nicht nach den Anweisungen des Sienesen: Das war noch unvernünftiger. Der Schmied verstand natürlich mehr davon, aber der Sienese stand nun einmal höher. Lapo kam gerade rechtzeitig, um ihn in eine Weinhandlung hineinzulotsen, so daß der Schmied sein Handwerk ausüben konnte und der Kunde seine Macht ... und sei es nur in seiner Einbildung. Als der Wagen wieder fahren konnte, durfte Lapo mit auf den Bock. In solchen Fällen argumentiert er vorübergehend um das Fußgängerideal seines Ordens herum. Ein Bettelmönch ist enthaltsam, aber was ihm zugesteckt wird, soll er essen. Ein Bettelmönch muß zu Fuß gehen, aber wenn ihm eine Fahrt zugesteckt wird ... nicht wahr? Außerdem spricht die Regel seines Ordens von Pferden, nicht von Maultieren.

»Rüpel. Verdrisch einen Bauern, und du hast ihn zum Freund. Das gilt auch für Schmiede, wie du gesehen hast. Zu Ostern hättest du das Gesindel aus meiner Gemeinde erleben sollen. Nicht einer von ihnen war nüchtern. Alle führten sie das große Wort. Da brauchte gar nichts zu passieren, und schon knallten die Köpfe wieder aufeinander. Gott sei Dank, ihr Geld ist versoffen. Sie sitzen wieder auf ihren Äckern und reden wieder mit ihrem Vieh.«

»Genau wie Sankt Franziskus«, sagt Lapo tugendhaft.

»Ha, du solltest sie hören! Ich fühle mich als Sankt Franziskus. Nämlich dann, wenn ich ihnen etwas begreiflich machen muß. Nur daß er mit den Vögeln redete und ich mit Vieh. Na gut«, sagt der Sienese, »du fragst nach dem Barna von Alda. Rüpel. Oder nein, Flegel. Nicht etwa, daß er noch in meinem Dorf lebt, aber er hat einmal bei mir das Maul weit aufge-

rissen. Seine Mutter hatte sich mit einem Nachbarn wegen eines Weinberges überworfen.«
Die Erinnerung stimmt den Sienesen fröhlich.
»Beide behaupteten natürlich, daß es ihr Weinberg wäre. Da kamen sie doch alle beide, natürlich getrennt, bei mir mit einem Faß Wein an. Dachten, mir damit schönzutun. Aber ich laß mich natürlich nicht bestechen.«
Das gefällt mir nun wieder an dir, Freundchen, denkt Lapo. Respektvoll sagt er: »Wären doch nur alle Richter so. Standfest sein und Geschenke ablehnen.«
»Ablehnen? Warum sollte ich sie ablehnen? Abschlagen tu ich nie etwas. Ich laß mich nur nicht damit bestechen. Sie griffen alle beide ins Leere. Ich wies den Weinberg einem Neffen von mir zu, einem Offizier der Stadtwache von Siena. Sag nicht, daß das kein guter Schachzug war. Nun hat er einen Grund, uns zu verteidigen, wenn der Krieg in unsere Gegend kommt.«
»Salomonisches Urteil«, schließt der Sienese, als Lapo weiterhin schweigt, »das ist das Wahre, davor haben Rüpel Respekt. Nur den Barna, den hab ich für einen Tag ins Gefängnis stecken müssen.«

»Eine Krankheit«, sagt Barnas Mutter ein paar Stunden später. »Das eine Jahr hat jeder Pestbeulen, das nächste Jahr fressen die Heuschrecken alles kahl, das dritte Jahr nimmt einer dem andern den Weinberg weg. Dagegen kann man nichts machen. Man sagt, es habe etwas mit den Sternen zu tun.«

»Es hat mit keinen Mann und kein Geld haben zu tun«, sagt ihre Tochter, die Tancia heißt. »Frau-allein ist vogelfrei. Wehr dich, und sie klagen dich als Hexe an.«

Was noch nicht mal weit hergeholt ist, denkt Lapo mitleidig, während er die knochige Frau ansieht und die schrille Stimme hört, die aus einem dünnlippigen Mund die Wörter ausspuckt wie Glasscherben. Die Verbitterung, die ihr bis zu den Haarnadeln heraustropft, ist bei ihrer Mutter schon lange zu lustloser Gelassenheit eingedickt. Alda von Fredi sagt: »Was ich mit den Trauben verdiente, muß ich nun zusammenbetteln. Es kostet mehr Zeit, ist aber weniger anstrengend.«

Verbessern kann Frau-allein ihr Schicksal vielleicht nicht. Aber vergessen kann sie es, wenn sie für ihren Durst nicht auf Wasser angewiesen ist. Es ist deutlich, daß Alda von Fredi diesen Weg regelmäßig geht. Eine formlose Frau, etwa fünfzig Jahre alt. Sie erinnert Lapo unwiderstehlich an die nichtexistierende Patin, für die er das nichtgestickte Mützchen nicht in Marignolle abgegeben hat. Er erkennt denn auch, noch bevor sie es erzählt, wie sie sich nach dem Tode ihres Mannes am Leben erhalten hat: Sie hat als Amme ein Baby von reichen Leuten aus der Stadt ins Haus genommen und die eben geborene Tancia der Ziege überlassen. Ein Schicksal, das auch Barna zuteil wurde, ein paar Jahre später. Wer als Amme sein Brot verdienen muß, hat Kinder zu gebären, auch ohne Trausakrament. Alda von Fredi hat eine lange Witwenlaufbahn hinter sich: Lapo schätzt die »eben geborene« Tancia auf fünfunddreißig. Aber offenbar haben das Schuften und Brummen ihr Runzeln für zehn Jahre im voraus eingebracht, denn Fredi von Alda ist erst ein Vierteljahrhundert tot.

Der Mann ist bei der großen Überschwemmung vom November 1333 ums Leben gekommen. Das war, als es Wochen und Wochen regnete und unten im Arno-Tal alle eingemieteten Wintervorräte verrotteten. Fredi folgte dem Beispiel anderer Bauern aus den hochgelegenen Dörfern. Er lud seinen eigenen Vorrat an Zwiebeln und Porree auf seinen Esel und unternahm die lange Wanderung nach Florenz, wo man gute Preise erzielen konnte. Während er in der Stadt war, kam die Flutwelle, und er ertrank mitsamt dem Esel und allem anderen. Seitdem steht Alda allein und schutzlos da.

»Allein und schutzlos? Ihr habt doch aber Barna?«

Wenn das so wäre. Ein Junge, der in die Stadt gezogen ist an dem Tag, an dem er seine ersten Hosen anzog. Er dachte gar nicht daran, der Hofstelle auf die Beine zu helfen, seine Mutter zu versorgen, seiner Schwester eine Aussteuer zu verschaffen. Schaufel und Besen zu werden im Haus seines Milchbruders, das nannte er:

vorankommen in der Welt. Gut, lesen und schreiben hat er gelernt, und damit konnte er bei einem Kaufmann eintreten. Wenn er da wenigstens geblieben wäre und seinen Lohn zu Hause abgeliefert hätte. Aber er mußte unbedingt malen. Seitdem liegen bei Alda von Fredi die Mäuse verhungert unter dem Tisch. Maler verdienen nichts.

Darüber hat Lapo heute morgen etwas anderes gehört. In Gedanken gibt er Barna von Alda eins hinter die Ohren.

»Vorankommen in der Welt!« wiederholt Tancia verächtlich. Vorankommen in der Welt auf einem Schuh und einem Pantoffel. Gnadenbrot essen in Kirchen und Klausen, die er vollschmiert. Und wenn sie sich dann in ihrem Unglück einmal an ihn wenden, verdirbt er alles mit seinem ungewaschenen Maul.

»Ich werde einmal mit ihm reden«, verspricht Lapo, und wie schön!, das ist nun einmal nicht gesponnen, von A nicht bis Z nicht. Wo steckt er denn, der verdorbene Sohn?

In Siena. Sie wissen nur, daß er noch immer in der Dominikuskirche arbeitet. Was das angeht, hätte Lapo sich den Umweg über Monteriggioni sparen können. Obwohl – wo Schatten ist, ist auch Licht. Den ganzen Tag schon belastet ihn das ungewohnte Gewicht in der Tasche seiner Kutte.

»Gar nichts verdienen Maler nun auch wieder nicht. Barna hatte noch Lohn zugut bei einem früheren

Lehrherrn, dem ich heute morgen begegnete. Den kann ich ebensogut hierlassen.«

Vier Hände grapschen nach den armseligen Münzen, die eine keifende Stimme und eine versoffene Stimme einander wütend streitig machen. Kurze, breite Hände mit häßlichen, platten Daumen.

Das Heu, in dem Tancia den Gast schlafen läßt, riecht muffig. Wahrscheinlich ist es nicht erneuert, seitdem Barna mit seinem Milchbruder darin spielte. Jedenfalls sitzt es voller Ziegenködel und Ungeziefer, so daß Lapo als Gegengewicht an etwas Schönes und Liebliches denken muß und sich den Garten in Marignolle vorstellt. Ohne Saufbrüder, aber mit dem Springbrunnen, den Vögeln, mit dem Duft und den Blumen. Er schläft ein, während er an einem Rondello darüber nachsinnt.

Aber am folgenden Morgen kribbelt und krabbelt es an allen Ecken und Kanten, und so kommt es, daß Lapo sich vor Tau und Tag über den Dorfbrunnen beugt. Sauberkeit ist keine Tugend, die ein wandernder Mönch nun besonders hochhält, aber bei den Dominikanern sieht das anders aus. Dominikaner sind Herren. Die Chancen, ihnen eine Reliquie abzuluchsen, wird bestimmt nicht größer durch Mist auf der Kutte und Heu im Bart, von Flöhen und altem Schweiß ganz zu schweigen. Lapo will die Reliquie gern haben, und nicht nur, weil er dazu ausgesandt worden ist. Leider ist er kein allzu guter Mönch. Der selige Bartolo von San Gimignano zeichnete sich durch alles aus, was Lapo fehlt. Er war rein, sittsam, geduldig, goldehrlich und enorm gut im Beten. Wenn Lapo seine Seele der Seligkeit des Bartolo anvertrauen dürfte, wenn er das Bein von Bartolo doch nur einen Augenblick hätte, um – geistig – darauf zu stehen ... dann würde er sicher dadurch ein bißchen besser werden. Um nichts unversucht zu lassen, sucht er sogar ein Stück Bast, um seine Zähne damit zu putzen, und kaut seinen Atem rein mit einem Blatt Petersilie.

Mehr oder minder präsentabel, will er gerade losziehen, als Alda von Fredi ihm einen Gegenstand zusteckt, der in ein Tuch geknüpft ist. »Ein Ziegenkäse«, sagt sie verlegen.

»Das rieche ich«, antwortet Lapo gerührt, und sein Magen knurrt vor Vergnügen. Aber es scheint so gemeint zu sein, daß er ihn abliefern soll.

»Nicht, daß dieser Sohn von dir es verdient hätte«, erklärt er kopfschüttelnd. Da gibt Alda ihm recht. Der Käse ist auch gar nicht für Barna, der Käse ist für ihr Ziehkind Ginepro. Der hatte schon ewig Hunger, als er noch ein Kleinkind war. Nun wird er Pater, was bedeutet, daß er so gut wie nichts zu essen bekommt, auch wenn er den Dominikanern einen noch so großen Batzen Geld einbringt. Lapo muß ihm das Zubrot geben, ohne daß jemand es merkt, auch Barna nicht, und noch viel weniger Tancia; versteck es! Die beiden sind immer eifersüchtig gewesen. Als ob sie etwas da-

für könnte, daß Ziehkinder nun einmal immer von allem das Beste haben müßten. Dabei ist der Milchbruder von Barna ein wahrer Schatz von einem Jungen, mit einem Herzen aus Gold.
Amen. Aber draußen vor dem Dorftor steht Tancia, die Haare stehen ihr zu Berge, die Krallen sind herausgestreckt: »Sie hat dir was mitgegeben. Ich sah es. Für wen ist es?«
»Für mich. Deine Mutter läßt einen Gast nicht ohne Essen wegziehen.«
Aus der Hexe wird wieder eine Frau, fast gegen ihren Willen. »Ich dachte schon, daß es wieder für Gino wäre. Ihr letztes Hemd würde sie dem Mistkerl geben und mein Hemd dazu. Wenn wir Hemden hätten.«
»Muß dein Herz schlecht sein, weil das ihre gut ist?«
»Komm von deiner Kanzel runter! Steinreich sind sie, Gino und sein großer Bruder . . . das ist der Lump, der mir die Milch weggesoffen hat, als mein Vater starb. Denkst du, daß die sich jemals nach uns umsehen? Gino, das Ekel, das so dringend Geschenke bekommen muß. Er würde uns nicht einmal grüßen, wenn er über uns fiele.«
»Wir Minderbrüder sind dazu da, um die Fehler anderer Leute gutzumachen«, sagt Lapo freundlich. »Ich falle nicht über dich. Ich flieg auch nicht auf dich. Aber grüßen tu ich dich doch.«
Und nun geht er tatsächlich nach Siena.

Sechs

Alle Wege führen nach Siena, der offizielle und der inoffizielle. Laufen sie vielleicht gar zusammen? – Ein Dominikanerprior, der Gott dankt für das Wetter als Gesprächsstoff mit einem unbedeutenden Franziskaner. – Eine kleine Testamentskunde für Lapo – braucht er die? Und ein bißchen Lebenskunde für den Prior – will er die?

»Schwierige Zeiten für die Seelsorge ...«
Der Prior murmelt leise und mit spitzen Lippen – wie einer, der glaubt, er könne seine Zeit besser gebrauchen. Lapo Mosca hört ihm zu mit gerunzelter Stirn – wie einer, der glaubt, er müsse einen tieferen Sinn hinter jedem Wort vermuten. Dabei hat er mit dem nicht so tiefen Sinn schon seine Mühe, denn der Prior spricht mit einem starken französischen Akzent. Noch mehr Mühe hat Lapo übrigens mit sich selbst. Kindisch, dieser Widerwillen gegen Dominikaner. Nichts als Futterneid und Mißgunst. Nun sieh dir mal so einen Prior an. Prior bedeutet: der mehr ist, und deshalb wollte Franziskus das Wort nicht hören; bei Lapo zu Hause heißt der Klosterobere Gardian: Hüter. Aber dieser Mann hier ist ganz einfach einer, der mehr ist. Er hat schon als Prior in der Wiege gelegen. Hochgewachsene Gestalt, durchdringender Blick, Doktordiplom aus Paris. Da sieh dich mal bei den

Franziskanern um. Schwierige Zeiten für die Seelsorge. Wie gut ist das erkannt! Sorge tragen für Seelen in einer Zeit, die kaum noch weiß, was Seelen sind. Mit solchen Gedanken hat er selbst sich natürlich wieder niemals befaßt. Hohlkopf, der er ist.

»Winter sind immer schwierig für die Seelsorge«, verdeutlicht der Prior. »Schnee. Frost. Danach viel Regen. Wasserschaden in der ganzen Stadt. Wegeprobleme draußen.« Er dankt Gott, der das Wetter geschaffen hat als Gesprächsstoff für den Gelehrten, der einen einfachen Gast unterhalten muß. Fortgerissene Brücken, überflutetes Land. Und dann die Stürme. Einer seiner Pater ist unlängst wahrhaftig von einer Anhöhe geweht worden, mit Maultier und allem. Er hat sich das Handgelenk gebrochen und die Rippen gequetscht.

»Und das Maultier?« fragt Lapo besorgt.

»Danach mußt du den Bruder Stallknecht fragen.« Der Prior pausiert für ein Lächeln, bevor er so ein bißchen durch die Blume darauf hinweist, daß die Heilige Schrift unsere Fürsorge für Menschen fordert, für Arme, Witwen, Waisen. Nicht für Tiere.

»Eure Fürsorge wohl!« stimmt Lapo eifrig zu. »Aber ach, die meine . . .« Der HERR, unterstellt er, muß ihn zu den Stallknechten eingeteilt haben. Er jedenfalls kann keine Armen, Witwen und Waisen sehen – so wie eben zum Beispiel an der Klosterpforte –, ohne an ihre Hunde zu denken: Wieviel Hunger die dann erst haben müssen.

Der Prior runzelt die Augenbrauen. Persönlicher Ärger irritiert ihn leicht etwas.
»Das Volk an der Pforte wird tatsächlich zum Problem. Am Ende des Winters hat unser Kloster seine Vorräte natürlich ebenso aufgebraucht wie sie die ihren. Das ist ihnen hundertmal gesagt worden. Es scheint nicht zu ihnen durchzudringen.«
»Das kenn ich. Aber unser Gardian hat ein Mittel dagegen«, erzählt Lapo hilfsbereit. »Er läßt die Bettler in unsere Vorratskammer schauen. Wie leergefegt. Neulich sind sie sogar mit einem Topf Suppe gekommen.«
»Der Zehrpfennig der Armen!« Es klingt Mißbilligung in der französischen Stimme: Lapos Rat war offenkundig doch nicht so gut. Er erinnert sich jetzt auch an die Küchendüfte, die er im Eingang aufgefangen hat, und fügt eilig hinzu: »Hier ist das etwas anderes. Eure Gänge sind natürlich zu schön für all die schmutzigen Füße ...« An dem Bein von Bartolo, denkt er, saß auch ein Bettlerfuß. Widerwillen oder nicht, das Bein von Bartolo ist hier nicht am richtigen Platz.
Lapo hat schon ein paarmal versucht, das Gespräch auf die Reliquie zu bringen. Der Prior hat beiläufig auf die tiefe Verehrung seiner Brüder für den heiligen Bartolo hingewiesen. Lebenslang krank sei er gewesen, so hätte er vernommen, nach dem Biß einer Schlange. Es würde ihnen schwerfallen, sich von der

Reliquie zu trennen, die sie erst seit ein paar Monaten im Haus haben. Lapo öffnet schon seinen Mund, um auf ein kleines Mißverständnis aufmerksam zu machen, aber die Gelegenheit dazu erhielt er nicht. Der Prior redete sofort wieder von Regen und Sturm.
Vielleicht kommt er jetzt zur Sache? Er hat sich aufgerichtet, und der Klang seiner Stimme wird lebendiger. Aber nein, der Wetterbericht wird nur durch lokale Neuigkeiten ersetzt. Lapos Gedanken schweifen ab.
Er hat am Morgen ein ganzes Stück mit einigen Kaufleuten mitreisen dürfen – auf einem leeren Packesel – und stand schon früh vor dem Backsteinungetüm der Dominikuskirche. Er war hineingegangen, um – sagen wir mal – für einen Augenblick zu beten. Dadurch wurde die Begegnung mit dem Prior noch ein bißchen aufgeschoben. Das erste, was er sah, war ein völlig neues Fresko der Madonna. Das wäre an sich nichts Besonderes, denn Siena hält sich selbst für Marias Lieblingsstadt. Kein Bretterzaun ohne Maria. Aber diese Madonna hat eine hoffärtige Nase und ein Fleckchen am Mund, und das kam Lapo sehr ungelegen. Er hatte den Fall Sismonda sehr bewußt beiseite geschoben, er mußte den Kopf frei haben für den Auftrag, auf den er ausgeschickt war. Was sollte auf diese Weise daraus werden? Jetzt fragte er natürlich auf der Stelle nach dem Maler des Freskos; der sei in der Krypta beschäftigt, wurde ihm gesagt. Bevor er

noch die Treppe herabgestiegen war, wurde er am Ärmel gezupft und sofort von einem eifrig-beflissenen Novizen zum Prior geführt. Ein schwatzhafter Wichtigtuer, dachte er, denn das war noch, bevor er Reue empfand über seinen Widerwillen gegen die Dominikaner. Unterdessen ist es passiert: Sismonda hat sich aufs neue in seine Gedanken eingeschlichen. Er sitzt geduldig dem Prior gegenüber, den runden Kopf ein wenig geneigt, die dicken Händchen in den Ärmeln seiner Kutte verborgen. Seine Augen bleiben an Flecken hängen, die er am frühen Morgen übersehen hat ... und inzwischen hofft er gegen besseres Wissen, daß der Prior ihm etwas Einfaches auftragen wird. Eine diskrete Botschaft. Ein Gelegenheitsgedicht. Kein wirkliches Problem. Er hat genug an Sismonda. Wer zwei Töpfe zugleich auf dem Feuer hat, läßt einen anbrennen.

»So liegt die Sache also«, endet der Prior. Lapo merkt voller Schreck, daß die verschiedenen Berichte, die er an sich hat abgleiten lassen, in Beziehung zu der gefürchteten Gegenleistung stehen.

»Richtig«, sagt er auf gut Glück, »das ist nicht einfach.«

»Wenn es einfach wäre, hätten wir Eurem Gardian nicht lästig zu fallen brauchen.« Der Prior denkt kurz nach und verbessert sich dann selbst: »Besser gesagt: Wenn es kompliziert wäre, wären wir ihm nicht lästig gefallen. In der Rangordnung des Erkennbaren bekleiden faktische Situationen wie diese schließlich einen sekundären Platz. Wir haben uns vertieft in die moraltheologischen Aspekte dieses Casus. Das ist unser Arbeitsgebiet. Mit Genugtuung darf ich feststellen, daß unsere Forderungen in keinem einzigen Punkt im Widerstreit zum Zehnten Gebot stehen.«

So daß Lapo nun die Richtung sieht, in der er sich bewegen muß. Das Zehnte Gebot verbietet uns, unseren Nächsten auf unrechtmäßige Weise in seinen irdischen Gütern zu benachteiligen. Der Prior hat soeben durchblicken lassen, daß die Sache zu diskret für eine schriftliche Erklärung in dem Brief an Lapos Gardian gewesen war. Lapo weiß jetzt also, daß irgend jemand hier sich entweder eine Blöße gegeben hat, oder daß er auf eine Menge Geld aus war. Mit dem Zehnten Gebot dabei senkt sich die Waagschale deutlich zur Geldseite hin.

Der Prior lehnt sich zurück und legt die Fingerspitzen aneinander. Endlich sitzt er da, wohin er gehört: auf einem Katheder an der Sorbonne. »Die cardo questionis«, sagt er, »wird also die Eliminierung dieses Lapsus sein müssen. Der verstorbene Arrighi war Notar. Niemand wußte besser als er, daß illegitime Nachkommen nicht automatisch am Erbe beteiligt sind. Sie müssen ausdrücklich und namentlich im Testament genannt sein. Für den unglücklichen Ausdruck ›Legitime Nachkommen‹ bestand also überhaupt kein Grund. Wie gesagt: ein Lapsus. Der Mann war hochbetagt, lag in extremis. Zweifellos bediente er sich, ohne dabei nachzudenken, einer Formel: Legitime Nachkommen und loyale Bürger dieser Stadt. Diese Formel muß er Dutzende Male in Ernennungsurkunden und Eideserklärungen niedergeschrieben haben. In Testamente gehört sie nicht. Aber inzwischen ist sein Versehen eine Waffe in der Hand des ältesten Sohnes; oder jedenfalls in der seines juristischen Beraters. Denn Pandolfo Arrighi selbst kann nur mit Waffen aus Eisen umgehen. Er hat hohe Spielschulden, aber das nur am Rande. Er behauptet nun, daß sein Vater diesen Ausdruck wählte, weil wohl nicht alle seine Nachkommen ehelich geboren sind. Aus den Unterlagen, die er zusammengestellt hat, geht angeblich hervor, daß der jüngste seiner beiden Halbbrüder im Ehebruch gezeugt wurde. Ihr versteht den Ernst der Angelegenheit. Wir haben diesen jungen Mann für das Priesteramt bestimmt. Eine natürliche Geburt ist zwar nicht unbedingt ein Hindernis, würde aber eine sehr ernste Belastung bedeuten. Wir müssen also Sicherheit haben.«

»Und Geld«, sagt Lapo schroff.

»Sicherheit«, wiederholt der Prior kühl. Er zieht aufs neue die Papiere zu Rate, die vor ihm liegen. »Sicherheit besteht bis jetzt nur für die beiden andern Erben. Der Notar heiratete seine erste Frau im Februar des Jahres 1333. Sie brachte Pandolfo im darauffolgenden November zur Welt und verschied im Kindbett. Der

Witwer verheiratete sich einige Monate später, diesmal mit einer Dame aus einer sehr angesehenen Familie. Sie schenkte ihm zwei Söhne und starb ihrerseits im Mai 1337 bei der Geburt des jüngsten Sohnes – unseres Novizen Donatus. Der Notar war mittlerweile, unter anderem durch diese Heirat, ein bedeutender Mann geworden. Er wurde regelmäßig zum Richter oder Podestà in benachbarten Städten bestellt. Was Pandolfo jetzt anzudeuten versucht, ist folgendes: Donatus sei gut vier Monate nach Ablauf eines Podestats seines Vaters geboren worden, wo doch jedermann weiß, daß ein Podestà während des halben Jahres seiner Amtszeit keinerlei Kontakt zu seiner Familie unterhält. Der Ordnung halber noch dies: Der Notar ist ein drittes Mal in den Stand der Ehe getreten, aber die letzte Frau und ihre Kinder sind alle umgekommen während der großen Pest.«
Lapo starrt mißmutig vor sich hin: Dies sind nun genau die Sachen, die er haßt. ›Hütet Euch vor Geld!‹ hat sein heiliger Franziskus gewarnt. Zu Recht. Was sich um Geld dreht, ist fast immer unsauber. Die Menschen haben eine Heidenangst vor Freitagen, Eulen, Hexen, Kometen: alles Unheilträger zweiten Ranges. Geld ist hundertmal unheilvoller, und dahinter sind sie her wie besessen. Gegen das Gerangel rund um ein Testament hat er noch einen ganz besonderen Widerwillen. Testamente taugen an sich schon nichts. Solange die Erde Hunger hat, sind es Antiaus-

weise für die Verstorbenen am Grenzposten bei Petrus. Abgesehen davon, ist der Erbe hier unten genauso erbärmlich dran wie der Erblasser da oben, wenn so ein Testament unverständliche Bedingungen und Bestimmungen enthält.

Reiche Menschen wie die Arrighi werden vermutlich irgendwo in Heiratsurkunden eines Notars oder in Begräbnisbüchern einer Parochie genannt, so daß man ihre Heirats- und Sterbedaten herausfinden kann. Aber ihre Geburtsdaten stehen nirgends. Mit der Registrierung Neugeborener oder Getaufter hält man sich nicht auf: Zu oft ist die Mühe vergebens. Ein großer Teil der neuen Menschenkinder empfiehlt sich sowieso eilig wieder ... Nicht zum erstenmal denkt Lapo, daß er und die Gesellschaft es einfacher hätten, wenn die Pastoren eine Seelenbuchhaltung führten, und zwar ebenso sorgfältig wie die Kaufleute ihre Geschäftsbuchhaltung.

Übrigens scheint das Geburtsdatum von Donatus einigermaßen festzustehen. Er selbst wird nicht ausdrücklich genannt, aber der Sterbetag seiner Mutter sehr wohl. In den Verhandlungen der Familie über die Rückgabe des Brautschatzes wird als Todesursache ausdrücklich die Geburt eines Sohnes genannt. Es ist denn auch nicht daran zu rütteln: Donatus kam auf die Welt um den fünften Mai herum, und sein Vater war erst im Januar nach Siena zurückgekehrt, nach einer Abwesenheit von beinahe sieben Monaten.

Bin ich ein Hund, fragt Lapo Mosca sich traurig, ein Hund, der mit einem Knochen geärgert wird, so hoch über seiner Nase, daß er nicht dran kann: Das Bein von Bartolo? Das Weib hatte es mit einem andern. Das ist klar. Und mich kostet es meine Reliquie. Verdrießlich fragt er: »Wie könnt Ihr denken, daß ich noch etwas ans Licht bringen könnte angesichts so harter Fakten?«

»Ich denke nichts. Es sind Eure eigenen Ordensbrüder, die das denken. Es scheint, daß Ihr Erfahrung habt mit dieser Sorte ... eh ...«

»Schmutziger Geschäfte.«

»Juristischer Angelegenheiten. Euer Name ist uns durch einen Eurer Ordensminister in Assisi genannt worden.«

Die Stimme des Priors verrät seinen Zweifel am gesunden Verstand dieses franziskanischen Gewährsmannes. Lapo fühlt: Er wird sich ins Zeug legen müssen, um seinen hohen Mitbruder vor einer Blamage zu bewahren. Er erinnert sich nun auch daran, daß während des Geredes, dem er nicht zugehört hat, der Name Assisi gefallen ist. Assisi ist das »Bethlehem« der Minderbrüder. Lapos heiliger Ordensstifter ist da geboren und begraben worden. Offenkundig ist Ser Arrighi während des halben Jahres, in dem seine Frau sich fehlverhalten haben soll, Podestà in Assisi gewesen. Der Prior hat einen Kundschafter nach Assisi geschickt, obgleich der Ort momentan schwierig zu erreichen ist: Er liegt hinter Perugia, und ausgerechnet mit Perugia liegt Siena im Krieg. Der Kundschafter fand vor allem heraus, daß er im Kielwasser eines Kundschafters der Gegenpartei reiste. Wenn jemals ein brauchbarer Hinweis im Gemeindehaus zu finden gewesen war, dann war der nun bereits von Pandolfo beiseite geschafft. Wahrscheinlich ist das nicht. Ser Jachopo Arrighi war ein Musterpodestà gewesen, das wurde aus allen Dokumenten deutlich. Und so prangte sein Wappen denn auch noch immer auf einem Gedenkstein am Giebel des Gemeindehauses. Energisch, rechtschaffen, gewissenhaft hat er seine Pflicht erfüllt. Keinen Augenblick hat er seinen Posten verlassen. Von Kontakt mit irgendwelchen Sienesen konnte also auch keine Rede sein.

»Nichtsdestoweniger liegt in Assisi unsere einzige Chance«, erklärt der Prior. »Ihr als Minderbruder könnt dort mehr ausrichten als wir. Gleich nach dem Mittagsmahl müßt Ihr losziehen.«

»Mitten durch die Frontlinie? Ihr seid wirklich freundlich.«

Für Ordensbrüder gibt es keine Fronten, meint der Prior. »Wo Krieg ist, kann ein Bruder viel Gutes tun«, sagt er. Die Worte, die Lapos eigener Gardian gebrauchte. Wenn sie etwas von dir wollen, gleichen sich alle Herren.

»Laßt mich erst selbst einmal die Stücke durchsehen, die Ihr da habt«, weicht er aus.

»Könnt Ihr denn lesen?«
»Ein bißchen ... Außerdem muß ich den Donatus selbst natürlich sehen.«
»Den habt Ihr gesehen. Er hat Euch zu mir gebracht. Aber ich kann ihn noch einmal holen lassen.«
Der aufgeblasene Schwätzer! Lapo Mosca wird etwas unruhig. Der Prior ist ein Mann von Format. Welcher Mann von Format tauscht eine heilbringende Reliquie gegen ein Eselchen-streck-Dich? Seufzend macht er sich daran, die Abschrift des Testaments und der Beweisstücke zu lesen, die der habsüchtige Pandolfo gegen seinen jüngsten Bruder ins Feld führt. Der Prior verläßt das Gemach.
Das Testament ist von dem Notar Arrighi persönlich seinem Kollegen in der geforderten amtlichen Sprache diktiert worden. Es ist ein umfangreiches Dokument, das sich auszeichnet durch klare Formulierungen und große Aufmerksamkeit in den Einzelheiten. Der Grabstein, unter dem der Sterbende ruhen will – in seiner eigenen Parochiekirche –, wird sorgfältig beschrieben: In welchem Gewand er darauf abgebildet sein will, von welcher Sorte der Marmor sein soll, wieviel er kosten darf. Die guten Werke, die zum Heil seiner Seele bedacht sein sollen, die Messen, die gelesen, und die Armenversorgung, die geleistet werden soll, die Hospitäler, die beschenkt, die armen Mädchen, die ausgesteuert, die Sklaven, die freigelassen, die ehemaligen Bediensteten, denen seine Kleider zugute

kommen sollen: Sie sind alle mit größter Genauigkeit verzeichnet. Es ist unwahrscheinlich, daß der Sterbende bei soviel Sorgfalt sich versehen haben sollte hinsichtlich seiner Söhne als der wichtigsten Erben, als er, anstatt ihre Namen zu nennen, verlangte, daß sie »legitime Nachkommen und loyale Bürger dieser Stadt« sein müßten. Daran kann auch der Prior in seinem Herzen nicht glauben, beschließt Lapo. Übrigens versteht er den Unmut des Priors sehr gut: Unter den Geistlichen, die als Zeugen genannt werden, sind zwei Parochiepriester und fünf Franziskaner. Kein einziger Dominikaner. Die bekommen genug via Donatus, muß der Notar gedacht haben; aber höflich ist das nicht. Lapo nimmt sich die anderen Stücke vor. Während er liest, dringt ein erster Lichtstrahl, dünn wie eine Nadel, durch die Düsternis seines Auftrags.

»Ich hab hier ein Schreiben von Andrea de' Salimbeni, dem Bruder von Donatus' Mutter, über die Rückgabe eines Teils der Mitgift nach ihrem Tode«, sagt er, als Prior und Novize hereingekommen sind. »Darin wird tatsächlich über den Sohn gesprochen, bei dessen Geburt sie gestorben ist. Nur heißt der Sohn nicht Donatus.«

»Donatus ist sein Klostername. Wir geben unseren Postulanten neue Namen, wenn ihr Taufname uns weniger passend erscheint.«

»Weniger passend, das will ich gerne glauben!« Lapo grinst. »Was sollte Euer Orden auch mit einem Juniperus anfangen! Wenn je ein eingefleischter, unverbesserlicher, heiliger Narr den Spuren des Franziskus gefolgt ist, dann war es Juniperus. Arm und gering und schmutzig, und lesen konnte er auch kaum. Ich wollte, man hätte mich Juniperus genannt. Aber wie kommst du zu dem Namen? Hat dein Vater das nie erzählt?«

Donatus beginnt eine umständliche Geschichte, die ersetzt werden kann durch das Wörtchen nein.

»Keine Großväter oder Onkel oder Vettern, die so hießen?« fragt Lapo zur Sicherheit nach.

Donatus fährt fort mit einer umständlichen Geschichte, die ebenfalls ersetzt werden kann durch das Wörtchen nein. Ein trübsinniges Nein, denn er hat immer unter diesem ausgefallenen Namen gelitten. Glücklicherweise pflegte nur sein Vater ihn vollständig Juniperus zu nennen oder, in der Umgangssprache, Ginepro. Alle anderen hatte er zur Abkürzung Gino überreden können.

»Ich glaube fast, ich weiß, nach wem du dort benannt bist. Es wohnte ein Ginepro in Assisi, als dein Vater dort Podestà war.«

»Ah?« fragen Prior und Novize gespannt.

»Ich hab ihn sehr gut gekannt. Ein ureinfacher Mann. Der Bruder Pförtner eines Gästehauses.«

»Oh ...«, sagt der Novize enttäuscht. Der Prior schweigt.

»Das Gästehaus im Tal, außerhalb der Stadt, neben

der Portiunculakapelle. Schön, ich sehe, daß der Name dir etwas sagt.«
Der Junge murmelt, daß sein Vater öfter mal davon erzählt hat. Er wirft einen entschuldigenden Blick auf seinen Oberen. Sein Vater hätte lieber von einem Dominikaner-Heiligtum erzählen sollen. Aber Lapo nickt vergnügt.
»Portiuncula hat deinem Vater sicher die anstrengendsten Tage seines Podestats verschafft. Denn zwischen dem 30. Juli und dem 2. August kommen die Menschen von nah und fern dorthin, um den Ablaß zu verdienen, den der heilige Franziskus seinerzeit vom Papst erworben hat. Ihr seid Franzose, Pater Prior, Ihr wißt das vielleicht nicht . . .«
»Natürlich weiß ich das.« Die Stimme des Priors klingt scharf. »Und sogar den vollen Ablaß. Aber die Gültigkeit wird stark angezweifelt.«
»Nicht von den einfachen Seelen, die deshalb kommen. Die sind davon überzeugt, daß sie mit den vorgeschriebenen Handlungen einer Seele aus dem Fegefeuer helfen. Ich habe es mehr als einmal miterlebt. Zu Tausenden kommen sie. Ein unglaubliches Gewühl. Jedes Jahr geht alles durcheinander. Eine goldene Zeit für Taschendiebe . . .«
Pater Prior beginnt etwas zu dämmern. Er schickt Bruder Donatus, dem nichts dämmert, zurück an seine Arbeit. Mit einem Anflug von Bewunderung fragt er: »Ihr setzt den Fall, daß der Podestà während des

Gewimmels seine Frau getroffen haben kann? Im Gästehaus?«
»Unmöglich ist es nicht.« Auch Lapo spürt einen Anflug von Bewunderung: Der Prior begreift schnell. »Die Dame kann eine Pilgerfahrt unternommen haben. Ein Podestà wohnt einem solchen Zeremoniell immer bei. Der Bruder Pförtner war ein gutherziger Mann. Und Euer Novize heißt wohl nicht zufällig Ginepro.«
Der Prior packt den Stier bei den Hörnern: »Ihr befragt den Pförtner, sobald Ihr in Assisi ankommt!«
In diesem Moment geht etwas schief in Lapo Mosca. Er hat es in der Tugend der Demut noch lange nicht weit genug gebracht. Der Teig seiner frischgekneteten Dominikanerbewunderung kann nicht weiter aufgehen, sondern fällt in sich zusammen. Was denkt der Prior eigentlich? Wer hat hier das Sagen? Es wird Zeit, ihm zu zeigen, wer Lapo Mosca ist.
»Zufällig gehe ich nicht nach Assisi«, antwortet er, so weit von oben herab, als er irgend kann. »In Assisi ist nichts zu finden. Auch dieser Pförtner nicht. Das war ein Toscaner. Wenn ich mich nicht irre, fristet er seine alten Tage hier irgendwo in der Gegend. Wenn es noch etwas zu fristen gibt wenigstens. Ich werde mich danach erkundigen.«
»So schnell wie möglich!« ruft der Prior begeistert und eilt zur Tür. Lapo hält ihn zurück.

»Da ist noch etwas, das ich gern noch mal eben sehen möchte.«
»Wir verfügen nicht über weiteres Material in dieser Angelegenheit.«
»O doch. Die Reliquie des seligen Bartolo.«

Sieben

Schon wieder ein dicker häßlicher Daumen und ein neues Problem: Jachopo im Gefängnis. Ist er wirklich unschuldig? Welche Rolle spielt Pandolfo dabei? – Was verlangt Barna von Lapo Mosca? Was verlangt der Prior von ihm, was sein eigener Gardian in Fiesole? Was Bentivoglia? Und was will er selbst?

Wie durchdringend Barnas Augen sind, fällt Lapo erst richtig auf dem Platz vor der Kirche auf. Der Prior hat ihn zur Besichtigung der Reliquie an Bruder Donatus verwiesen, der in der Sakristei Dienst tut; aber dort war der Novize wichtigtuerisch beschäftigt mit Karaffen und Paramenten für die letzte Messe. Lapo hatte nichts dagegen, die Begegnung mit Bartolos Bein bis nach der Zeremonie aufzuschieben. Donatus-Ginepro seinerseits hatte nichts gegen den Ziegenkäse einzuwenden, der ihm ausgehändigt wurde. Seit Lapo den Taufnamen des jungen Mannes in den Akten stehen sah, hat er begriffen, daß das Eselchen-streck-Dich das Ziehkind aus Monteriggioni sein muß, das sich nicht mehr um seine Amme kümmert. Alles, was er zu sagen hatte, während er den Käse in eine Tasche verschwinden ließ, war: »Die Alte will sich's mit mir nicht verderben, weil ich ihrem Sohn ein paar Gelegenheitsarbeiten hier in der Kirche verschafft habe. Sie soll nur nicht denken, daß ich ihn sein Leben lang versorge.«

Die letzte Messe wurde in der Krypta gelesen. Noch als Donatus läutend vor dem Priester zu einem von Kerzen erleuchteten Altar ging, ließ er, zum Malergerüst blickend, einen Rüffel los. Während der Messe darf nicht gemalt werden. Eine dunkle, gedrungene Gestalt war, vor sich hin schimpfend, heruntergeklettert. Lapo hatte ihn mit nach draußen genommen, um ihm erst einmal Vorhaltungen zu machen über die Art und Weise, wie er seine Familie vernachlässigte.
Barnaba von Alda ist kein reumütiger Sünder. Mit den Händen auf dem Rücken schaut er zum neuen Rathausturm, der sich, einen Hügel weiter, schlank und herausfordernd über die Häuser erhebt. Als Lapo fertig ist mit Reden, antwortet Barna giftig: »Wenn Ihr meint, daß Euch das einen Dreck angeht, dürft Ihr gern wissen, daß meine Mutter abends versoffen hatte, was ich ihr morgens gab. Dafür arbeite ich nicht.«
»Und um deine Schwester anständig zu verheiraten, arbeitest du dafür auch nicht?«
» Ach komm, Bruder, das Weibsbild werde ich an niemanden los.«
»Mit einer Mitgift bringst du jede Frau an den Mann. Das weißt du, und das ist deine Pflicht.«
»Und solch einen armen Mann zu bewahren vor einem Hausdrachen, ist das vielleicht nicht meine Pflicht? Woher sollte ich übrigens eine Mitgift nehmen?«
»Aus deiner Farbe und deinen Pinseln. In der Werk-

statt von Meister Taddeo sagten sie: Du verdienst Geld wie Heu.«

Barnaba von Alda fängt an zu lachen, laut, sorglos, den Kopf zurückgeworfen.

»Und das war dem Alten gar nicht recht, was? Kein gutes Wort für meine Arbeit?«

Genauso plötzlich ist er wieder ernst, schaut Lapo an mit seinen durchdringenden Augen.

»Ich spare auf etwas Besseres als auf eine Mitgift. Ich hab darauf gespart, seit mir von Taddeos albernen Köpfen schlecht wurde. Ich will wissen, wie Christus ausgesehen hat.«

»Und das willst du herausfinden, indem du deine Familie verkommen läßt?«

»Ja, denk mal an. Wie sonst? Durch Bravsein und Armsein und immer nur beten und durch Visionen? Quatsch. Hier in der Gegend wohnt ein kleines Mädchen, das hat Visionen. Maria in einem modernen Kleid und Jesus in einer modernen Wiege. Danke schön. So kann Taddeo das auch. Ich will Jesus malen, so, wie er wirklich war.«

»Diese Weisheit ist nicht für Geld zu kaufen.«

»Was versteht Ihr davon? Niemand hat bisher danach gesucht. Ich will ins Heilige Land. Hört zu, ich hab bei einem Notar gearbeitet – dem Vater von diesem Esel da drinnen. Der hatte ein paar Statuen von den alten Römern, aus irgendeinem Grab. Von denen war ich schon als kleiner Junge nicht wegzuprügeln. Das waren Menschen. Menschen aus Stein, keine Puppen wie die von Meister Taddeo. Jeder Kopf zeigte seine eigene Persönlichkeit. Diese Statuen müssen jemandem ähnlich gewesen sein. In der Zeit damals konnten sie das: Echte Menschen aus Stein machen. Es war die Zeit von Christus. Warum sollten sie ihn selbst nie nach dem Leben abgebildet haben? Danach will ich suchen, und wenn ich finde, was ich suche, dann werdet Ihr etwas zu sehen bekommen. Endlich ein Christus, der sich selbst gleicht und nicht anderen.«

»Wenn du das so wichtig findest, warum gleichen dann deine Magdalena dort und deine Madonna hier einander wie zwei Tropfen Wasser? Und warum gleichen sie beide der Sismonda de' Figlipetri?«

Etwas verändert sich im Gesicht von Barnaba. Die aggressive Maske fällt ab, und ein kindlich verrückter Junge bleibt übrig. Er packt Lapo Mosca an den Händen.

»Das habt Ihr gesehen? Ihr kennt sie also? Hat sie Euch vielleicht geschickt? Sie wollte Bescheid geben, wenn es soweit war.«

»Wie weit?«

»Daß sie wegkonnte. Hat sie Euch erzählt, daß wir als Kinder schon Freunde waren? Ich war außer mir, als ich sie wiederfand. Beim Karneval. Ihr wißt, wo ...«

Lapo weiß leider noch mehr: Daß der Prior mit Testament und allem anderen in seinem Kopf sofort wieder den kürzeren gezogen hat gegen Sismonda.

Seine Augen funkeln, während er Barnas Worte in sein Mosaik fügt wie fehlende Steinchen.
Die verbannten Figlipetri bewohnten ein paar kleine Zimmer, ganz in der Nähe des Hauses von Jachopo Arrighi. Zwischen dem jungen de' Figlipetri und den Söhnen des Notars war eine Freundschaft entstanden. Barna, der Bursche, wurde regelmäßig mit Botschaften über die Straße geschickt; manchmal mit Lebensmitteln, was Umsicht verlangte, denn die Verbannten waren ebenso stolz wie arm. In dieser Zeit schon verlor der Junge sein Herz an Sismonda, die ihn gnädig als ihren Pagen akzeptierte. Er suchte sie weiterhin auf, als er bei einem Kaufmann in Dienst trat, und während er sie zeichnete, entdeckte er sein Talent. Er kam bei Malern in die Lehre, erst in Siena, später bei Meister Taddeo, um auch den Florentiner Stil zu lernen. Während seiner Abwesenheit war es passiert. Soldaten hatten Sismonda auf der Straße überfallen und entführt. Soldaten aus dem Gefolge des Königs von Böhmen. Der hatte sich eine Zeitlang in Siena aufgehalten, als er nach Rom reiste, um dort zum Kaiser gekrönt zu werden. Vor drei Jahren.
»Ich bin zurückgekommen, sowie ich es hörte. Allesamt haben wir sie in Rom gesucht, Filippo, die Arrighis und ich. Ich hätte sie gefunden, wenn sie da gewesen wäre. Sie war nicht da. Wir nahmen an, daß die Schufte sie ermordet hätten. Diesen Winter erst begriff ich es: Sie hatten sie weiterverkauft.«

Er legt seine Hände auf Lapos Schultern. Er strahlt. »Sie ist wieder da. Sie kommt frei. Die ganze Zeit über hab ich sie aus meinem Gedächtnis gemalt. Nur die Madonna da drinnen ist nach unserem Wiedersehen entstanden. Darum ist die auch hundertmal besser.«
Lapo denkt an das, was er Barna sagen muß, und er schiebt den Moment noch etwas hinaus. Weil er einen Kloß in der Kehle hat . . . und weil es nach dieser Enthüllung kaum noch in Frage kommen wird, daß er Barna aushorcht.
»Was meinst du mit: Sie kommt frei? Sie ist doch frei. Die Stadt schützt jede Frau, die aus so einem Haus wegwill.«
»Gegen die Schufte kann die Stadt sie nicht beschützen. Die Schufte, die sie in ihrer Macht haben. Vor denen hat sie Angst. Sie wollte mir nicht sagen, wer sie sind. Ich weiß mit Sicherheit, daß die sie nicht gehenlassen, bevor sie genug Geld abgeliefert hat.«
»Geld? Das hättest du ihr geben können.«
»Ich merke, daß Ihr sie nicht kennt. Dafür ist sie zu stolz.«
»Und wenn es nun mal überhaupt nicht um Geld ginge? Wenn die sie zu etwas ganz anderem benutzten? Barna, sagt der Name Landau dir etwas?«
Der Maler schaut ihn mit offenem Mund an. Da waren Offiziere von der Großen Compagnie im Gefolge des Kaisers. Nicht Landau selbst, soweit er sich erinnert, aber sein Bruder.

»Die Compagnie hat den Untergang von Florenz geschworen. Das Haus von Sismonda empfängt vor allem Mitglieder des Magistrats der Stadt.«
»Spionage . . .« Da muß sich Barnaba auf die Stufen setzen. »Das kommt mir gefährlich vor«, sagt er nach einigem Nachdenken naiv.
»Sehr gefährlich«, nickt Lapo bedrückt.
»Hätte ich das doch nur eher begriffen, dann hätte ich es auch ihrem Bruder schreiben können. Die Große Compagnie! Wißt Ihr, daß schon mal jemand angenommen hat, daß sie von den Kerlen der Großen Compagnie entführt wurde? Ich glaube, es war einer von den Arrighis. Ihr Bruder ist in London, da arbeitet er bei einer Bank. Ich hab bei ihm um ihre Hand angehalten. Ihren Vater traute ich mich nicht darum zu bitten. Der ist viel zu krank. Er glaubt, daß sie tot ist. Das denkt übrigens jeder. Sobald ich eine Antwort von Filippo habe, geh ich zu ihr. Aber ist sie denn nun fertig mit . . . mit dem, was sie für die Kerle tun soll? Läßt sie das ausrichten?«
»Ich hab doch nicht gesagt, daß sie mich geschickt hat« – Lapo Mosca, du bist ein Feigling –, »es sind die Pater hier, die mich haben kommen lassen. Sie denken, daß ich das Erbteil deines Milchbruders hier für sie eintreiben kann.«
»Gierig wie Wölfe! Wenn Ihr das schafft, verlange ich eine Zulage.«
Barna von Alda schaut vor sich hin, offenbar versucht

er, sich von den Gedanken an die Sismonda-Angelegenheit zu lösen, denn kurz darauf sagt er: »Könnt Ihr nicht auch etwas für den Bruder von Donatus tun? Für Jachopo, meine ich, den mittleren Arrighi. Der ist übel dran.«
»Warum? Mit seiner Abkunft gibt es keine Probleme.«
»Abkunft? Seine Zukunft, mit der gibt es Probleme. Wenn niemand ihm hilft, muß er dran glauben.«
Jachopo Arrighi sitzt offenbar gefangen, und zwar hochverratsverdächtig. Sie hatten ihn gerade ins Gefängnis gebracht, als sein Vater, im Sterben liegend, das Testament diktierte. Lapo geht ein Licht auf über die Klausel »loyale Bürger dieser Stadt«. Barna sagt heftig: »Ich kenne ihn. Er ist mein Freund. Ich lege meine Hand dafür ins Feuer, daß er unschuldig ist.« Er zögert und verbessert sich: »Nun ja, meine Hand ... meinen Fuß. Meine Hände brauche ich, um zu malen.«
(Und ich brauche meine Hände, um mir die Ohren zuzuhalten. Laß mich in Ruhe. Ich weiß schon wegen Sismonda nicht weiter. Ich muß das Bein von Bartolo holen. Jetzt nicht auch noch Jachopo ...) »Was wird ihm vorgeworfen?« fragt Lapo gelassen ... und landet nun doch auf der Frontlinie zwischen Siena und Perugia, wohin er gerade eben noch nicht wollte.
Die Frontlinie verläuft, in großen Zügen, durch das Chiana-Tal. Sie ist auf der Seite von Siena durch eine

Reihe von Festungen verstärkt, und dazwischen patrouillieren die Truppen hin und her. Eine der Festungen war Messer Andrea de' Salimbeni anvertraut. Lapo erinnert sich an den Namen, er kennt ihn aus den Papieren des Priors: Ein Schwager des verstorbenen Notars. Die Festung Castiglioncello über dem Noro: Von da aus beherrscht man den Süden der Toscana. Um ein Haar wäre diese Festung Perugia in die Hände gefallen. Nicht durch Eroberung: Durch Verrat. Es steht so gut wie fest, daß Perugia zehntausend Goldgulden dafür bezahlen wollte. Die Frage ist nur, an wen? Der Feind war schon innerhalb der Stadtmauern des Städtchens und wartete darauf, daß das Burgtor geöffnet würde. Da kam die Reiterei von Siena angestürmt: Der Verrat war im letzten Augenblick verraten worden. Der Feind zog ab. In der Burg aber befand sich nicht nur Salimbeni, sondern auch sein Neffe Jachopo Arrighi. Wer von beiden steckte mit dem Feind unter einer Decke? Der Anführer der Reiterei ließ sie beide in Fesseln legen. Der Anführer war der Offizier Pandolfo Arrighi.
»Der läßt keine Gelegenheit aus, um seinen Bruder zu drangsalieren«, sagt Barna wütend. »Natürlich ist Coppo unschuldig. Sobald er erfuhr, was sein Onkel vorhatte, ist er zur Festung geritten. Um ihn von seinem Plan abzubringen. Um ihn zu warnen, daß er entdeckt war. Er war gerade eben dort angelangt, als die von Perugia angerückt kamen. Ohne Coppo wäre die

Reiterei von Siena zu spät gekommen. Jetzt zauderte sein Onkel gerade lange genug, um die Burg zu halten. Die Stadt sollte Jachopo dankbar sein.«
»Die Stadt würde ihm dankbar sein, wenn die Sache so einfach läge«, sagt Lapo mit Bestimmtheit – und darin scheint er recht zu haben. Pandolfo steckt dahinter. Der setzt alles daran, um seinen Bruder zu verdächtigen, erst bei seinem sterbenden Vater und dann bei der Regierung. Er hat sich mit Andrea de' Salimbeni geeinigt. Beide bleiben bei der Behauptung, daß es Jachopo war, der mit dem Feind kungelte, Jachopo, der die Festung verkaufen wollte.
Die Stadtregierung ist nicht so einfältig, als daß sie diese Behauptung ohne weiteres schluckte. Salimbeni versucht, seine Haut zu retten, und Pandolfo gilt als guter Militär, aber als zweifelhafte Persönlichkeit. Jachopo kann beweisen, daß er bis zum Abend vor dem Verrat in der Stadt gewesen ist: Wie hätte er sich da an die aus Perugia heranmachen können? Es wäre besser um seine Sache bestellt, wenn er sich weniger hochmütig verhielte, und vor allem: wenn er sagen würde, wie er denn nun wirklich etwas von Salimbenis üblen Plänen erfahren hat. Diese hatten die Stadtregierung unter tiefster Geheimhaltung erreicht.
»Aber seine Behauptungen sind der pure Unsinn. Natürlich will er seinen Vertrauensmann schützen. Oder seine Vertrauensfrau. So ist er. Leidet an überzogenem Selbstbewußtsein. An Ritterlichkeit. Erzählt

irgend etwas oder lacht seine Befrager aus. Und doch scheint das die Frage zu sein, um die es geht. Gleich bei seinem ersten Verhör haben sie damit angefangen. Am Neujahrstag. Er landet noch auf der Folterbank, wenn er nicht sagt, wie es war. Und danach ist er seinen Kopf los.«

»Am Neujahrstag?« wiederholt Lapo verwundert. »So lange führt Siena doch noch nicht Krieg?«

»Schon viel länger. Bestimmt seit Februar.«

Lapo starrt den Maler an. Dann schlägt er sich an die Stirn.

»Die Zeitrechnung von Siena! Natürlich! In Siena beginnt das neue Jahr am 25. März.«

»Allerdings. Das Jahr beginnt an dem Tag, an dem Christus empfangen wurde. Mariä Verkündigung. So hat man es mich wenigstens gelehrt.«

»Mich nicht. Ich komme aus Lucca. In Lucca fangen sie das Jahr dann an, wann es sich gehört: zu Weihnachten. Bei Euch ist das Jahr des Herrn 1358 also noch keine drei Wochen alt, obgleich ...«

Lapo beginnt Kalender, Sonnenjahre, Mondjahre, Epakten, Osterberechnungen und andere Sachen zu erörtern, die er selbst nie verstanden hat. Barna nimmt seine Worte genau für das, was sie wert sind: »Wollt Ihr Coppo helfen, ja oder nein?«

»Wie stellst du dir das vor? Wenn es nur um Pandolfo ginge ... den Herrn möchte ich gern zwischen die Finger bekommen (er weiß, daß Pandolfo an der

Front liegt – in sicherer Entfernung ...). Aber Jachopo? Soll ich ihm etwa sein Maul aufbrechen?«
»Ihr nicht. Überlaßt das seinem Beichtvater. Das ist der Gardian Eurer Mitbrüder. Dem rannte er die Tür ein.«
»Ich werde es in jedem Fall ansprechen«, gelobt Lapo, um den jungen Mann nicht in Harnisch zu bringen. Die Nachricht über Sismonda läßt sich nicht viel länger verschweigen, und das wird schon reichen. Ein paar Weiblein kommen aus der Kirche als lebendiger Beweis für das Ende der Messe. Lapo schiebt den gefangenen Jachopo erleichtert beiseite. Zurück zu seinen übrigen Aufträgen! Mit denen hat er weiß Gott die Hände voll.
»Es kann sein, daß ich morgen noch einmal zurückmuß zu deiner Mutter wegen deines Milchbruders. Hast du nicht zufällig eine Nachricht für sie?«
»Daß sie den Branntwein stehenläßt und selbst die Ziegenmilch trinkt, mit der sie mir meine Jugend vergällt hat. Verdammt noch mal, Bruder, wenn es nur diese Ziegenmilch gewesen wäre! Sie hat sich nie um mich gekümmert. All ihre Fürsorge galt dem Ziehkind.«
»Sei vernünftig, das ging nicht anders. Von dieser Fürsorge mußtet ihr leben.«
»Leben? Ich bin fast daran gestorben. Wollt Ihr mal meinen Rücken sehen? Eine einzige große Narbe. Ich hab noch immer Beschwerden davon. Ich bin in eine

Sichel gefallen, als ich so etwa zehn Monate war. Welche Mutter läßt eine Sichel herumliegen, wenn ihr Söhnchen gerade laufen lernt? Das vergeb ich ihr nie. Daß ich überlebt habe, verdanke ich Tancia.«

»Nun versteh ich, warum du mit soviel Wärme von ihr sprichst und dich Tag und Nacht abschuftest, um sie an den Mann zu bringen.«

Barna lacht verlegen und wischt seine Hände am Kittel ab, obwohl die Farbe an seinen schmalen braunen Fingern schon lange getrocknet ist.

»Nun gut. Sagt ihr, daß sie sich nach einem Mann umschauen soll. Eine Unze Silber oder so fällt schon noch ab. Aber wenn sie verheiratet ist, will ich sie nie mehr sehen. Tancia ist kein Umgang für Sismonda.«

Wieder angekommen an der gerade umsegelten Klippe ...

»War Sismonda das Heilige Land, worauf du spartest?«

»Aber nein! Ich nehm sie mit. Darum brauch ich soviel Geld.«

Bruder Donatus kommt heraus, um den Gast zu begleiten und um den Arbeiter an seine Farbtöpfe zu schicken: Wieder wird Lapo seine Todesnachricht nicht los. Aber darauf verschwendet er in diesem Augenblick keinen Gedanken. Sein Blick bleibt an den Händen von Bruder Donatus hängen. Zum ersten Mal sieht er sie im hellen Licht. Hände? Pranken. Kurz, breit, mit häßlichen platten Daumen, so wie er

sie vor ganz kurzer Zeit noch an anderen Händen gesehen hat.
Der Bruder, der hinter dem Novizen hergeht, der Bruder, der in der Sakristei kniet, wartend auf das Bein des Bartolo ... ist ein Mann mit zerrissener Seele. Was hat er verbrochen, daß ihm dieser Streich gespielt wird? Was ist er denn anderes als ein armer Schlucker, der sein Bestes tun will, ein einfacher Botenjunge, der nur eben mal ein Päckchen für seinen Herrn abholt? Er denkt an die Sichel. An die feuchten Augen von Alda von Fredi, als sie ihm den Ziegenkäse gab, an Tancias Hände, grapschend nach den Münzen auf dem Tisch. An die Hände, die nun den Reliquienschrein vor ihn hinstellen und das Türchen aufschließen, die Hände, die nach dem Gehäuse mit dem Bein von Bartolo darinnen greifen. Das Bein, das er nur im Tausch gegen Ginepros Geburtsrecht mitbekommt.
Wunderlich, nein wundertätig ist die Wirkung der Reliquie auf Lapo Moscas Gemüt. Er starrt das Bein an, ein gut entwickeltes Männerbein, völlig unbeschädigt, mit dem unbeschädigten Fuß noch daran. Das Zertifikat hängt an dem Gehäuse. Der Obere des Sankt-Fina-Hospitals in San Gimignano erklärt unter Eid, das Bein des seligen Bartolo von Bartolos Angehörigen bekommen zu haben, im Tausch gegen einen Abhang mit Vernaccia-Trauben. Lapo starrt eine Weile darauf, und als er Donatus zu verstehen gibt,

daß Gehäuse und Schrein wieder weggestellt werden können, ist in seinem Innersten ein frommes, heiteres Glück erwacht. Er verläßt die Kirche, so in Gedanken vertieft, daß er an Barna von Alda vorbeigelaufen wäre, der im Portal steht, um bei Tageslicht Farben zu mischen; aber der hält ihn an.

»Gebt mir Bescheid, bevor Ihr nach Florenz zurückgeht. Ich gebe Euch einen Brief für Sismonda mit. Sie muß sofort weg aus der Umgebung der Großen Compagnie. Wir suchen ein Schiff in Pisa und . . .«

»Sie ist schon weg aus der Umgebung der Großen Compagnie.« Lapo legt seinen Arm um die Schultern des Malers und zieht ihn mit sich zum neuen Marien-Fresko. »Wir werden hier eine Kerze anzünden«, sagt er, »und beten für die Seelenruhe von Sismonda de' Figlipetri . . .«

Als er zwanzig Minuten später auf den Platz tritt, reibt er sich die schmerzende Kehle. Barna von Alda ist auf ihn losgegangen . . . bevor er fluchend und weinend in die Stadt gestürmt ist.

Acht

Bentivoglia weiß mit Tieren und mit Kranken umzugehen, also auch mit Joosken. So kann Lapo einiges aus ihm herauslocken. Mechelner Tuch spielt dabei eine Rolle. – Wie hoch spielte Sismonda de' Figlipetri? Was ist mit Burkhardt, dem Bruder des Compagniechefs? – Rettet Lapos Mißtrauen gegenüber Pandolfo Jachopo das Leben?

Wer zwei Töpfe zugleich auf dem Feuer hat, läßt einen anbrennen. Und dann noch in Siena ...

Alle Florentiner wissen natürlich, daß Siena es faustdick hinter den Ohren hat und sich, für so ein Provinznest, viel zuviel einbildet. Vor hundert Jahren hat Siena Florenz geschlagen. Zugegeben, das war nicht einfach eine Niederlage. Tausende von Toten hat Florenz zu beklagen, verlor außerdem seinen Streitwagen, seine Kriegsglocke, seine Fahne. Seitdem hat auch Siena längst wieder was einstecken müssen und hat Florenz sich wieder erholt, ist größer, reicher, mächtiger als Siena geworden ... aber kein Florentiner kann sich seinem früheren Feinde nähern, ohne wieder zu sehen, wie das Lilienbanner durch die Straßen geschleift wurde am Schwanz eines Esels ... Nein, Siena taugt nichts.

Auch nicht für Lapo Mosca, mag er auch kein geborener Florentiner sein: keine glühenderen Patrioten

als Immigranten. Er hat sich für die Stadt entschieden, die als große, offene Sonnenblume in der Blumenschale des Arno liegt; und daher findet er Siena bedrückend und dunkel ... aus der Ferne. Heute morgen noch, als er die Stadt auf ihren Hügeln liegen sah, in all ihrer Glorie von stolzen Türmen und Palästen, nannte er Siena ein Präsentierstück: angenehmer anzusehen, als darin herumzulaufen ... Aber er hat den Dominikusplatz noch nicht überquert, und schon fühlt er, wie er dem ganz eigenen, vollendeten Charme dieser Stadt erliegt.
Dagegen gibt es ein Mittel, und das wendet er auch sofort an. Er läuft, steil hinab und steil wieder hinauf, zum Dom. Da setzt er sich hin, um die hohe, freistehende Mauer des Neubaus anzusehen. Haha! Größer als den Dom von Florenz hatten sie ihre Kirche haben wollen. Die größte Kirche der Welt, so wie Babel den höchsten Turm der Welt bauen wollte. Es ist ihnen nicht gelungen, ihre Augen waren größer als ihre Geldbörse; keine Stadt kann es aufnehmen mit der Macht von Florenz. Sie haben ihren Neubau stillegen müssen. Da steht ihre Mauer, verlassen. Symbol ihres Hochmuts, ein Skelett, das niemals umkleidet werden wird mit dem Fleisch und Blut einer wirklichen Kirche. Lapo Mosca schaut so lange hin, bis das Gleichgewicht in seiner Welt wieder hergestellt ist. Siena hat Florenz übertrumpfen wollen, aber der HERR hat es nicht geduldet. Die Dominikaner haben die Minder-

brüder übertrumpfen wollen, aber das duldet Lapo Mosca nicht. Wenn hier Fallstricke ausgelegt werden, dann legt er sie bitte selbst. Ob dem Prior oder ob Siena, gerade wie es sich trifft. Gestärkt von diesem noblen Entschluß, bricht er auf und geht wohlgemut zu seinem Kloster.

Nicht direkt natürlich, denn er ist seit etwa fünf Jahren nicht in Siena gewesen. Nachdem er sich die Verhältnisse wieder klargemacht hat, ist er bereit anzuerkennen, daß Siena kein übler Ort ist. Sein muschelförmiger Platz ist anerkennenswert, und seine Baumeister haben am Rathaus wirklich ihr Bestes getan. Also gut: eine Pracht von einem Rathaus und ein hinreißender Platz. Und die Maler, die hier in Siena sowohl Innenwände als auch Außenmauern verzieren, verstehen ihr Fach. Also gut: im Augenblick eigentlich besser als die Maler in Florenz.

Unten am Rathaus wird eine kleine Kapelle gebaut; damit kommt die Stadt einem Gelübde aus dem Pestjahr nach. Sie ist noch immer nicht fertig: Dreimal haben die Bürger sie wieder abgebrochen, weil sie ihnen nicht schön genug war. Sie sind stolz auf ihre Stadt. Also gut: nicht ganz ohne Grund.

Die Häuser von Siena haben offene Loggien, unten an der Straße entlang. Da spielt sich allerlei ab. Hier steht ein Seidenverkäufer hinter seinem Tisch, die Stoffe über eine Stange gelegt oberhalb seines Kopfes. Ein Stück weiter ein Krämer: Da hängen die Würste

und Käselaiber an der Stange. In einer anderen Loggia sitzt ein Schulmeister in roter Toga auf seinem Katheder, eifrige Schüler ihm zu Füßen. Davor bleibt Lapo stehen, schuldbewußt und neidisch. Wenn er doch nur halb so gut aufgepaßt hätte wie die Jungen da ... Auf seine Schuljahre in Lucca ist Lapo nicht gerade stolz. Glücklicherweise hört er in dem Augenblick seinen Namen rufen – wieder aus einer anderen Loggia. Das ist eine Schenke, und es wäre ja ein Wunder, wenn der Schankwirt ihn nicht erkennen würde und ihn freigebig mit Wein versorgte im Tausch gegen die letzten Neuigkeiten. Gemeinsam schauen sie auf das Verkehrsgewühl. Diener mit Packeseln, Mägde, ihre Last auf dem Kopf, Bauern mit ein paar Schafen oder Schweinen ... und hoch zu Pferde quer durch die Menge Regierungsmitglieder oder Kaufleute. Ganz Siena summt vor Betriebsamkeit, man sollte nicht meinen, daß sie Krieg führen. Lapos Augen folgen einer schönen Frau in Jagdkleidung, den Sperber auf der Hand, Knechte mit Hunden hinter ihrem Paßgänger. Der Schankwirt sagt aufsässig: Das läßt er sich nicht gefallen. Da wird er etwas unternehmen. Es darf kein Jagdgefolge mehr durch die Innenstadt reiten, und daran werden sich endlich auch die großen Leute halten müssen. Sie haben viel zuviel Unglück damit angerichtet.
»Auch bei sich selbst!« lacht ein anderer Kunde, und er erinnert anschaulich an Monna Soundso, die mit

Falken und allem von ihrem Pferd fiel. Das Tier hatte sich über ein Weinfaß erschrocken, das die abschüssige Straße herabgerollt kam. Sie erlitt dadurch eine Fehlgeburt.

»Ihre Familie zitierte den Lastenträger vor Gericht. Der sagte: Schickt die gnädige Frau ruhig zu mir, dann sorg ich schon für ein neues Balg. Er wußte, daß er freigesprochen würde, weißt du. Das Weib hatte da gar nicht reiten dürfen.«

»So geht das hier heutzutage«, bestätigte der Schankwirt. »In Siena ist das einfache Volk der Gebieter, Bruder. Wir haben die Notabeln beiseite geschoben. Davon kann Florenz noch lernen.«

»Lernt ihr dann von Florenz, daß die Notabeln sich wieder hineinschieben, bevor Ihr es merkt!« warnt Lapo, und nach diesen weisen Worten sucht er endlich sein Kloster auf. Wer weiß, wie Siena gebaut ist, sich windende Straßen auf und ab über drei lange Hügelrücken . . . der versteht, daß Lapo außer Atem ist, als er sein Ziel schließlich erreicht.

Bruder Bentivoglia empfängt ihn und schließt ihn in die Arme. Er ist anderthalbmal so alt wie Bruder Lapo und anderthalbmal so lang, aber davon abgesehen, haben sie viel gemeinsam. Bis zu einem bestimmten Grade – aber dann auch nicht viel höher – sind sie ausgezeichnete Minderbrüder. Franziskus sandte seine Söhne in die Welt – diese beiden sind zu unbeständig, um zu Hause zu sitzen. Franziskus be-

fahl seinen Söhnen, demütig zu essen, was ihnen vorgesetzt wurde – diese beiden haben den Befehl ausgedehnt in bezug auf das Trinken. Bruder Bentivoglia kann zwar nicht so gut Verbrecher entlarven, aber wenn der Geist über ihn kommt – und er einen guten Schluck trinkt –, kann er gewaltig predigen. So machen die beiden nach Kräften den Sündern die Hölle heiß, und auch das hat Franziskus gewollt. Wenn sie selbst nur nicht solche Sünder wären, könnten sie, kurzum, geradewegs in den Himmel.
Seitdem Bruder Bentivoglia zu alt geworden ist, umherzustreifen auf den Wegen Unseres Herrn, ist ihm die Verwaltung der Klostervorräte anvertraut. Man könnte meinen: Damit ist er schnell fertig, denn die Klostervorräte sind kaum größer als die bei Lapo zu Hause. Aber gerade darum ist Bentivoglia nie damit fertig, denn es muß nun einmal täglich etwas zu essen dasein. So pflegt er an den Marktständen entlangzuschlendern, einen Novizen beladen mit Henkelkörben hinter sich, und die Körbe füllen sich mit allerhand eßbarem Abfall. Bruder Bentivoglia hat auch selbst einen Korb, und in den kommt die lebende Habe, die er den Markthändlern abzubetteln versteht. Er ist nicht so wie Lapo besessen von Marien- und Rundgesängen: Er ist besessen von Tieren. So sieht man ihn denn auch selten ohne Taube auf dem Kopf oder Katze auf der Schulter. Lapo Mosca wußte, was er tat, als er Joosken, den Weber, zu diesem Mit-

bruder schickte. Bentivoglia hat mit einem Blick das Wiesel in dem Flamen-Kerlchen erkannt und ihn als Wiesel versorgt und beruhigt. Das Kerlchen bekam eine Aufgabe, so nahe wie möglich an seinem alten Beruf: Er sitzt in der Schneiderei und bessert alte Kutten aus. Zur Zufriedenheit seiner selbst und seiner Kunden, berichtet Bentivoglia, während er Lapo eins von seinen phänomenalen Kraftgebräuen vorsetzt, die gegen Müdigkeit helfen, denn außer von Tieren versteht Bentivoglia auch etwas von Medizin. Das macht ihn zur Klagemauer für Kranke aus der Nachbarschaft ... und für sich selbst. Er leidet darunter, daß er seinen Patienten nur ungenügend helfen kann. Nicht durch fehlende Kenntnisse: durch fehlendes Geld. Seine Kranken sind arm, und gute Heilmittel sind gegenwärtig nicht zu bezahlen.

»Nimm nun mal das Tränklein, das ich dir gegen die Gicht gab«, sagt er traurig. »Ich sah dich humpeln, als du hereinkamst. Es hat also nicht geholfen.«

»Gegen Gottes Willen kann auch dein Trank nicht ankommen.«

»Es ist der Trank, der nicht will. Was man auch sagt, gegen Gicht hilft kein Winterrosmarin. Auch wenn du ihn beim richtigen Mondstand und mit den richtigen Gebeten pflückst. Schwindsüchtige, die reagieren unter Umständen darauf. Gichtige nicht. Was du haben mußt, ist ein Saphir. Bind einen Saphir auf deinen Fuß, und du bist die Schmerzen sofort los. Aber woher nehme ich einen Saphir? Gott schickt jedem Schmerzen, aber Heilung nur den Reichen. Ein armer Tropf hier in der Nähe leidet an Fallsucht. Gib mir einen Smaragd, und ich befrei ihn davon. Gib mir Diamanten, hier, es steht in meinem Buch. Diamanten haben die Kraft, Hämorrhoiden zu vertreiben. Was hab ich davon? Was hab ich davon, daß Gott Edelsteine geschaffen hat, um uns zu heilen, wenn die Menschen sie mißbrauchen als Zierat oder Geldanlage? Meine Kranken sitzen auf Hämorrhoiden, weil Gesunde auf ihren Diamanten sitzen wollen.«

»Es müssen doch nicht unbedingt Edelsteine sein? Voriges Mal warst du ganz begeistert von einem neuen Mittel mit Mineralien, die man unter seine Zunge legen mußte.«

»Rosati. Ja, die helfen. Bei Entbindungen und Vergiftungen. Aber sie werden nur in den Gehirnen einiger Kröten gefunden, so wie man Perlen in einigen Austern findet. Soll ich alle Kröten der Toscana ausrotten, um ein oder zwei Menschen zu retten?«

Lapo erzählt, was ihn nach Siena führt, um seinen Freund von seinen Gesundheitssorgen abzulenken. Er hat sofort Erfolg damit. Bentivoglia hat Ginepros Eltern gut gekannt. Er ist da sozusagen Kind im Hause gewesen und regt sich über Pandolfos Verdächtigung so auf, als wenn die junge Frau ihm selbst Hörner aufgesetzt hätte. Arrighi und seine zweite Frau galten als das glücklichste Paar in Siena. Sie sind nie im Gerede gewesen, bevor Pandolfo das Andenken seiner Stiefmutter durch den Schlamm seiner »Beweisstükke« zu ziehen begann. Auch nicht wegen des befremdlichen Zeitpunktes, zu dem das jüngste Kind geboren wurde, beharrt Bentivoglia, als sein Freund danach fragt. Margheritas Gesundheit war schlecht. Soweit er sich erinnert, blieb sie fast immer in ihrem Landhaus, wo Ginepro geboren und sie selbst gestorben ist. Außerdem ist das Ehepaar regelmäßig zur Kur gefahren in die warmen Bäder von Petriuolo im Süden der Stadt. Wer schwanger wird nach Petriuolo, sagen sie in Siena, muß mit allem rechnen: Zwillingen, Drillingen, vorzeitigen oder verspäteten Entbindungen. Es kann sein, daß ein Gericht ein Fragezeichen hinter diesen Volksglauben setzt, aber er hat Ginepros Mutter seinerzeit vor bösen Zungen beschützt. Gegen die bösen Zungen von heute muß der Portier von Porticuncula eingesetzt werden! Der lebt noch und ist alles andere als kindisch. Mit zwei anderen Alten verbringt er seine Tage im Chianti-Land, wo ein Gönner dem Kloster einen Weinberg in Pacht gab. Nicht mehr als vier Stunden zu Fuß, Bentivoglia schickt sofort einen Bruder dorthin.

Lapo Mosca steht auf, seine Müdigkeit ist weg. Er sagt höflich, daß Bentivoglias Gebräu ihm neue Kräfte schenkte, aber innerlich weiß er es besser. Die Geschäfte gehen gut, er kommt vortrefflich zurecht, er ist Lapo Mosca! Zwei Töpfe auf dem Feuer, na und? Auch wenn es zehn wären! Einen Schluck Wein, um den scheußlichen Geschmack zu vertreiben, dann macht er sich auf zu Joosken, dem Weber.

Sein Schützling begrüßt ihn ohne Begeisterung. Seine Äuglein suchen zuerst, wie zur Stütze, die Vogelscheuchengestalt von Bentivoglia und gleiten verschreckt an Lapo entlang, bevor sie sich wieder auf die Näharbeit richten.

»Von dem großen Pater aus darf ich noch hierbleiben«, sagt er nur, als Lapo ihm auseinandergesetzt hat, daß er aus der Schußlinie ist, solange die Wirtin dabei bleibt, daß der Mord außerhalb des Hauses verübt worden ist.

»Um ganz sicherzugehen, hat der große Pater ihm allerdings Hausarrest gegeben«, erklärt Bentivoglia, während er ein Kaninchen aus seiner Tasche holt. »Seitdem ihr eure Handelsroute über Siena laufen laßt, ziehen hier von früh bis spät Florentiner durch die Stadt.« Er krault dem Kaninchen die Ohren. »Das paßt mir gar nicht. Könnte ich ihn nicht mal eben mit zur Dominikuskirche nehmen?«

Joosken schreit auf: Er hat sich an seiner Nadel gestochen. Er steckt seinen blutenden Finger in den Mund und fängt in der Eiseskälte seiner Panik sofort wieder an zu zittern.

»Nicht zur Dominikuskirche. Da war ich. Als ich ankam. Ich wußte den Weg nicht. Ich dachte, daß ich dorthin mußte. Ich hab bei einem Mann nachgefragt. Der war mit einem Bild an der Mauer beschäftigt. Und dann schaute ich auf das Bild ...«

Entsetzen lähmt ihm die Zunge.

»Da erkanntest du Nennetta. Das stimmt. Aber nun zu dem Mann. Erkanntest du den auch?«

Jooskens Zittern wächst sich aus zu einem Nein-Schütteln.

»Denk nach. Kann es ein Kunde im Freudenhaus gewesen sein? Der Kunde vor dir. Du mußt ihn gesehen haben. Er trug eine Maske.«

Nachdenken, mit Gedanken wie durchgehende Pferde! Es dauert eine Weile, aber schließlich sieht Jooskén den Kunden wieder vor sich, und er schüttelt erneut den Kopf. Der Mann mit der Maske war lang und mager, der Maler in der Kirche war kurz und breit. Lapo hatte Barna nicht wirklich verdächtigt, aber er hat gern Beweise, bevor er freispricht. Jooskens Erklärung ist besser als nichts, auch wenn Lapo dadurch nicht viel klüger wird. Es ist klar, daß der vermutliche Mörder nicht auffallen wollte. Handschuhe, Stiefel, eine ganz gewöhnliche Mütze, die an seiner Maske herunterhing. Beruhigt durch ein Augenzwinkern von Bentivoglia denkt der Weber noch einmal nach, so gut er kann, und sagt dann fachkundig: »Er hatte einen guten Mantel an. Mechelner Tuch. Erste Qualität. Triffst du hier nicht oft.«

Hier nicht, in der Großen Compagnie vermutlich sehr wohl. Da wimmelt es von Nordländern.
Bentivoglia wird zum Tor gerufen, zu einer Mutter mit einem kranken Kind.
Lapo zieht einen Schemel neben Jooskens Tisch und sagt: »Und nun will ich genau wissen, was du mit den Ganoven von Landau zu schaffen hast.«
Nähzeug und Schere fallen auf den Boden, und die Angst treibt Joosken jetzt sogar Schweißperlen auf die Stirn. Aber die Geschichte, die er schließlich zusammenstottert, liegt so auf der Hand, daß Lapo auch selbst darauf hätte kommen können.
Ein Festtag. Karneval. Eine Kneipe beim Bologneser Tor. Fremde an dem Tisch, an dem Joosken mit einem Kameraden sitzt. Die Fremden meckern. Über das Bier natürlich. Die beiden Flamen können sie gut verstehen, halten sie für Gelderner, aber sie scheinen aus Westfalen zu kommen. Jooskens Kumpel weiß einen Krug, da zapfen sie richtiges deutsches Bier. Die Fremden trauen sich nicht hin, es ist zu weit drinnen in der Stadt. Sie geben den Webern Geld für ein Fäßchen, und später, draußen vorm Tor, trinken sie es zu viert leer. Als die Deutschen sie auszuhorchen beginnen, vor allem über Frauen, zieht Jooskens Kumpel sich sofort zurück. Dieser Art von Interesse vertraut er nicht. Es ist da schon klar, daß sie es mit Söldnern aus der Vorhut der Compagnie zu tun haben, und in dem Mugello sind Frauen genug.

Selbst jetzt kann Joosken das Mißtrauen nicht teilen. Die Huren von Florenz sind berühmt. Sie bilden das Tagesgespräch bei den Webern. Jeder weiß, wo die hübschesten Mädchen sitzen, wenn auch nicht für sie. Joosken weiß ebenfalls gut Bescheid, auch wenn er füßeschurrend zugeben muß, daß er die Gelüste seiner forschenden Kameraden nur selten teilt: Meistens hat er zuviel Hunger. Er bleibt dabei, daß die Frau Nennetta einen tiefen Eindruck auf ihn gemacht hat. Sie sah wirklich der Vrouwe van Groeningen ähnlich, die ihn als Kind mit einer Pferdepeitsche verprügelt hatte. So jemanden in der Gosse wiederzufinden, das tut immer gut. Es wunderte ihn daher überhaupt nicht, daß auch die Deutschen von Nennetta anfingen. Es war ihre Aufgabe, über die Nutten in jeder Stadt orientiert zu sein, nicht für sich selbst, sondern für ihre Offiziere. Seit die Kontrolle an den Toren verschärft worden war, wagten die sich nicht mehr ohne Vorsorge und Verabredungen in die Stadt und die Bordelle. Joosken hatte sich bereit erklärt, Zwischenträger zu sein – gegen ein Handgeld, das jeden andern argwöhnisch gemacht hätte. Er bekam ein Briefchen mit für ein Mädchen in einem Puff über dem Arno, eine schöne, deutsche Blondine, und die Antwort, die sie schrieb, lieferte er draußen vorm Tor wieder ab. Nach einer weiteren Adresse, zu der er als Kunde gehen mußte, war das Haus von Nennetta dran. Mindestens ebenso wegen der Westfalen, die draußen vorm Tor vergeb-

lich auf Antwort warteten, wie wegen der Stadtpolizei wollte Joosken sich aus dem Staub machen. Lapo erklärt ihm, daß es keine Liebesverhältnisse gewesen sind, bei denen er da half. Er hat vage den Eindruck, daß auch Joosken dessen nicht mehr so sicher war. Das Briefchen, das er hatte abliefern sollen, besitzt er natürlich nicht mehr, und lesen kann er nicht.
Lapo zweifelt nicht mehr länger daran, daß Sismonda das Opfer ihrer geheimen Dienste geworden ist. War es die Stadt, die es entdeckte und dem ein Ende machen ließ? War es die Compagnie? In dem Fall haben die Aufträge an Joosken und an den Maskierten einander durchkreuzt.
»Du bist doch ganz sicher«, fragt er streng, »daß du die Frau selbst mit keinem Finger angerührt hast?« Er schaut so durchbohrend, wie er kann, und entgegen seiner Erwartung sieht er Joosken zögern. Eine magere Hand verschwindet in einem Kittel und zieht, widerstrebend, ein Band hervor. An das Band ist ein Stück Spitze geknotet, die offenkundig von einem Bettlaken oder Bettbezug stammt und voller rotbrauner Flecke ist.
»Kleider eines Ermordeten bringen Glück«, flüstert er. »Sie hatte keine Kleider an, aber dies hilft auch. Wenn ich es nicht abgerissen hätte, wäre ich niemals aus der Stadt herausgekommen . . .« Lapo lacht lauthals, und der Weber lacht erleichtert mit.
»Eine Frage. Du brauchst keine Angst zu haben, nur

nachzudenken. Die Offiziere, für die du gearbeitet hast, hast du von denen jemals Namen gehört?«
Einmal. Die Westfalen hatten unter sich über einen Grafen mit einem flämischen Namen gesprochen. Joosken zieht seine Stirn in tiefe Falten und sagt dann: »Burenhart. Graf Burenhart. So hieß ihr Herr.«
Und da weiß Lapo, wie hoch das Spiel war, das Sismonda spielte. Burkhardt ist der Bruder von Graf Conrad von Landau und der diensthabende Befehlshaber der Großen Compagnie. Burkhardt muß die Hand im Spiel gehabt haben bei dem, was ihr zugestoßen ist.

»... war's auch nicht *sein* Dolch, der traf unters Kinn,
der Burkhardt hat sie ermord't ...«

Was hatte Barna von Alda doch gleich gesagt? War Burkhardt in Siena, als das Mädchen entführt wurde? Bruder Bentivoglia kommt wieder in die Schneiderei, mit einem vergnügten Gesicht. Das kranke Kind am Tor hat Würmer. Die kann man billig bekämpfen. Eine kleine Knoblauchzehe tut Wunder, wenn man mit Weihwasser den Namen Hiob daraufschreibt. Er sieht die Näharbeit auf dem Boden und das aschgraue Gesicht seines Wiesels und holt einen Krug Wein gegen Zähneklappern. Wiesel brauchen keine Saphire oder Diamanten. Unter den großen, sicheren Händen

von Bentivoglia hören die Schultern nach und nach zu zucken auf.
Sobald er mit seinem Freund allein ist, warnt Lapo vor den Gefahren, in die Joosken geraten ist. Bentivoglia sollte ihn vorläufig besser bei sich behalten. Sonst landet er unwiderruflich im Gefängnis ... wenn nicht ein Mörder der Polizei zuvorkommt. Während er spricht, erinnert das Wort Gefängnis ihn an ein Versprechen, das er Barna, dem Maler, gegeben hat. Er fängt von Jachopo Arrighi an.
Bentivoglias gute Laune verschwindet auf einen Schlag. Natürlich weiß er über den Fall Bescheid. Die ganze Stadt weiß darüber Bescheid, und die ganze Stadt ist von Jachopos Schuld überzeugt. Auch Bentivoglia, und er ist bekümmert, weil Jachopos Eltern ihm am Herzen lagen. Jachopo selbst hat er aus den Augen verloren, als der Junge nach Bologna ging, um zu studieren. Übrigens scheint er da mehr Verse und Spaß gemacht zu haben als gute Zensuren. Er ist mit großen Reden, aber ohne Diplom nach Hause gekommen und ist dann in den Handel gegangen, offenbar in Erwartung seines Erbteils. Wer so lange im Ausland bleibt, verliert die Bindung an seine Stadt, sagt Bentivoglia. Ein echter Sienese hätte Siena nicht verraten.
Verglichen mit der Strafe, die Jachopo erwartet, spielt das Testament kaum eine Rolle. Wer keinen Kopf mehr hat, kann auf sein Vermögen gut verzichten. Die

Bestimmung über »loyales Bürgertum« kommt allein seinen Brüdern zugute. Wird Jachopo verurteilt, kann die Stadt sein Erbteil nicht konfiszieren, weil es in dem Fall kein Erbteil gibt.

»Ich hab gehört, daß Pandolfo eine große Rolle spielt bei der Anschuldigung. In Florenz würden sie das verdächtig finden, das Zeugnis eines Beteiligten!«

In Siena auch, versichert Bentivoglia. Es ist wahr, viel Schönes findet man nicht im Charakter des ältesten Arrighi; nur wird davon der Charakter des Beschuldigten leider nicht besser. Es ist eindeutig, daß Jachopo sich mit dem Feind eingelassen hat. Vielleicht hatte er perugianische Freunde in seiner Studienzeit. Wie hätte er sonst hören können, was in der Festung bei seinem Onkel für ein Spiel gespielt wurde?

»Auf ebenso vielen Wegen, wie Siena Ohren hat«, sagt Lapo nüchtern.

»Siena ist nicht Florenz! Wir haben hier zur Zeit eine Volksregierung. Zwölf Bürger aus den untersten Gilden. Ich hab sagen hören, daß sie es gut machen. Sie scheinen sogar unbestechlich zu sein. Nicht gelehrt, aber mit einem Herzen für die Stadt, und das ist mehr wert. Nur übervorsichtig. Mißtrauisch. Vor allem gegen die ehemals Regierenden hegen sie einen Groll. Adlige, reiche Bürger, verbummelte Angeber von Jachopos Sorte, die kriegen keinen Fuß mehr auf den Boden. Die Nachricht über den Verrat in Andrea de' Salimbenis Festung ist an den Stadtrat für Kriegsangelegenheiten gelangt. Der würde seinen eigenen Kopf riskieren, wenn er etwas ausplauderte. Ein Neffe des Verräters ist doch wohl der letzte, der ein solches Spitzengeheimnis zu hören bekommt.«

»Sein Freund Barna ist überzeugt von seiner Unschuld.«

»Soll er es beweisen. Ich kann nur noch beten für den Sohn von Monna Margherita.«

Neun

Die Situation wird immer verworrener – so recht nach Lapos Geschmack. – Was haben die 10 Schlußgesänge des »Decamerone« mit den 10 Frontabschnitten von Siena-Perugia zu tun? – Die unterschiedliche Zeitrechnung von Siena wird zum Desaster für Pandolfo. – Was war mit dem kleinen Kind, das sich bei Alda von Fredi an der Sichel verletzte?

»Neugierig bin ich aufs Ewige Leben,
aber find's auch nicht schlecht auf der Erde hier,
meinen Leib, den will ich noch lang nicht
aufgeben!
Neugierig bin ich aufs Ewige Leben,
aber will es vorläufig am liebsten nur eben
belauern durch einen Spalt in der Tür,
denn: wie neugierig auch auf das Ewige Leben:
Ich find's auch nicht schlecht auf der Erde hier!«

Wenn auch die Minderbrüder von Siena sich nicht der Sünde des Überflusses von Santa Croce in Florenz schuldig machen, ist ihre Behausung doch ein Stück komfortabler als die von Lapo in Fiesole. Ihr Kapitelsaal ist vollständig mit Fresken ausgemalt, auf die Florenz neidisch sein darf. Er ist außerdem geräumig, und Lapos Stimme klingt gut darin. Seine Gastherren

lassen sich die Möglichkeit einer Darbietung des Altspielmannes nicht entgehen. Bereitwillig singt Lapo ein Lied nach dem anderen, bis sein Handgelenk schmerzt von dem Tamburinschlagen.
»Selber schuld«, wirft ihm Bentivoglia gutmütig vor, während er das Handgelenk seines Freundes fachmännisch massiert. »Nimm doch auch einen Affen dafür!«
Lapo stutzt in seinem Höflichkeitsgespräch mit dem Gardian und zieht sein Handgelenk vor Erstaunen zurück. Bentivoglia genießt die Sensation, die er bewirkt. Ja, sicher, vorigen Monat hat er einen Affen gepflegt, der verstand, das Tamburin zu schlagen, und gut noch dazu. Nicht als er kam. Der arme Tropf hatte eine Lungenentzündung. Aber als er sich wieder erholte, saß er und wirbelte von früh bis spät. Das Kloster glich bald einer Kaserne!
Die Brüder, die um ihn herum sitzen, sind sofort voll von dem Erlebnis mit dem Affen. Mit dem hatte es eine besondere Bewandtnis. Nichts wollte er von den Liedchen wissen, die sie mit ihm mitsingen wollten ... bis sie ein Lied von dem heiligen Vater Franziskus anstimmten. Da jauchzte er – soweit Affen überhaupt jauchzen – und begleitete den Gesang, auch wenn sie ihn hundertmal wiederholten.
»Dann hat sein Herrchen ihn das Lied gelehrt«, sagte Lapo bestimmt. »Ich kenne den Affen. Und ich kenne seinen Herrn, einen gewissen Naddo.«

Aber das ist es nun gerade. Als Naddo das Tier wieder abholte, bestritt er, daß solche frommen Liedchen auf seinem Programm standen. So daß man von einem kleinen Wunder sprechen kann. Das stumme Tier, das niemals etwas anderes begleitet hat als weltlichen Singsang, fühlt plötzlich die Heiligkeit, die von dem Lied des Franziskus ausstrahlt – und stimmt sofort mit ein. Einer der Anwesenden beginnt das Lied zu singen, das solche übernatürliche Wirkung hatte:

»So groß ist das Gut, o Liebe,
das du mir gelobst im Ewigen Leben,
Daß nichts mir auf Erden
noch Sorge kann geben . . .«

Das ist mal was anderes als Lapos eigenes gottloses Rondello von eben gerade . . . aber doch schaut nicht deshalb Lapo den Gardian unglücklich an. Er sieht den Schimmer eines Lächelns auf dem beherrschten Gesicht.

»Das Affenwunder könnt ihr vergessen«, sagt er dann. »Das Tier und sein Herrchen meinen verschiedene Dinge. Der Affe erkannte eure Melodie. Das ist alles, worauf er horcht. Aber außerhalb des Klosters singen sie auf die Melodie ganz andere Worte. An die dachte sein Herr. Wenn ihr nicht solche braven, asketischen Brüder wäret, hättet ihr sofort gewußt, was Naddo wirklich auf seinem Programm stehen hatte.

Den Schlußgesang des ›achten Tages‹ aus dem *Decamerone* von Messer Boccaccio:

»So groß ist das Gut, o Liebe,
das du mir gegeben in Stunden so teuer,
daß mit Wonne ich einst brenne
im höllischen Feuer . . .«

Eine häßliche Enttäuschung für die Minderbrüder von Siena. Um sie zu trösten, erzählt Lapo, was ihm selbst mit dem Affen bei Taddeo, dem Maler, passiert ist. Er verwundert sich über Naddo, den Spielmann, der sich mit Kultur eingelassen hat auf seine alten Tage und seinen Affen speziell auf Boccaccio abgerichtet hat: vorigen Monat den achten Tag, und gestern den dritten!

»Das ist nicht verwunderlich«, meint einer der Brüder. »Wir hier beschäftigen uns natürlich nur mit geistlichen Dingen . . .«, tugendsam schlägt er die Augen nieder, »aber in der Stadt pfeifen schon die Spatzen Boccaccio von den Dächern. Messer Boccaccio wohnt hier in der Nachbarschaft, mußt du bedenken. Er ist gewaltig in Mode. Ein schlauer Spielmann stimmt sein Repertoire darauf ab.«

»Gut«, sagt Lapo und runzelt seine Augenbrauen, «aber warum nun gerade ein schlauer Spielmann aus Perugia? Ich dachte, ihr hättet Krieg mit Perugia?«

»Nicht aus Perugia!« Bentivoglia ist entsetzt über die Idee, daß er einen feindlichen Affen verpflegt haben sollte. »Naddo ist aus Arezzo. Das hat er oft gesagt. Und er kommt regelmäßig hierher. Vielleicht meinst du doch einen anderen Spielmann, Lapo.«

»Krumm? Mit Bart? Ich kann dir seine Adresse in Perugia sofort geben. Ein schlauer Spielmann, sagtet ihr? Vielleicht noch schlauer, als ihr dachtet.«

»Wetten, daß du dich irrst, Lapo Mosca? Wir werden Naddo fragen, sobald er wieder vorbeikommt.«

»Naddo kommt nicht mehr vorbei. Er ist tot. Sie sagen, daß er vergiftet ...« Lapo schweigt, als er einen Blick des Gardian auffängt. Der Gardian hat sich von seinem Sitz erhoben und sagt mißbilligend: »Wir sind hier nicht zusammengekommen, um über die Herkunft fremder Musikanten zu sprechen. Es ist schon lange Zeit für die Vesper.«

Die Brüder brechen gehorsam auf, und Lapo will hinter ihnen hergehen, ein bißchen bestürzt über den Fauxpas, den er offenbar gemacht hat. Aber der Gardian hält ihn zurück.

»Du und ich gehen unverzüglich zum Palazzo del Popolo«, sagt er.

Die Dämmerung hängt über dem muschelförmigen Platz. In die eisernen Halter am Rathaustor sind schon brennende Fackeln gesteckt. Aus den Versammlungsräumen im ersten Stock scheint Licht. Trä-

ge sind sie nicht, die zwölf Mitglieder von Sienas Volksregierung.
Der Gardian passiert ohne Mühe die Torwächter und geht mit Lapo nach oben. Er bittet dringend darum, den verantwortlichen Kriegsrat sprechen zu können, und hat offenbar Ansehen: Der Mann verläßt dafür die Versammlung. Lapo muß einen scharfen, untersuchenden Blick aus einem sorgenvollen Gesicht über sich ergehen lassen.
»Nun, Pater Gardian?« fragt der Stadtverordnete, betont bedeutungsvoll.
»Herr Stadtverordneter«, antwortet der Gardian, betont ehrerbietig, »ich möchte Euch dringend ersuchen, mein Beichtkind Arrighi holen zu lassen. Jetzt sofort.«
»Abends finden keine Verhöre statt . . .«, beginnt der Verordnete streng, aber dann gewinnt seine Neugierde die Oberhand: «Wollt Ihr sagen, daß der Spielmann in der Stadt ist? Davon ist keine Nachricht zu uns gekommen.«
»Die Nachricht liegt bei dem Höchsten Regierenden da oben. Der Spielmann ist tot. Aber seine Botschaft ist vielleicht zu ermitteln. Durch meinen Mitbruder hier, gemeinsam mit Arrighi.«
»Pater Gardian, das meint Ihr nicht im Ernst. Soll ich meine Versammlung unterbrechen für dies unsinnige Rätselspielchen?«
»Herr Stadtverordneter, wenn es irgend etwas gibt,

was ich ernst meine, dann meine Warnung. Ihr habt Euch schon einmal geirrt. Das könnt Ihr jetzt nicht noch einmal riskieren.«

»Ihr habt nicht das Recht ...« beginnt der Stadtverordnete von oben herab, schaut dann von einem zum andern und zuckt mit den Achseln. Er schickt einen Wärter zu dem Arrestanten Arrighi und geht seinen Gästen voraus in eine Seitenkammer. Sie ist von oben bis unten mit Fresken bemalt, aber feucht ist es, wie in einer Spelunke. Der Verordnete sieht, wie der Gardian sich in seine Kutte verkriecht, und spricht auf einmal wie der freundliche Mann, der er wahrscheinlich in Wirklichkeit ist. Soll er einen Mantel holen lassen? Im Palast darf nicht geheizt werden, das ist schlecht für die Malereien, auf die jeder so stolz ist.

»Das Kalkgemisch darunter taugt nichts«, sagt er mit Sachverstand, »aber das ist vor meiner Zeit passiert. Nun sitzen wir da. Es ist immer feuchtkalt hinter den dicken Mauern. Wir Ratsleute haben uns an die Kälte gewöhnt ...«

»Wir Minderbrüder auch«, versichert Lapo Mosca ihm. Gleich, als er den Stadtverordneten sah, erkannte er in ihm die Unsicherheit eines Menschen, der hochklettern mußte zu dem Amt, das ihm zugeteilt wurde, der sich aber im Grunde seines Herzens noch immer eine Sprosse zu niedrig wähnt. Geduldig erzählt er seine Geschichte von Naddo, seinem Affen und seinem Tod.

»Und woran dachtest du, Bruder Lapo, als du da vorhin schon wieder ein Lied aus dem *Decamerone* hörtest?« fragt der Gardian, wie um ihm einen Wink zu geben.
»An einen Code natürlich«, sagt Lapo erfahren – und dann kommt der Gefangene herein. Er sieht etwas verlottert aus und hat nun eine Stubenfarbe, scheint aber wenig unter dem Ernst der Situation zu leiden.
»Noch zwei Züge, und der Wärter wäre matt gewesen«, berichtet er. »Guten Abend zusammen. Womit kann ich den Herren dienen?«
»Ihr wißt, daß Euer Prozeß aufgeschoben ist, bis Beweise vorhanden sind für Eure unwahrscheinlichen Erzählungen«, beginnt der Stadtverordnete gemessen.
»Sicher, sicher. Nichts dagegen. Eure Küche könnte etwas besser sein, das ist alles. Hat unser Gardian den Spielmann aufs Kreuz gelegt? Schüttelt er den Affen nun endlich aus seinem Ärmel?«
Als er hört, daß der Spielmann tot ist mit Vergiftungserscheinungen, pfeift Jachopo durch die Zähne. »Ein Spion mehr endgültig auf dem Rücken«, konstatiert er.
»Gott sei seiner Seele gnädig!« sagt der Gardian zurechtweisend.
»Gott eher als ich. Der Kerl krächzte wie eine Krähe. Aber nun sitzen wir in der Patsche, was Renzo? Ich kann niemals mehr etwas beweisen, und du kannst nie mehr hören, was er erzählen wollte.«

»Ich bitte Euch, einen anderen Ton anzuschlagen!« sagt der Ratsherr, und Lapo sieht die Adern an seinen Schläfen anschwellen.
Hastig fällt er ein: »Was er erzählen wollte, war seinem Affen zufolge im dritten Schlußlied des *Decamerone* verborgen.«
»Torrita«, ruft Jachopo sofort. »Torrita oder Asinalunga. Schicke blitzschnell einen Kurier an die Front!«
»Um mich Euch zuliebe lächerlich zu machen!« protestiert der Stadtverordnete. »Und wer soll das bezahlen? Ein Kurier muß Zuschlag haben für einen Nachtritt. Wenn ich für jeden Schnickschnack . . .«
»Renzo, Renzo, du bist noch immer so ein Korinthenkacker wie damals, als du kamst, um meines Vaters Stall zu mauern. In Bologna schlugen wir uns gegenseitig solche Spielchen um die Ohren. Der Spielmann hatte bestimmt noch mehr davon auf Lager, wenn er seinem Arbeitgeber hier die Kriegsneuigkeiten in allen Einzelheiten zutragen wollte. Ich hab nur auf den *Decamerone* geachtet. Ein Kinderspiel, Mann. In Bologna benutzten wir Dante auf dieselbe Art. Alle hundert Gesänge der *Divina Commedia*, um zu signalisieren, wie man eine hübsche Puppe aufreißen konnte, und das war immerhin kompliziert. Wer signalisieren will, wo unsere Front in Bewegung kommt, hat an den zehn Schlußgesängen von Boccaccio genug. Die Heeresleitung hat ja die Frontlinie in zehn Zonen eingeteilt!«

Lapo Mosca hat genug gehört, sowohl, um einen Widerwillen gegen diesen mittleren Arrighi zu bekommen, als aber auch Einblick in das System von Naddo, dem Spielmann. Sooft er in Siena auftrat, stand jeweils ein Lied auf dem Programm, das er von seinem Affen begleiten ließ. Um das Lied ging es. Jachopo nickt bestätigend. Es war ihm aufgefallen, daß kurz nach einer derartigen Aufführung von Lied 2 die Stadt Cortona vom Feind besetzt wurde. Anfang Februar begleitete der Affe Lied 4. Jachopo ging, um die Stadtregierung zu warnen, daß Montepulciano in Gefahr war. Die Stadtregierung lachte ihn aus. Der Angriff auf Montepulciano fand statt und wurde mit Mühe abgeschlagen. Mitte März gab Lied 8 ihm zu verstehen, daß sein Onkel Andrea bedroht war. Er hatte kein Bedürfnis und keine Zeit, noch einmal ausgelacht zu werden: Im Galopp ritt er zur Festung.
»Onkelchen war in Gefahr. Mehr wußte ich auch nicht, sonst wäre ich zu Hause geblieben. Eine solche Hundsgemeinheit anzuzetteln und andere dafür büßen zu lassen! Gut, nun war Naddo auf dem Weg mit Lied 3. Schicke wie der Blitz einen Kurier, um deinen Befehlshaber zu warnen. Bete auf deinen eigensinnigen Knien, daß er noch rechtzeitig kommt.«
»Hirngespinste«, brummt der Stadtverordnete beunruhigt. »Warum soll ich an Hirngespinste glauben? An die Schwarze Kunst glaube ich auch nicht.«
»Dann nicht«, sagt Jachopo gut gelaunt. »Ein politi-

sches Amt und Verstand fliegen einem nun einmal nicht zu, wenn man Maurer ist. Wenn du nur gut behältst, daß ich dich gewarnt habe, Renzo. Mit diesen beiden Zeugen dabei. Mir ist es viel lieber, wenn du nichts unternimmst. Brüderchen Pandolfo liegt bei Torrita. Wenn er von Perugia eins draufkriegt, ist zugleich meine Unschuld bewiesen. Zwei Fliegen mit einer Klappe. Darf ich nun zurück zu meinem Schachspiel?«
»Schickt den Kurier, Herr Stadtverordneter«, sagt der Gardian eindringlich, als Arrighi weggeführt ist. »Was Ihr wagt und ausgebt, bedeutet nichts, verglichen mit dem Risiko, das die Stadt bedroht, wenn er recht hat. Ich bin sicher, daß er recht hat. Es ist schon schlimm genug, daß der Spion getötet wurde, bevor Ihr habt feststellen können, wer sich hier in der Stadt seiner bediente ... und ihn aus dem Weg räumen ließ, bevor er Namen nennen konnte, sobald Jachopo die Spionage ans Tageslicht brachte.«
»Soll ich das vielleicht für Euch herausfinden, Herr Stadtverordneter?« fragt Lapo Mosca, mitleidig ... und eindringlich. »Eine Liste von Naddos festen Konzertbesuchern. Eine Liste von Bürgern, die ihre Interessen haben im Chiana-Tal oder in Perugia selbst ...«
Noch ein neuer Topf auf seinem Feuer ... aber wer sich daran verbrennt – nicht der Stadtverordnete. Er schlägt Lapos Angebot mit einem müden Lächeln

aus. Darüber muß er erst nachdenken, sagt er. Auch über den Kurier muß er selbst noch nachdenken. Er dankt den Mönchen für ihr Kommen.
»Traut sich nicht, allein Verantwortung zu übernehmen«, stellt Lapo fest, als sie wieder draußen sind. »Es sollte mich nicht mal wundern, wenn er vermutete, wer der Auftraggeber des Spielmanns war.«
»Dafür kommen alle Weinmagnaten in Frage, die Faktoreien im Frontgebiet haben«, sagt der Gardian. »Die haben ein Interesse daran, rechtzeitig zu wissen, wo es losgeht. Dazu müssen sie noch nicht einmal Verräter sein, selbst wenn sie die Volksregierung lieber heute als morgen verschwinden sähen.
Ich mach mir Sorgen um unsere Regierung«, fügt er hinzu. »Sie meinen es gut, und sie tun ihr Bestes ... aber an ihre Herren von früher wagen sie sich eigentlich nicht heran, und das ist manchmal nötig.«
»Wer jahrhundertelang in die Ecke gedrückt wurde, traut sich über keinen großen Platz hinüber«, bestätigt Lapo Mosca, und er denkt: dieser Angst hat Jachopo Arrighi es zu danken, daß er noch lebt. Übrigens reitet ein Stadtkurier an ihnen vorbei, bevor sie zu Hause sind.

Pater Gardian war von Anfang an über den Spionagefall orientiert. Er hat seine Kenntnis als Beicht- und Staatsgeheimnis bewahrt und keine Miene verzogen, als seine Brüder sich von dem »Affentheater« hinrei-

ßen ließen ... Lapo Mosca hat großen Respekt vor soviel Schweigsamkeit. Das hindert ihn nicht daran, seinen Freund Bentivoglia sogleich zu beruhigen wegen des vermeintlichen Verrats von Jachopo Arrighi. Über den Charakter des Flegels ist er weniger beruhigt. Flegel ...? Wer wurde vor kurzem denn noch als Flegel bezeichnet? Richtig, Barna, der Maler. Ein feines Freundesgespann. Freunde?
Lapo Mosca hat Mühe, einzuschlafen. Er liegt auf dem Boden von Bentivoglias Zelle, neben Bentivoglia selbst, der furchterregend schnarcht. Seinen Strohsack hat er an ein paar kranke Katzen abgetreten. Sowohl die Katzen als auch Lapos Gehirn sind unruhig. Verworren schlingen sich seine Gedanken um Jachopo und den Stadtverordneten, um Joosken und Burkhardt und zum Schluß um Ginepro und Bartolos Bein. Sind es doch zu viele Töpfe für einen Koch? Mit Bartolos Bein nimmt es in jedem Fall ein böses Ende. Morgen muß er zurück nach Monteriggioni.
Aber als er ein paar Stunden später kurz aus einem Dämmerschlaf auftaucht, merkt er, daß seine Gedanken sich inzwischen nicht mit der Reliquie beschäftigt haben. Wie Zahnschmerzen, quengelig und hartnäkkig, kreisen sie um die Zeitrechnung von Siena.

Zehn

Pandolfo kommt so bald nicht aus der Kriegsgefangenschaft frei – gut für Lapo! – Der macht den Damen Alda und Tancia von Fredi die Hölle heiß: Ein vertauschtes Kind? Da hilft nur ein ehrliches Geständnis mit Pandolfo als Zeugen, der nämlich gleich alt ist wie Tancia. Ja! Aber wie das? – Warum schaut Filippo de' Figlipetri Lapo nicht in die Augen?

Er ist auf See, und es stürmt. Sein Schiff stampft, die Wogen dröhnen.

Kein Schiff. Es ist Bentivoglia, der ihn schüttelt. Und was da dröhnt, sind keine Wogen, sondern Glocken. Die Gewalt von vibrierendem Erz dringt von allen Seiten auf ihn ein, kein Klöppel in Siena hängt mehr still. So viele Glocken für eine Frühmesse? So viele Glocken für überhaupt keine Messe. So viele Glocken für die totale Niederlage Sienas gegen Perugia am 10. April 1358. Im Chiana-Tal bei Torrita. Gestern.

Der Kurier war noch über eine Stunde von der Front entfernt, als er die ersten Flüchtlinge schon entdeckte, erschöpft, in Panik, voll entgegengesetzter Berichte. Im Laufe der Nacht sind sie nach Hause gekommen, ohne Waffen, beinahe ohne Offiziere, mit zwei, drei Mann auf einem Pferd. Perugia hat Siena in einen Hinterhalt gelockt. Sogar der erfahrene deutsche Söldnerkommandant hat sich reinlegen und gefangennehmen lassen. Selten wird der Tod eines Spielmannes der Anlaß für so viele Tränen gewesen sein ... Wahrscheinlich gibt es nur zwei Menschen in der Stadt, die erleichtert sind. Jachopo Arrighi für die blutige Rechtfertigung, die er bekommen hat. Und der Stadtverordnete für Kriegsangelegenheiten, weil er den Kurier zumindest noch geschickt hat, auch wenn es zu spät war.

Lapo Mosca ist im Handumdrehn auf der Straße. Trauernde Städte haben eine eigentümliche Anziehungskraft. Die Routine steht still, und die Barrieren fallen. Jeder spricht mit jedem, jeder sehnt sich nach Schulterklopfen und Mitleid. Lapo kann gut trösten. Er trauert sehr mit Siena. Nicht so tief, wie er mit Florenz trauern würde: Durch alle Niedergeschlagenheit hindurch sieht er doch noch immer das Lilienbanner am Schwanz des Esels ... Und auch nicht so tief, daß er vergessen würde, sich nach dem Schicksal von Pandolfo Arrighi zu erkundigen. Pandolfo wird zunächst noch vermißt. Die von Perugia waren darauf erpicht, so viele Offiziere wie möglich gefangenzunehmen. Das wird Lapo sich zunutze machen müssen.

Außerhalb der Stadt ist viel los. Kein Mensch weiß, was die Perugianer vorhaben, kein Mensch weiß, wie ihre Lage ist und ob sie durchstoßen können. Wer Besitzungen auf dem Lande hat, eilt sich, seine Vorkehrungen zu treffen. Um nach Monteriggioni zu gelangen, hat Lapo die Wahl zwischen einem alten Weinbauern, der ihn hinter sich auf sein Pferd, und einer jungen Bäuerin, die ihn neben sich auf den Kutschbock nehmen will. Er hätte natürlich den alten Weinbauern wählen müssen, aber dann wäre ihm die Reise länger vorgekommen, und er ist in Eile . . .

Lapo trifft Tancia von Alda am Dorfbrunnen, mit zwei Krügen und einer redseligen Nachbarin. Die Neuigkeiten über die Feldschlacht haben sie zwar erreicht, lassen sie aber kalt. Torrita ist weit weg. Stattdessen ereifern sie sich darüber, wie Die-von-Dahinten es diese Nacht wieder getrieben hat.

Als sie zu zweit zu Tancias Haus gehen – Tancia mit einem Krug auf dem Kopf und Lapo, galant, mit dem anderen –, fängt er vorsichtig an: »Ich hab mit Barna über eine Mitgift geredet.«

»Als ob ich damit weiterkomme. Reden bringt keinen Segen.«

»Das denkst du nur. Meine Reden haben schon sehr viel Segen gebracht. Bei schlechtem Gewissen, Vergeßlichkeit, versäumten Verpflichtungen und so weiter. In jedem Fall: Barna wird sich um dich kümmern. Wenn er kann. Und wenn er weiß, wo er einen Bräutigam hernehmen soll.«

Tancia lebt für einen Augenblick auf. Der Bräutigam wäre zum Greifen nah. Wenn sie Geld mitbringen würde, könnte sie morgen heiraten. Ein früherer Nachbarsjunge wohnt auf einem vernachlässigten

Hof in den Maremmen, ein Witwer mit kleinen Kindern. In seinem Boden sitzt Alaun. Die Färber von der Wollgilde bezahlen hohe Preise für Alaun, aber um es aus dem Boden zu holen, ist eine kostspielige Installation nötig. Der Witwer will Tancia gern haben. Sie kann ja arbeiten wie ein Pferd und bringt eine Mutter mit, die auf das Kroppzeug aufpassen kann. Aber worüber redet sie eigentlich, die Taler wachsen Barna auch nicht auf dem Rücken ... Das Luftschloß fällt schon in sich zusammen, während sie es aufbaut.

Lapo Mosca stellt sich noch für einen Augenblick das hochmütige Gesicht des Dominikanerpriors vor, und für einen Augenblick das Bein des Bartolo. Bein, Adieu.

»Es wachsen ganze Glücksblumen auf Barnas Rükken«, sagt er, während er sich neben Tancia auf der Bank vor dem Häuschen niederläßt. »Aber um sie zu pflücken, braucht er deine Mithilfe.« Schritt für Schritt geht er auf sein Ziel los. Erinnert sie sich noch an das Unglück mit der Sichel? Ist es lange her, seit sie Donatus zum letzten Mal gesehen hat? Schaut sie wohl gelegentlich in den Spiegel? Ist es ihr nie aufgefallen, daß sie eher Donatus als Barna ähnlich sieht? Hat sie nie ihre Hände mit denen von Donatus verglichen?

Er brauchte gar nicht so vorsichtig zu sein. Tancia war zwar noch zu klein, als das Unglück mit der Sichel passierte. Ihre Erinnerung ist durch das ge-

prägt, was ihre Mutter ihr jahrelang eingeredet hat, aber diese Erinnerung schiebt sie augenblicklich beiseite. Es kann sei, daß es ihr durch Lapos Worte wie Schuppen von den Augen fällt, so daß sie plötzlich sieht, was sie unbewußt schon jahrelang vermutete. Aber wie es war oder nicht war, läßt sie kalt. Wo ihr Vorteil liegt, das hat sie im Handumdrehn begriffen. Ein Erbteil für Barna verhilft ihr zu einer Aussteuer und zu einem besseren Leben. Ein Erbteil für Donatus verschwindet im Fundus seines Ordens. Donatus und kein anderer ist ihr geliebter und leiblicher Bruder! Lapo braucht ihr keinen einzigen Wink mehr zu geben. Sie läuft ins Haus, wo Alda von Fredi ihren Rausch ausschläft, und legt sofort mit ihrer schrillsten Keifstimme los.
Bruchstücke ihrer Vorwürfe dringen bis nach draußen zu Lapo Mosca. Die alte Säuferin ist geliefert. Ihr Betrug ist aufgedeckt, sich selbst und ihre Tochter bringt sie auf den Scheiterhaufen. Gino, den Sohn ihrer Hurerei, hat sie einer reichen Familie untergeschoben, und Barna, der da hingehörte, hat sie weggemogelt. Was soll nun aus ihnen werden? Alda von Fredi wird gesteinigt mit den Kieseln, wird Lapo klar, die er mit herbeigetragen hat. Die Frau kommt heraus, Rock und Jacke notdürftig übergeworfen. Die Zerrüttung auf ihrem geschwollenen Gesicht spricht dafür, daß seine Vermutung richtig ist. Herzlichen Glückwunsch, Lapo Mosca. Das nenne ich einen Sieg.

»Das war ein großes Opfer, das du gebracht hast«, sagt er vorsichtig, »und eigentlich für nichts, was? Dem Sohn von dir, deinem Augapfel, dem wolltest du eine goldene Zukunft verschaffen. Dafür hast du dich von ihm getrennt ... und er hatte nichts Besseres zu tun, als in ein Kloster zu gehen. Schön natürlich, ein Kloster ... aber in das hätte er ebensogut eintreten können, ohne daß du ihn mit dem Kind des Notars vertauscht hättest. Darüber hast du auch schon gegrübelt, oder nicht?
Sag mal, Alda: Hättest du die Vertauschung gewagt, wenn dein wertvolles Ziehkind nicht in die Sichel gefallen wäre und sich fast zu Tode geblutet hätte? Hattest du ihn vielleicht schon aufgegeben? Wagtest du dem Notar nicht mehr unter die Augen zu treten mit seinem verkrüppelten Sohn? Was wußte der Mann schon, der hatte genug zu tun mit seiner neuen Frau und seinen hohen Ämtern, der kam nie hierher. Deine einzige Zeugin hätte Tancia sein können ... aber die war zu jung.
Zum Glück blieb Barna am Leben. Die Sache kann noch wieder zurechtgebogen werden. Du hast nicht einmal eine Strafe zu fürchten, denn es ist zu lange her. Aber du mußt es schon gestehen. Eine Erklärung bei einem Notar, mit einem Eid auf das Evangelienbuch, daß du die Wahrheit sprichst. Dann bekommt Barna das Geld, auf das er ein Anrecht hat, so daß er, wenn du alt bist, für dich sorgen kann und auch für

Tancias Mitgift. Und was deinen eigenen Sohn angeht ... es sollte mich nicht wundern, wenn du den zurückbekämst. So, wie die Dinge jetzt liegen, hast du die besten Aussichten, daß er dem geistlichen Stand den Rücken kehrt.«

Alda von Fredi kann diesen Erdrutsch in ihrer Existenz nicht fassen. Sie schaut auf alles, was verschüttet war und nun bloßgelegt ist, und greint vor sich hin. Tancia hat sich besser im Griff. Sie fängt sofort damit an, sich für den Besuch in der Stadt herauszuputzen ... und kommt plötzlich wieder zu Lapo Mosca herausgelaufen. Sie hat die Schlußfolgerungen gezogen, auf die Lapo schon wartete.

»Ihr sagtet, daß ich die einzige Zeugin sei, Bruder ... von Barna und der Sichel. Das stimmt aber nicht. Pandolfo war noch da. Den hat sein Vater hiergelassen, bis er zur Schule mußte. Natürlich war auch er zu jung, um zu begreifen, was da passierte. Wir waren gleich alt.«

»Natürlich, Pandolfo!« ruft Lapo vergnügt. »Ich erinnere mich doch gut, nicht wahr? Der Vater von Tancia ertrank bei der Überschwemmung im November 1333. Tancia war damals gerade geboren. Alda nahm ein Ziehkind in Pflege. Das Ziehkind war doch bestimmt Pandolfo Arrighi und kein anderer?«

Alda weint vor sich hin. Mit dem Tod von ihrem Fredi hat alles Unglück angefangen. Aber ihre Tochter wirft Lapo einen mißtrauischen Blick zu. Natürlich war es

Pandolfo, wer sonst, aber warum will der Bruder das so genau wissen? Für die Zeugenaussage natürlich, sagt Lapo, und er schlendert davon, um seine Genugtuung zu verbergen. Hat er nicht gestern behauptet, er wolle sich Pandolfo vornehmen? Wohlan, das wird geschehen. Der selige Notar heiratete seine erste Frau im Februar 1333, sienesischer Zeitrechnung: nicht neun Monate vor der Überschwemmung, sondern drei Monate danach. Als er die Klausel über die gesetzlichen Nachkommen in sein Testament aufnehmen ließ, dachte er nicht an Ginepro, seinen jüngsten Sohn. Er dachte an Pandolfo, sein voreheliches Kind ...

Florenz hat Streit mit Pisa, in normalen Zeiten sein Durchgangshafen. In Pisa, hat es geschworen, soll das Gras zwischen den Pflastersteinen wachsen! Um solch eine Rache zu nehmen, ist es bereit, seine Handelsware viele Meilen südlich zu verschiffen, von einem unansehnlichen Hafen aus. Dadurch wird die alte Via Cassia, an der sowohl Monteriggioni als auch Siena liegen, zu einer belebten Handelsroute. Offensichtlich hat die Schlacht bei Torrita daran bis jetzt noch nichts geändert. Lapo Mosca braucht nicht lange zu warten, bevor er mit seinen beiden Damen mitgenommen wird. Um so mehr, als Tancia wahrhaftig als Blickfang dient. Die Aufregung hat ihr eine sanfte Röte verschafft. Ein Stirnreif aus Glasperlen bändigt ihr gekämmtes Haar. Ihr verschossenes Mieder wird durch eine Papierkorsage ansehnlicher gemacht. Kein besseres Schönheitsmittel als Schadenfreude! Der Gedanke an den tiefen Fall, den der verwöhnte Donatus tun wird, erfüllt sie mit Wohlbehagen.

In Siena ist das Leben noch vollständig aus den Fugen, mit Läden vor den Verkaufsständen und mit Grüppchen von Bürgern, die ihre Stimmen leise und ihre Hände still halten; und doch verändert sich der Charakter der Staatstrauer ganz subtil. Die Nachrichten deuten mehr und mehr darauf, daß in Torrita wenig Tote, aber desto mehr Gefangene gemacht worden sind: Es werden also mehr Geldbörsen als Gräber geöffnet werden müssen. Armes Mauerskelett da oben beim Dom, denkt Lapo boshaft: Die Chance, daß du es jemals zur größten Kirche der Welt bringen wirst, ist kleiner denn je.

Aus dem Chiana-Tal hat sich der alte Portier Juniperus eingefunden. Herzlich küßt er Lapo auf beide Wangen. Mit schallendem Gelächter bestätigt er die Portiuncula-Theorie. Wie ein himmlischer Engel auf Durchreise, so hat das Frauchen von dem Podestà Arrighi ausgesehen. Schlag einem hart arbeitenden, freigebigen Regierenden nun mal ein Plauderstündchen mit seinem gesetzlich angetrauten Engel ab! Ein Plauderstündchen, bevor sie zu ihrer Ablaßbeichte ging, diese Bedingung hatte er natürlich gestellt . . .

Infolge der geschäftlichen Probleme, die jetzt die Sienesen bedrängen, dauert es einige Zeit, bevor Lapo einen Notar zu seiner Verfügung hat; aber dann ist Juniperus' Erklärung rasch aufgesetzt. Er muß sie beschwören, und das bereitet mehr Kopfzerbrechen. Es gibt nur wenige Fälle, in denen ein Ordensbruder einen Eid ablegen darf. Zum Schluß einigt er sich mit dem Notar darauf, daß seine Erklärung unter der Rubrik «Bekämpfung des Lasters« ihren Platz hat. Dann ist es erlaubt: Juniperus legt ohne Einwände seine Hand auf die Bibel. Von nun an ist die legitime Abstammung von Ginepro Arrighi nicht länger anzufechten; der Prior der Dominikaner wird sich die Hände reiben. Bis er die Erklärung liest, die Alda von Fredi im Anschluß daran ablegt und gehorsam beschwört. Lapo sorgt dafür, daß als zweites Zeugenkind außer Tancia das Ziehkind Pandolfo genannt wird, seit November 1333 bei Alda von Fredi in Kost. Kein Mensch nimmt Anstoß daran.

Erst später, als er mit Bentivoglia allein ist, gönnt Lapo Mosca sich den Luxus eines kleinen Triumphs. Es sieht so aus, als hätte er innerhalb von vierundzwanzig Stunden allerhand durcheinandergebracht im Hause Arrighi! Der Bastard, der sein Erbteil verliert, ist nicht der Beklagte, sondern der Ankläger, und der Beklagte, für den Lapo nach Siena kommen mußte, ist kein Bastard, sondern ein vertauschtes Kind.

Bruder Bentivoglia gerät davon etwas außer Atem. Er sieht nicht ganz glücklich aus. Um so viel war Lapo nicht gebeten worden. Es wäre ja nicht das erste Mal, daß Lapo übers Ziel hinausschießt. Paßt dieser kampfeslustige Eifer noch zu dem heiligen Gehorsam? Morgen wandert sein Freund unbekümmert wieder aus der Stadt – seine Mitbrüder müssen zusehen, wie sie sich gegen eine Horde wütender Dominikaner schützen ... Erst nach geraumer Zeit gibt er zu, daß Lapo in jedem Fall der Gerechtigkeit gedient hat. Und noch wieder später sagt er plötzlich: »Dann hat der Totengräber doch recht gehabt.«

Als die erste Frau des Notars gestorben war, hatte Bentivoglia, der zufällig mit seinem Bettelsack an die Tür kam, auf Bitten des Witwers die Leichenbestatter benachrichtigt. Bereitwillig war er beim Apotheker vorbeigegangen, wo die diensthabenden Totengräber beim Würfeln saßen. Die waren sofort gekommen und hatten sich an die Arbeit gemacht. Sie hatten Trauerbänke vor das Haus gestellt, die Sterbekammer aufgeräumt, Kerzen angezündet und braune Trauertücher aufgehängt. Sie hatten die Tote aufgebahrt, ihre Maße genommen und damit den Sargmacher aufgesucht. Einer der Männer sagte später zu Bentivoglia: Während sie mit der Frau beschäftigt waren, hätte ein neugeborenes Kind in der Wiege gelegen, von dem er schwören würde, daß es tot war. Als sie zurückkamen, um die Tote in den Sarg zu legen, sei das Kind verschwunden gewesen. Sie sagten ihm, daß es lebte, schnell getauft worden sei und nun bereits

unterwegs zu einer Amme auf dem Lande. In Wirklichkeit, durchschaut Bentivoglia jetzt, hat der Notar die Gelegenheit ausgenutzt, einen natürlichen Sohn als einen rechtmäßigen erscheinen zu lassen. Das voreheliche geborene Kind war schon ein Jahr alt, lebte aber auf dem Lande, wo es keine Kontrolle gab. Nach einigen Jahren würde es keinem Menschen mehr auffallen, daß der Junge für sein offizielles Geburtsdatum zu alt war. Hat der Vater seine ungesetzliche Handlung bereut? Je älter Pandolfo wurde, desto größer wurden die Schwierigkeiten zwischen Vater und Sohn. Diese Schwierigkeiten müssen Arrighi zu der umstrittenen Formulierung seines Testaments veranlaßt haben.
Lapo Mosca geht am späten Nachmittag zur Dominikuskirche, um sowohl den Maler Barna als auch den Prior zu informieren. Was Barna betrifft: Das scheint nicht nötig zu sein. Tancia ist Lapo zuvorgekommen. Er trifft den Maler auf seinem Gerüst an, wie eine Furie damit beschäftigt, leibhaftige Teufel zu fabrizieren. Der junge Mann zeigt kaum Interesse für die Familie und für das Glück, die ihm jetzt beide in den Schoß fallen. Sie kommen zu spät, denn Sismonda hat nichts davon. Schlimmer: Sie erlegen zeitraubende Verpflichtungen auf. Er wird sich mit Alda und Tancia beschäftigen müssen. Er wird einen Fahnder wegen des Todes von Sismonda losschicken müssen. Er wird ihren Mörder töten müssen. Sie war seine

Braut, nicht wahr? Aber alles, wofür er etwas taugt, ist malen. Auch die Entlarvung von Pandolfo interessiert ihn wenig. Was ihn betrifft, soll der Schuft doch seine Pfennige behalten.

Bevor ein ernüchterter Lapo vom Gerüst wieder herunterkommt, kraxelt ein anderer nach oben: Jachopo Arrighi, gegen Bürgschaft freigelassen. Der allerdings hat entschiedene Freude an der Abrechnung, die Pandolfo bei seiner Rückkehr aus der perugianischen Kriegsgefangenschaft erwartet. Wenn es an seinem großen Bruder gelegen hätte, wäre er auf dem Schafott gelandet. Sein Gerede und Gelächter schallen durch den geweihten Raum, bis von unten streng protestiert wird.

»Der Podestà hier«, sagt er etwas leiser, »ist ein einfaches Gemüt. Der hat die legitimen Nachkommen des Testaments mit Hilfe eines Gottesurteils herausbekommen wollen. Er wollte uns allen dreien Pfeil und Bogen geben und auf den toten Leib von Vater schießen lassen: Wer genau traf, war rechtmäßig. Sein eigentlicher Gedanke war natürlich: Schießen auf den eigenen Vater, das kann nur ein Bastard. Der Prior hier hat dem einen Riegel vorgeschoben, glücklicherweise. Ich sah mich da schon stehn, mit diesem Bogen ...«

»Aber hättet Ihr es denn getan?« fragt Lapo Mosca.

»Mann, ich kann überhaupt nicht schießen! Gino auch nicht. Pandolfo wohl, natürlich. Der zögerte

auch keinen Augenblick. So daß der Podestà auch noch recht bekommen hätte.«
Lapo hat schon genug von allen Arrighis, ob alt- oder frischgebackenen. Sie sollen sich selbst überlegen, wie sie ihre Freundschaft in Bruderliebe umzuwandeln gedenken. Er ist schon vom Gerüst herunter, als Barna ihm nachruft: Der Bruder von Sismonda ist heute mittag aus London angekommen und will Lapo so schnell wie möglich sprechen. Lapo hat es nicht eilig, dem Prior zu begegnen. Er macht sich auf die Suche nach der Wohnung der Figlipetri, erleichtert wie ein Koch, wenn auf seinem Feuer nur noch ein Topf bewacht werden muß: Sismonda im Arno – wer warf sie dorthin . . .?
Das Gemach, in dem er empfangen wird, ist so kahl, daß er sich gleich wie zu Hause fühlt und seine ganze Aufmerksamkeit auf Filippo de' Figlipetri richten kann. Der Mann ähnelt seiner Schwester, aber das Regelmaß der Züge, das Sismonda zu einer Schönheit machte, fehlt bei Filippo. Alles an ihm ist eckig, verkrampft, verbissen. Während er ihm zuhört, denkt Lapo: Die auffälligste Ähnlichkeit ist euer Stolz.
Sobald Filippo den Brief des Malers bekommen hatte, war er aus London abgereist. Ein Pferd nach dem andern hat er zuschanden geritten. In Aigues Mortes nahm er das Schiff nach Pisa. Er machte sich auf nach Florenz, sobald er gelandet war . . . und überlegte es sich auf halbem Wege anders. Als Verbannter riskier-

te er da sein Leben, und ohne ihn würde sein Vater verhungern. Besser war es, Barna zu schicken mit Geld und einem brüderlichen Befehl und die beiden an der Stadtgrenze zu erwarten. Er bog also ab nach Siena.

»Wenn wir keinen Gegenwind gehabt hätten auf See ... und wenn ich in Paris nicht soviel Zeit verloren hätte mit dem meuternden Bauerngesindel da ... wenn ich nur vier Tage früher dagewesen wäre ...«

Er läßt Lapo erzählen, wie er Sismonda gefunden hat und was er im Freudenhaus in Erfahrung brachte; aber er bleibt, den Rücken zum Mönch gewandt, vor dem Fenster stehen, um seine Erschütterung zu verbergen. Als Lapo fertig ist, sagt er tonlos: »Es sind die Welfen gewesen. Die Welfen haben sie ermordet. Als ob es nicht genug wäre, daß sie uns aus der Stadt gejagt und uns alles entrissen haben. Auch Sismondas Leben mußten sie noch haben.«

»Es kann kaum jemanden geben, der sie erkannt hat«, führt Lapo an; er spürt, daß das ein Trost für Filippo sein muß. Genauso wie die Rolle, die die Große Compagnie offenbar spielte und die in jedem Fall beweist, daß Sismonda sich verteidigt und gerächt hat, allerdings auf ihre Weise. Auch Filippo verbindet Burkhardt von Landau sofort mit Sismondas Entführung.

Anders als Barna war er selbst in der Stadt, als König Karl sich dort aufhielt. Siena glich einem Hexenkessel. Die Soldaten der Eskorte lagerten zwar vor den Mauern, aber tagsüber trieben sie sich in den Straßen herum, und keine Frau war vor ihnen sicher.

»Ich hielt meine Schwester natürlich im Hause. Nur am Todestag meiner Mutter sind wir zusammen zur Messe gegangen. Der achtundzwanzigste März, ein doppelter Todestag. In der Kirche – es war der Dom – trafen wir Bekannte. Unsere Nachbarn Arrighi waren dabei und auch ein paar ihrer einflußreichen Freunde. Ich suchte Tag und Nacht nach Arbeit, ich hoffte, daß sie etwas für mich tun könnten. So ließ ich Sismonda allein mit der Magd nach Hause gehen. Es war schließlich ganz nah.«

So ist es. Durch das offene Fenster sehen sie über den Häusern der steil hinaufführenden Straße die schwarzweißen Streifen des Domturmes wie eine Leiter zum Himmel streben.

»Soldaten haben sie auf ihr Pferd geworfen, sagt man. Mit geschlossenen Visieren natürlich. Die Magd ist ermordet worden. Passanten behaupten, daß sie die Farben der Garde erkannten. Der König wollte nichts davon hören, als ich ihn um Hilfe bat.«

»Weil er den Täter schützen wollte?«

»Seine Reputation mußte er schützen. All die Teutonen und Böhmen in seinem Gefolge führten sich wie die Bestien auf. Frauen waren vogelfrei. Sismonda war nicht die einzige, die sie entführten. Allerdings war sie die einzige, für die er keinen Finger krumm

machte. Er stand einfach da, unterhielt sich weiter mit einem Höfling und bastelte mit seinem Taschenmesser an einem Zweig herum. Warum sollte er sich für einen Verbannten einsetzen? Impossible, sagte er immer wieder. Impossible.«
Starr schaut er Lapo an, oder durch Lapo hindurch.
»Burkhardt von Landau? Der war in dem Lager. Wir haben sein Zelt durchsucht. Das besagt nichts. Ich werde der Spur nachgehen. Wenn sie zu ihm führt, bin ich nicht umsonst aus England gekommen.«
»Der Entführer braucht nicht der Mörder zu sein.«
»Natürlich nicht. Das ist klar. Die Welfen sind die Mörder. Darum geht es mir nicht. Ohne Entführer hätte es nie einen Mörder gegeben. Der Entführer ist der Hauptschuldige. Ich hab geschworen, daß ich ihn töten werde. Dies ist das erste Mal, daß ich einen deutlichen Hinweis bekomme. Ich muß zu ihm.«
»Was sagtet Ihr soeben? Ohne Euch würde Euer Vater verhungern . . .«
»Ich paß schon auf . . .« beginnt Filippo und schweigt. Die Tür hat sich geöffnet. Ein sehr alter, sehr kranker Mann schiebt sich mit zwei Stöcken herein.
»Er weiß nichts!« warnt Filippo flüsternd, bevor er seinem Vater in einen Krankenstuhl hilft. Der alte Figlipetri braucht Zeit, um zu Atem zu kommen; dann richtet sein Blick sich auf Lapo Mosca. Ein heller Blick aus einem abgemagerten Gesicht mit einem Kranz von dünnem weißen Haar.

»Ich hab deine Stimme erkannt. Du bist Duedonne, der Liedersänger.«

Die Stimme hat etwas Pfeifendes, sie kommt von weit her. Lapo fühlt sich klein und unsicher.

»Spielmannsliedchen, Herr. Sie haben keine Bedeutung.«

»Sing sie für mich.«

»Sie sind nicht gut genug. Ich werde etwas singen von Messer Petrarca.«

»Von dir selbst.«

Lapo schaut zögernd zu Filippo, auf das stolze Gesicht, auf dem jetzt Mitleid liegt wie Balsam auf einer offenen Wunde. Filippo nickt. Da nimmt Lapo schüchtern sein Tamburin und schlägt nicht, sondern streichelt, während er zuerst doch sein Entschuldigungs-Rondello singt.

»Perlen winden sich zum Reigen,
Lieder flechten sich aus Worten.
    Lauscht auf sie: ich kann nicht schweigen,
Perlen winden sich zum Reigen.
    Magst du sie – du darfst dich neigen,
    sonst verstreu sie allerorten:
Perlen winden sich dann neu zum Reigen,
Lieder neu aus meinen Worten.«

Aber nein: Es ist natürlich das Lied von den zwei Marien, das der alte Mann hören will. Das Lied von

Himmel und Erde, sagt er, als Lapo ihm seinen Wunsch erfüllt hat. Glücklich, wer noch die Wahl hat. Für ihn zählt die Erde schon lange nicht mehr. Und der Himmel? Je näher er kommt, desto schwächer werden seine Augen. Heilige Höflinge in Brokat? Singend und spielend rund um goldene Throne? »Ich weiß es«, sagt die hohe Stimme, »in den Kirchen kann man sie ansehen. Der kleine Barna von gegenüber bemalt alle Wände mit ihnen. Himmlische Paläste, mit kostbarem Geschirr und mit Schoßhündchen und mit Blumenbeeten.« Er schaut zu Lapo mit dem Schimmer eines Lächelns.

»Wenn ich kann, werde ich Sankt Franziskus von dir grüßen. Aber ich weiß nicht, ob ich das kann. Wer den einfachen Weg von Bildern und Geschichten verworfen hat ... in seinem Hochmut ... der sieht sich vor einem steilen Weg stehen, der kaum gangbar ist. Das wird mich noch Jahre kosten. Ich hab es zu spät erkannt.« Einer Seelsorge auf diesem Niveau – dem fühlt Lapo Mosca sich nicht gewachsen. Seine alltäglichen Mitgläubigen finden Trost an seinen gutmütigen Bet-mal-zehn-Vaterunser-Rezepten, die ihn hier zum Quacksalber abstempeln würden. Er weiß nicht, was er sagen soll, und so denkt er an Figlipetri, wie er über seinen Büchern gesessen haben muß, in seiner Villa oder in dem Laubengang. Auf einmal ist das Marignolle-Rondello wieder da, das ihm schon lange durch den Kopf ging. Es ist ein bißchen verbogen, aber plötzlich rundum fertig, so daß er es sogleich singen kann:

»Das Vögelchen, das jubiliert
in meinem Garten, dort bei den Reben,
    weiß nicht mal, daß es existiert.
Solch Vöglein, das bloß jubiliert,
    dieweil mein Leben sich verliert . . .
    O, Vogel sein und weiter leben,
ein Vogel nur, der jubiliert
in meinem Garten, meinen Reben . . .«

Niemand sagt etwas. Schließlich steckt Lapo Mosca sein Tamburin in die Tasche und verläßt schweigend die Wohnung. Später wird er nicht wissen: Hat er Tränen gesehen in dem alten Gesicht?

Elf

Ungebetene Leistungen bedeuten keinen Anspruch auf Honorar – das hatte Lapo sich schon gedacht, also kein Bartolo-Bein im Gegenzug. Warum ist er dennoch so vergnügt? – Lapo begegnet Räubern statt Wölfen, einem falschen Kardinal und – wer weiß? – einer neuen Fährte für sein Bartolo-Bein.

Heute morgen beginnt der Prior das Gespräch nicht mit Wetterberichten. Er ist sehr kurz angebunden. Lapo ist von einem fremden Novizen zu ihm gebracht worden und sieht das Dossier des Notars auf dem Tisch liegen. Es wird ihm kein Platz angeboten.

»Ordnung«, sagt der Prior. »Klarheit. Ein klarer Blick in verworrenen Situationen. Das sind Verdienste, die hier sehr geschätzt werden. Und so sind wir auch dankbar für das Licht, das mit Eurer Hilfe auf die dunkle Passage im Testament des dahingeschiedenen Notars geworfen wurde.«

»Ordnung und Klarheit«, bestätigt Lapo, die Arme demütig über der Brust gekreuzt, die dicken Händchen in den Ärmeln, »sind mehr wert als das größte Erbteil.«

»Sie müssen unser Verhalten dann auch weiterhin bestimmen. Wir hatten Euch hergebeten, um uns den Beweis zu liefern, daß der Novize Donatus ein rechtmäßiger Nachkomme des Notars Arrighi ist. Ihr bewiest uns das Gegenteil. Ihr liefertet damit eine ungebetene Leistung. Ungebetene Leistungen können keinen Anspruch auf ein Honorar erheben. Pacta servanda sunt. Es ist die Ansicht dieses Konvents, daß unser Gewissen uns dazu verpflichtet, die Reliquie des seligen Bartolo für unser Kloster zu behalten.«

»Das wird meinem Gardian gewaltig leid tun«, seufzt Lapo Mosca traurig. »Um so mehr, als es eine Reliquie von besonderem Wert zu sein scheint. Der Himmel hat ein extra Wunder an ihr vollbracht. Gelegentlich wird behauptet, der heilige Bartolo habe an den Folgen eines Schlangenbisses gelitten. Das ist unrichtig. Der heilige Bartolo war aussätzig. Seine Zehen waren weggefressen. In Eurer Sakristei durfte ich mit tiefer Ehrfurcht feststellen, daß Der Herr nach Bartolos Tod zumindest eins seiner Beine wieder vollständig und gesund gemacht hat.«

Strahlend schaut er den Prior an. Er kniet nieder und erbittet seinen Segen. Er verbeugt sich noch einmal tief und verläßt das Gemach. Verläßt das Kloster und die Welt der Gelehrten. Sein Auftrag ist mißlungen. Es ist vielleicht nicht schön von ihm ... aber er summt vor sich hin.

Nicht lange. Vor der Kirche trifft er Bruder Donatus mit einer schmutzigen Schürze, einem Besen und einem Mund voller Schimpfworte. Lapo gibt sich Mühe, ihm darzulegen, wieviel besser es ist, arm zu sein als reich. Wer arm ist, hat keine Verpflichtungen.

Er hat nichts zu verlieren. Er braucht nichts zu bewachen. Im Himmel wird er bevorzugt. Aber Bruder Donatus schreit ihn an. Einmischer! Intrigant! Und in einem Zug weiter: Heuchler! Ketzer! Sodomiter! Als Lapo sich abwendet, bekommt er einen Stoß mit dem Besen. Er strauchelt und fällt die Treppe hinunter. Den ganzen Tag noch fühlt er die Schmerzen in seiner Hüfte. Aber es ist nicht nur der Besen, der ihn eine Treppe hinabstößt, und die Schmerzen, die sein geistiger Sturz ihm verschafft, dauern länger als einen Tag. Einmischer! Das Wort bleibt hängen, während er dahinrumpelt auf einem Wagen, den Barna, der Maler, gemietet hat. Er bringt die beiden Frauen damit zurück nach Monteriggioni, um danach selbst in die Maremmen zu gehen. Alda von Fredi weint vor sich hin, denn auch in seinem Unglück will ihr Sohn nichts von ihr wissen. Tancia ist wieder die Hexe von früher, seitdem sie herausgefunden hat, daß Barna auch ohne ihre Enthüllungen eine Mitgift herausgerückt hätte. Barna selbst ist ungenießbar, wie immer, wenn er aus seiner Arbeit gerissen wird. Da fängt schon der Ärger mit dem Reichsein an. Wenn der Bruder denkt, es sei vergnüglich, einen wütenden Pandolfo in die Familie zu bekommen, bitte sehr, dann darf er tauschen. Auch die Frauen haben Angst vor Pandolfo, nachdem ihnen klargeworden ist, welche Folgen ihre arglose Erklärung für ihn haben kann. Lapo Mosca hat sie reingelegt. Einmischer.

Nichts hätte ihn zu hindern brauchen, die rechtmäßige Geburt von Donatus akzeptabel und sich dann mit seiner Reliquie auf den Heimweg zu machen. Eine falsche Reliquie, das ist richtig, aber wen stört das schon, und schau dir nun dies an!
Bruder Lapo verteidigt sich nicht. Wörtlich genommen sind die Vorwürfe fehl am Platz. Er hat geradegebogen, was krumm war. Aber ist es seine Aufgabe, geradezubiegen? Er ist nicht der Diener von Frau Gerechtigkeit. Er ist der Diener von Frau Nächstenliebe. Außerdem hat er seinen Schlag nicht geführt, um gerecht zu sein, sondern um dem Prior eins auszuwischen. Um mal eben zu zeigen, wer er ist. Fünf Menschenwege, die er dafür in die Irre führen mußte. Einmischer. Das einzige Kompliment, das er bekommt, betrifft die Befreiung von Jachopo Arrighi, zu der er kaum etwas beigetragen hat ...
Spät am Nachmittag kommt Colle di Val d'Elsa in Sicht. Alda und Tancia sind schon vor Stunden ausgestiegen, und Lapo atmet auf. Hier scheiden sich die Wege. Barna geht auf die Suche nach Tancias Witwer, und Lapo muß in San Gimignano für Ersatz sorgen. Diesen Auftrag hat ihm sein Gardian mitgegeben für den Fall, daß etwas mit der Reliquie schieflaufen sollte. Der Maler setzt ihn beim Kloster der Minderbrüder ab, und Lapo schaut ihm nach. Mit jedem Schritt, mit dem die Esel sich von ihm entfernen, kehrt seine gute Laune wieder mehr und mehr zurück. Es ist ver-

blüffend, wie Barna in dieser einen Nacht den Bauernjungen von sich abgestreift hat. Er verliert kein gutes Wort über sein glückliches Geschick, sondern hüllt sich bereits in den Hochmut der Reichen wie in einen Mantel ein. Alda und Tancia wird er in den Maremmen etablieren und sich nie mehr nach ihnen umsehen ... sowenig wie jetzt nach Lapo. Sein Leben lang wird er jetzt malen mit besserem Material und besseren Beziehungen, als er sie früher jemals hätte bekommen können. Der Gedanke, daß Lapo damit etwas zu tun hätte, wird ihm nie kommen, denn bereits während er um die Ecke fährt, hat er den ganzen Lapo vergessen.

Lapo Mosca zuckt die Achseln, und sein anfängliches Seufzen endet in einem Grinsen. Er stellt fest, daß er keine Lust hat, in diesem muffigen kleinen Kloster zu übernachten. Sein Reiseziel liegt höchstens vier Stunden zu Fuß entfernt. Die Sonne steht noch hoch, die Äcker sind grün, die Bäume schlagen aus. Er schreitet kräftig aus und geht zum Westtor.

»Willst du nicht lieber hierbleiben, Bruder?« fragt der Torwächter. »Es gibt noch Wölfe in der Gegend, und sie haben Hunger.«

»Ach, Wölfe!« sagt Lapo verächtlich. Die Wölfe der Toscana sind bekanntlich Feiglinge. Sankt Franziskus konnte sie ohne Gefahr bekehren. Ein guter Nachfolger hält sie zumindest auf Abstand.

»Ich nehm einfach einen Stock mit«, sagt er mutig.

»Und ich kann sehr laut schreien. Wenn es sein muß, schrei ich sie schon weg.«
»Wenn du da nur keine Räuber herbeischreist.«
»Räuber? In der Gegend von San Gimignano? Was ist denn da zu holen?«
»Ein räuberischer Vogel fängt immer irgend etwas. Dagegen richtest du mit einem Stock nicht viel aus.«
»Wir Brüder haben auch noch Hölle und Verdammnis zur Verfügung.«
»Ich wünsche es dir. Aber ich habe sagen hören, daß es die Bande vom Kardinal ist.«
»Dem wollte ich schon lange eins draufgeben!«
Aber das ist Bluff. Lapo Mosca ist alles andere als ein Held. Der Kardinal ist ein von der Kirche abgefallener Priester und daher ein Pfaffenfresser erster Güte. Lapo winkt dem Torwächter tapfer zu, aber als er außer Sicht ist, bleibt er stehen und kratzt sich erst mal hinterm Ohr. Zurückgehen bedeutet Zeitverlust. Und Gesichtsverlust. Weitergehen . . . in Wirklichkeit bedeutet Weitergehen Buße tun. Die Sache in Siena hat er verpfuscht. Da hat er was gutzumachen. Gott muß Gelegenheit bekommen, ihn zu strafen für seine eitle Sucht, sich in alles einzumischen. Er hat sich selbst gesucht, nicht die Reliquie . . . und die dann auch nicht gefunden.
Weitergehen also. Lapos Bußbereitschaft hindert ihn nicht daran, zu hoffen, daß der Herr mit seiner Bereitschaft zum Martyrium zufrieden ist. Ein Teil

seiner Gedanken beschäftigt sich mit seiner unsterblichen Seele. Ein anderer Teil ist besorgt über die Geschwindigkeit, mit welcher die Sonne untergeht, und berechnet, ob er mit einem schnelleren Schritt vor Dunkelwerden beim Gehöft von Bindo de Cione sein kann. Dort werden sie ihn gern aufnehmen.
Was die Berechnung angeht: Sie stimmt. Aber als er in der Dämmerung auf den Hof von Bindo kommt, findet er dort nur einen gespenstischen Trümmerhaufen, schwarz versengt ... und Stille. Was mit Bindo und seiner Familie passiert sein mochte, beschäftigt ihn im Augenblick weniger als der Abstand zum nächsten Bauernhof. Der Abstand ist beträchtlich.
Lapo Mosca nimmt seinen schnelleren Schritt wieder auf, schon allein, um warm zu bleiben. Die Aprilnächte sind kalt in diesem Land, das so offen zum Wind von der See liegt. Es scheint kein Mond, er muß gut auf den schmalen Pfad achten und hält dabei Ausschau nach glitzernden Wolfsaugen im Gebüsch. Um seiner Unruhe Herr zu werden, nimmt er Zuflucht zu einem erprobten Mittel. Er dichtet ein Rondello. Mit dem Takt seiner Schritte wächst der beinahe von selbst.

Zähneklappern kannst Du hören?
Herr, doch nein, ich bin nicht bang!
  Räuber lassen sich nicht stören,
wenn sie Zähneklappern hören,
  durch ’nen Bettler, ich will schwören:

Armut hält sich doppelt lang!
Zähneklappern kannst Du hören?
Herr: mich friert's, ich bin nicht bang!

Es scheint ihm einer von den weniger schlechten zu sein, und sogleich hört er eine Melodie dazu. Summend probiert er sie aus, singt sie mit den Worten, feilt hier und da noch etwas herum, singt noch einmal. Es macht ihm Spaß, so daß er sein Tamburin nimmt und schließlich aus voller Brust schmettert. Bis es in den Sträuchern knackt und er plötzlich wieder weiß, daß er aufpassen muß und eigentlich Angst hat. Im selben Augenblick hört er eine Stimme rufen: »Oh, Lapo Mosca!«, und zwei Männer treten auf den Pfad.

»Guten Abend auch.« Lapo hat die rufende Stimme erkannt und ist erleichtert. »Bindo! Ich dachte schon, ihr wärt Räuber!«

»Wir sind auch Räuber!« sagt der andere Mann barsch. »Her mit dem Zaster!«

»Ach, Mann, das ist Lapo Mosca, der hat doch nix.«

»Du mußt das Fach noch lernen, Bindo!« Lapo spielt den starken Mann ... »Ein guter Räuber pflückt Federn von einem Frosch und steckt sie sich an den Hut. Wer hat dein Gehöft in Brand gesteckt?«

Bindo von Cione schlägt sofort einen Jammerton an. »Söldner aus Pisa. Meinen Hof, mein Vieh und auch meine Frau. Was sollte ich ...«

»Red keinen Schmus«, schnauzt ihn sein Kumpel an,

aber Lapo weiß schon lange, daß er seine besten Chancen gerade mit Schmusreden hat.
»Das gefällt mir vom Kardinal, daß er ruinierte Bauern aufnimmt.«
»Na ja, aufnimmt. Ich habe als Gefangener angefangen, aber für mich bezahlt natürlich niemand Lösegeld. Sie hätten mich schon lange an einen Baum gehängt, wenn ich nicht zufällig ...«
»Maul halten«, schnauzt der Kamerad, der offenbar länger im Geschäft ist. »Das geht ihn einen Dreck an. Er ist von der Gegenpartei.«
»Ich sag dir doch, daß es Lapo Mosca ist! Der gehört zu keiner Partei.«
»O doch. Ich gehör zur Partei von Gott.«
»Dann würd ich mal deinen Parteiführer anrufen. Gerade eure Sorte haßt unser Anführer wie die Pest. Mitkommen!«
Der Wolfsstock tut seinen Dienst auch bei Menschen. Lapo läßt seinen Feind auf dem Pfad liegen; er ächzt und stöhnt, tot ist er also nicht. Lapo will seine Wanderung fortsetzen, als ein dritter Gauner aus dem Gebüsch kommt.
»Hörte ich den Namen Lapo Mosca? Lapo, bist du es? Tondo, ich bin Tondo, kennst du Tondo nicht mehr?«
Zehn Minuten später sitzt Lapo an einem Feuer in einer Höhle, vor sich einen Napf Suppe. Im flackernden Licht nimmt er das Sechsergespann in Augenschein, das da bei ihm sitzt. Die meisten sehen erbärmlich aus.

Auch Tondo, der offenbar den abwesenden Anführer vertritt und seinem Spitznamen – Dickkopf – schon lange keine Ehre mehr macht. Da sind zwei, die ihn offenbar kennen. Einen hat er getröstet und verbunden, als der Scharfrichter ihm Ohren und Nase abgeschnitten hatte. Den einen hat er bewußtlos geschlagen, als dies saubere Früchtchen die Füße einer Frau ins Feuer hielt, um an ihre Sparpfennige zu kommen. Der sieht aus, als wenn er die Operation am liebsten augenblicklich mit den Füßen von Lapo Mosca wiederholen würde. Und der Kerl, der da eben seinen Stock gespürt hat und nun stumpfsinnig ins Feuer starrt, gönnt ihm auch nicht viel Gutes. Aber Lapo hat keine Angst mehr. Der Mann, den sie Tondo nennen, scheint einflußreich zu sein, und vor vielen Jahren hat Lapo ihm das Leben gerettet. Im schlimmsten Fall ist Bindo von Cione auch noch da.

»Wenn ich gewußt hätte, daß du doch wieder auf die schiefe Bahn gerätst, Dickkopf, hätte ich mich nicht der Lüge gegenüber dem Capitano schuldig zu machen brauchen.«

»Wenn ich die gerade Bahn gewählt hätte, Bruder, dann sähe es um deine Bahn im Augenblick verdammt schlecht aus.«

»Du hattest mir versprochen, daß du dich bekehren würdest.«

»Das versprech ich immer noch. Es ist nur etwas zu früh.«

»Bekehren!« wiederholt ein anderer. »Ihr anständigen Menschen habt leicht reden. Wovon sollst du dann leben, als Bekehrter?«
»Du könntest doch ein Handwerk lernen«, sagt Lapo ohne viel Überzeugung.
»Ich ganz bestimmt!« höhnt der Mann ohne Nase. »Kein Meister hat mich nehmen wollen. Selbst als Bettler gaben sie mir fast nichts.«
»Und wofür tauge ich noch, nachdem die Henkersknechte mich auf dem Wippgalgen auseinandergezogen haben?« fragt ein anderer.
»Erst nachdenken, dann predigen, Bruder«, sagt ein Dritter. »Ich kann ein Handwerk. Ich war Seilmacher. Bindo hier war Bauer. Nach dem Schwarzen Tod, ja. Da war Mangel an Fachleuten. Aber jetzt wimmelt es doch seit langem wieder von Menschen ohne Arbeit. Als anständiger Mensch ohne Arbeit kannst du nur eins tun. Krepieren.«
»Nimm unsern Hauptmann«, führt Tondo an. »Als wenn der kein Handwerk hätte, mit dem du alt werden könntest! Und fett! Ein heller Kopf, unser Hauptmann. Hat Jahre studiert. Aber er war einfach zu gut, kapierst du? Er sah die anderen Pfaffen und was für ein Pack das war. Er kriegte Streit mit ihnen, und nun hat er Streit mit Gott.«
»Den sollte er besser beilegen. Das ist ein Streit, den der Mensch immer verliert.«
»Unser Hauptmann nicht. Der hat gewonnen. Er

sagt, daß Gott geflohen ist. Die Gerechtigkeit ist tot, und Gott ist geflohen. Das sagt er.«

Darauf hat Lapo Mosca nicht sofort eine Antwort. Es gibt Augenblicke, in denen er sich auch selbst schon einmal fragt, ob Gott geflohen ist. Schließlich sagt er: »Wie lästig. Wenn euer Hauptmann schon so weit vom Kurs abgekommen ist, werd ich für ihn beten müssen. Ich hab schon so viel zu beten.«

»Spar dir die Mühe«, sagt jemand hinter ihm, und weil er plötzlich Tondos Arm um seine Schultern fühlt, weiß Lapo, wer das sagt, noch bevor er das Kardinalskäppchen gesehen hat, das der Hauptmann tatsächlich auf einem Ohr trägt. Ihm folgen ein paar Kerle mit Säcken über der Schulter, aber die Säcke sehen leer aus, und im Lichtkreis erkennt man ihre mißmutigen Visagen.

Der Kardinal weist verdrießlich auf einen Baum draußen vor der Höhle. »Minderbruder, was? Glück gehabt. Sonst würdest du schon hängen. So kannst du erst noch einen Schluck Wein haben.«

Tondo drückt ermutigend den Arm seines Schützlings, aber Lapo fühlt sich nicht besonders glücklich, während der Hauptmann seine Suppe schlürft. Nur um höflich zu bleiben, nippt er an dem Wein. Schund im übrigen.

Der Kardinal leckt seinen Napf aus und schaut seinen Gefangenen erst mal an. »Verflixt, du bist ja der Liedersänger. Ich hab den komischen Kauz einmal auf einem Jahrmarkt gehört«, sagt er zu seinen Untertanen. »Machte ein Liedchen für jeden, der versprach, daß er zur Beichte gehen würde.«

»Ich kann mich nicht daran erinnern, daß ich für Euch eins gemacht hätte«, sagt Lapo zuvorkommend, »aber das Angebot gilt noch immer.«

»Dies ist der Mann, dem ich vor Rom begegnet bin«, sagt Tondo hastig, weil er nicht weiß, ob Lapos Antwort auf fruchtbaren Boden fiel. »Ich hab Euch davon erzählt. Das war, als wir die Person in die Finger kriegten, die sagte, daß sie so berühmt wäre. Ein Professor oder ein Dichter ...«

»Von dem du nicht mal den Namen behalten konntest!« höhnt der Kardinal.

»Ein gewisser Francesco Petrarca«, ergänzt Lapo beflissen.

Der Hauptmann beginnt vor Empörung zu fluchen. »Und so einen habt ihr laufenlassen! Der wäre zehntausend Pfund wert gewesen!«

»Der wäre zehntausend Galgen Wert gewesen«, verbessert Lapo. »Sie hatten ihn gerade mit viel Aufhebens zum Dichter-König gekrönt auf dem Kapitol. Tondo und seine Freunde ergriffen ihn direkt vor der Stadtmauer. Die Patrouille konnte jeden Augenblick vorbeikommen. Was dann auch geschah.«

»Wir waren schon dabei, ihn zu filzen, da kam Bruder Lapo auf den Lärm hin an. Der sagte: Leute, das Wild ist zu groß für euch.«

Der Kardinal spuckt auf die Erde. »Ich merke schon. Bruder Lapo hält es mit der Elite.«

»Eine Elite, die solche Gedichte macht, ach ja, Eminenz, mit der will ich es wirklich halten.«

»Nur hielt die Elite es nicht mit ihm!« Tondo fängt an zu kichern. »Die Jungen nahmen ihn auch gefangen, aber er hatte nichts, natürlich, und er sagte, daß er sozusagen als Lösegeld etwas singen wollte. Gewaltig war das, wir waren hin und weg. Nur der Herr Wie-heißt-er-Noch nannte dich ein plärrendes Trampeltier, Bruder.«

»Recht hat er«, nickt Lapo munter.

Tondo erinnert sich voll Genugtuung: »Die Jungens sagten zu der Person: Was du kannst, Vater, das wissen wir nicht. Von dir haben wir noch nie gehört. Aber der Bruder hier macht prima Verse. Der darf von uns aus weiterziehen. Bleich wurde dieser Mensch. Der Bruder machte prompt ein Liedchen, um ihn zu beruhigen, aber während er sang, kam die Stadtpatrouille. Alle entwischten, nur ich konnte so schnell nicht wegkommen; ich war gerade am Scheißen. Da hat Lapo gesagt, daß ich zu ihm gehöre. Sonst wäre ich jetzt nicht hier.«

Der Kardinal ist Herrn Petrarca irgendwann vor Jahren in Avignon begegnet und hat seitdem nicht viel für ihn übrig.

»Wenn das Liedchen von dir jenes aufgeblasene Subjekt auf seinen Platz verwiesen hat, will ich es auch

hören«, sagt er. »Jeder Fürst hat das Recht auf seinen Bajazzo. Los, sing mal!«
»Auf seinen Platz! Der Platz ist höher, als Ihr und ich ihn zusammen je erreichen könnten. Glücklicherweise war er ein bißchen eitel. Sonst hätte er mich als üblen Schmeichler beschimpft:

Meister Petrarca ist eine Rose,
ich bin eine Pusteblume.
    Ich dichte in Stäubchen, die halten nur lose,
doch er kann dichten gleich einer Rose,
    doch beide blühen! Sei mir nicht böse,
    ich nenn uns gemeinsam: zu deinem Ruhme
Meister Petrarca, du schönste Rose,
und Lapo, die Pusteblume!

Die Räuber geben ein paar ehrerbietige Töne von sich, doch ist deutlich zu merken, daß sie viel lieber vom Müller hören wollen, der fremdging, und vom Raben, der predigen konnte wie ein Pastor. Ganz zu schweigen von:

»Wenn ich mit dir, o Muschel,
nur eben mal schnell kuschel,
O Monna Catina, ist das nun so schlimm?«

und ähnlichen Stücken aus Lapos Spielmannsvergangenheit. Bereitwillig gibt er viele Zugaben, denn auf der Visage des Kardinals zeigt sich beinahe schon ein Lächeln. Als er zum Schluß noch das »Rad von Frau Fortuna« preisgegeben hat, stößt der Hauptmann den Galgenbecher um, der zu Lapos Füßen steht.

»Besseren Wein für Duodonne! Und aus dem silbernen Becher!«

Es ist echter Brunello, mit dem sie jetzt ankommen, und ein prächtiger Jahrgang; aber Lapos Aufmerksamkeit gilt dennoch vor allem dem Weinhorn, das er in die Hand bekommt. In getriebenem Silber sieht er Weinranken und Trauben und Engelchen mit Pfeil und Bogen. Er beugt sich näher zum Feuer hin, um sie genauer anzusehen, und entsetzt ruft man ihm zu, daß er das festliche Naß verschüttet.

»Das Ding ist ein Vermögen wert! Woher habt ihr das?«

»Von niemandem«, sagt Tondo brav. »Bindo von Cione hat es gefunden. Auf seinem eigenen Acker.«

»Das soll ich glauben. Sicher Silbersaat gesät.«

»Wo, denkst du, sitzt du hier wohl?« fragt der Kardinal.

»Meint Ihr die Höhle?«

»Höhle? Es ist eine Grabkammer. Hier wimmelt es von Heidengräbern, und die stecken voll Silber. Nie von Etruskern gehört, Bruder?«

»Nie. Ich hab nur gehört, daß die Gemeinde San Gimignano Konzessionen zum Silbergraben vergeben hat. Ich dachte, daß es um Silberminen ginge.«

»Die hübschesten Silberminen der Welt«, sagt der Kardinal grinsend. »Liefern fix und fertige Sachen anstelle von Erz. Und verlangen nicht einmal eine Konzession. Sie liefern übrigens noch viel mehr als Silber.«
Stolz und bereitwillig tragen die Banditen ihre Fundstücke herbei. Bronzene Waffen, silbernes Geschirr, Urnen aus Alabaster und Marmor. Ein Urnendeckel ist dabei, darauf liegt ein Mann aus Marmor, mit einem kleinen Leib und einem großen Kopf. Lapo schaut sich die Falten an, das Doppelkinn, die Warze auf der Nase und denkt an sein Gespräch mit Barna von Siena, der sich so nach »echten Menschen aus Stein« sehnte. Er sagt: »Wenn ihr diese Figur loswerden wollt, müßt ihr zu einem Maler gehen, der sich Barna von Siena nennt. Er arbeitet in der Dominikuskirche, und er wird gut dafür bezahlen.«
Die Räuber reagieren sehr zögernd auf diesen Tip, und der Kardinal sagt schließlich: »Wir wollen sehr gern mit diesem Barna Geschäfte machen, aber nicht bei den Dominikanern. Wir hatten diesen Winter Probleme mit einem Kaufmann, der für die Kerle arbeitete. Du kannst dich drauf verlassen, daß er unsere Personenbeschreibung weitergegeben hat. Wir vertreiben die Sachen lieber in Mailand oder Verona.«
Lapo ist beeindruckt. Einen Kaufmann auszunehmen, der für die Dominikaner arbeitete! Das ist fast genauso, wie die Dominikaner persönlich auszunehmen. Aber die Räuber blicken ohne Genugtuung auf

den Überfall zurück. Der Kerl hatte nichts bei sich, was der Mühe wert war. Kisten und Behälter voller Knochen. Ein Reliquienhändler.

»Hallo, wartet mal. Kam er aus San Gimignano? Hatte er das Bein von Bartolo bei sich?«

Waren Beine dabei in diesem Knochenhaufen? Zwei Beine, wußte Bindo von Cione sich zu erinnern: Der ist noch zu kurz im Räuberhandwerk, um seinen Respekt vor Reliquien verloren zu haben. Zwei Beine, jedes in einem Gehäuse und mit einem Briefchen dabei.

Der Leprafuß! erinnert sich nun auch ein anderer. »Was war das für ein mieser Anblick, all die abgebrochenen Zehen. Wenn schon ein Heiliger davon so einen Fuß nachbehält, wie wird dann erst ein sündiger Leprafuß aussehen ...«

Sie haben das Bein blitzschnell wieder in seinen Behälter gepackt: Man könnte die Krankheit ja selbst erwischen. Auch der Rest verschwand eilends wieder in den Kisten, und der Kaufmann durfte sofort weiter, ohne seinen Zaster zwar, aber mit all seinen Knochen.

»Mach dir nichts draus, Lapo Mosca!«

»Und ob ich mir etwas daraus mache«, sagt Lapo bestürzt. »Es ist mein Leprabein, das ihr verklüngelt habt.«

Als die Räuber merken, daß sie in ihrer Hast und Nervosität die Beine vertauscht und in den jeweils anderen Behälter gesteckt haben, ist der Spaß allgemein

und unbarmherzig. Etwas bleich lächelt Lapo mit. Hat keiner zufällig gesehen, von wem das andere Bein stammte und wohin es sollte?
Der Mann ohne Nase weiß, von wem es war. Der Kardinal hat vorgelesen, was da auf dem Briefchen stand, und der Mann ohne Nase hat es behalten, weil es sein eigener Name war. Cassianus. »Ich hätte es gern behalten, aber der Hauptmann hat es nicht erlaubt«, sagt er wehmütig.
»Wenn hier Beine abzuhacken sind, dann werd ich das schon selbst machen«, erläutert der Hauptmann. Er erinnert sich jetzt wieder an den Fall. Das Bein war bestimmt für ein Cassianus-Kloster irgendwo bei Imola.
Das war's also. Als Lapo sich vorhin zu dieser nächtlichen Tour aufmachte, um Buße zu tun, wußte er nicht mal zur Hälfte, was da im Schwange war. Strafe für seine Streiche in Siena? Krümelsünden waren es . . .
Lapo Mosca sieht nicht mehr die Schadenfreude des Kardinals. Er sieht, mit gnadenloser Deutlichkeit, die Verzweiflung eines tattrigen Schulmeisters in Lucca, umgeben von einer johlenden Bande von Flegeln, einer von ihnen Lapo, Sohn des Lapo. Der Schulmeister von Lucca, bleich, mager, sein Name war Bamboglia, und Lapo, Sohn des Lapo, verehrte ihn. Die Verehrung wurde nicht angenommen, denn wer war schon Lapo, ein stumpfsinniger Hungerleider, der nur auf

der Schule geduldet wurde, weil der Domorganist etwas in ihm sah. So daß Verehrung umschlug in Haß und Lapo, Sohn des Lapo, der schlimmste Quälgeist der Schule wurde. Bis zu dem Tag, an dem der Schulmeister, mit Tinte beschmiert, mit Schiefertafeln beschossen, schief an sein durchgesägtes Katheder geklammert, halb weinend geschrien hatte: »Wartet nur! Der heilige Cassianus von Imola wird es euch heimzahlen!«

Er hat sich Zeit gelassen und seine Chance abgewartet, der heilige Cassianus von Imola, Schutzheiliger der Schulmeister; aber heute Nacht schlägt die Stunde der Rache. Im Gebiet von Imola, hinter dem Appenin, gibt es Klöster und Kirchen in Hülle und Fülle. Lapo sieht wie in einer furchtbaren Vision, was geschehen wird. Er wird so lange auf die Suche gehen müssen, bis er das Bein von Bartolo gefunden hat, das durch einen Irrtum dort gelandet ist. Und wer weiß, was er auf die Beine stellen muß, um es dann wieder loszueisen . . .

Vergeblich versucht er, aus dem Kardinal eine genauere Adresse herauszubekommen. Der lacht ihn aus und bietet ihm einen abgesplitterten Schafsknochen an.

»Brich davon was ab und koch es aus, dann sieht kein Mensch den Unterschied!«

»Du solltest es besser wissen, Kardinal. Der Schafsknochen wird nämlich keine Wunder tun. Spotten und Reliquien stehlen, schämst du dich nicht? Die Folgen werden nicht ausbleiben.«

»Die Folgen sind schon da. Niemand ist erwischt worden, seit wir den Kaufmann gefangennahmen. Das kommt durch eine Reliquie von unserem Schutzpatron. Wir haben sie zurückbehalten. Ein Stück von dem Strick, mit dem der heilige Dismas an sein Kreuz gebunden wurde.«

»Der Gute Mörder!«

»Nix Mörder. Der Gute Räuber, so heißt er in der Bibel. Und wann spricht man von einem guten Räuber? Wenn er gut rauben kann.«

»Dieser war gut, weil er sich bekehrte.«

«Kunststück, wenn du neben Unserem Lieben Herrgott hängst.«

»Kardinal, sei gescheiter. Gebrauch deinen Verstand. Heute rennst du gegen die Gesellschaft an, aber morgen rennst du gegen den Wind an, mit einem Strick um deinen Hals. Oder sonst nimmt Gott dich selbst beim Wickel. Habt ihr den Kometen nicht gesehen, der soviel Unglück brachte? Der Sturm, den er verursachte, habt ihr von dem nichts gemerkt? In den Bergen hinter Pistoia sind zweiundvierzig Räuber dabei weggeblasen worden. Kein Mensch weiß, wohin. Nie hat man wieder von ihnen gehört. So wird es euch auch ergehen.«

»Ach nein, Lapo Mosca, sag bloß. Die Kerle wurden nicht weggeweht, weil sie Räuber waren. Sie wurden weggeweht, weil sie Ketzer waren. Ketzer kann Gott nicht leiden.«

»Schlechte Menschen, die kann Gott nicht leiden. Die Räuber waren große Sünder, und ihr seid um kein Haar besser.«

»Um kein Haar besser! Wie wagst du so etwas zu behaupten! Nun nimm mal an, daß wir auch Sünder sind. Dann sündigen wir aber jedenfalls gegen den wahren Glauben.«

»Damit kommst du nur um so tiefer in die Hölle.«

»Nicht tiefer als andere. Soll ich dir mal was erzählen, Duedonne: Wir sind schon in der Hölle. Du denkst, daß du lebst. Stimmt nicht. Du bist schon tot, und du sitzt in der Hölle. Sieh dich um, dann erkennst du es. Du sitzt in der Hölle, und Gott hat sich aus dem Staub gemacht.«

Der Kardinal gähnt, zieht seinen Mantel um sich und läßt sich hintenüber fallen; seine Gefolgsleute folgen seinem Beispiel.

Lapo Mosca schaut in die letzten aufflackernden Flammen und nimmt noch einmal sein Tamburin. »Ein Wiegenliedchen, Kardinal, für Menschen, die an deinem Irrtum leiden:

Als alles fertig war, ließ Gott sich's nicht verdrießen
und hat am Freitag noch den Menschen schnell gemacht.
Doch diese Schöpfungstat, die kann er kaum genießen. –

Als alles fertig war, da konnt' der Mensch allein
das ganze Bauwerk radikal vermiesen.
Ach, hätte Gott sein Werk doch nur bis
Donnerstag gebracht!
Wie wär die Welt doch schön, hätt' Gott –
Er sei gepriesen! –
am Freitag nicht den Menschen noch gemacht!«

Kein Rondello, das dem Herrn Inquisitor zu Ohren kommen sollte. Von den Räubern wird er ihn nicht hören. Die Aufmerksamkeit der Wache draußen gilt den Wölfen, und seine Kumpel drinnen schnarchen schon.

Zwölf

Ja, der Frühling in Florenz und Sankt Johanni! – Und doch zieht Lapo Mosca noch vor dem herbeigesehnten Festtag der Stadt freiwillig und Hals über Kopf fort, und das, obgleich er Gefahr läuft, der Großen Compagnie in die Arme zu fallen . . .

Bei Regen und Sturm kehrt Lapo Mosca von seinem Auftrag in Siena zurück. Das Wetter war schon umgeschlagen, als er die Räuberhöhle verlassen hatte, so daß er getrost verzichtete auf seinen Umweg über San Gimignano, wo es nichts mehr zu holen gibt. Das schützte ihn aber nicht davor, durchweicht und erkältet zu Hause anzukommen.

Das Frühjahr entwickelt sich schlecht. Unwetter ziehen über die Toscana, wie sie auch die Älteren kaum jemals erlebt haben. Ende April schlägt eines Nachts der Blitz in den Marmorengel, der, vier Ellen hoch, als Turmspitze auf Santa Maria Novella steht. Aus allen Himmelsrichtungen kommen die Schaulustigen, und wer Lapo Mosca suchen wollte, fände ihn natürlich in der ersten Reihe. Mit dem Engel zusammen sind ganze Brocken des Turms heruntergekommen, brennend, so daß großer Schaden an Kirche und Kloster entstanden ist. Natürlich, sagen die Umstehenden. Die Pater lebten zu weltlich. Federbetten und Mahlzeiten mit sieben Gängen. Gerade die Schlafsä-

le und die Küchen sind getroffen. Die Sprache des Himmels läßt an Deutlichkeit mal wieder nichts zu wünschen übrig. Lapo ist derselben Meinung. Santa Maria Novella gehört den Dominikanern. Die Santa-Croce-Gebäude seines eigenen Ordens kommen zwar für eine solche Heimsuchung auch in Frage; aber seine Erlebnisse in Siena haben auf dem Grund seiner Seele etwas hinterlassen, das nach dem Unwetter als Schadenfreude wieder nach oben kommt.
Der Himmel spricht weiterhin sehr deutlich. Er klopft Lapo nicht nur auf die Finger, sondern auch auf Kopf und Schultern. Derweil er auf dem Weg nach Hause ist, fängt es an zu hageln. In diesem Frühling fallen Hagelkörner herunter, größer als Hühnereier; Pflanzen und Tiere sind davon betroffen. Sogar Menschen werden davon erschlagen, erinnert Lapo sich, betend und durchgefroren unter einem dürren Olivenbaum, dessen Schutz nicht der Rede wert ist. Sein wohlverdienter Lohn. Obwohl – manchmal ist das schlechteste Wetter gerade das schönste. Im Apennin sind die Pässe wieder zugeschneit. Sein Gardian kann ihn gerade jetzt wohl kaum nach Imola schicken.
Sobald der Sommer kommt, stellt sich ein neues Hindernis zwischen ihn und das Bein des Bartolo: die Große Compagnie. Die wartet nur darauf, ihr Winterquartier bei Bologna zu verlassen und sich an den Meistbietenden zu verdingen. Florenz hat damit gerechnet, daß der Meistbietende der reiche Herrscher

von Mailand sein würde, aber dessen Angebot wird von dem Angebot aus Siena übertroffen. Nach der Schlacht bei Torrita werden die Feinde Sienas von Tag zu Tag brutaler. Siena kocht vor Wut und Erniedrigung. Wer so tief beleidigt wird, opfert seinen letzten Groschen für die Rache, ob die Regierung nun aus sparsamen kleinen Leuten besteht oder nicht. Die Compagnie soll kommen und das Gebiet des Feindes verwüsten bis auf den letzten Stein, den letzten Obstbaum, die letzte Kornähre. Ganz nach dem Geschmack raubsüchtiger Soldaten . . . aber um Perugia zu erreichen, muß die Compagnie durch florentinisches Gebiet. Als die Sieneser Gesandten auf dem Weg zu Landaus Feldlager vorbeikamen, hat Florenz deshalb gleich ein paar eigene Unterhändler mitgeschickt. Die haben es dahinten nicht einfach. Landau selbst sitzt noch immer in Deutschland. Seine Offiziere sind Dummköpfe, mit denen man nicht reden kann.
Lapo Mosca bedauert die florentinischen Gesandten. Er bedauert jeden, der in diesen Monaten nicht in der Stadt sein kann, daher auch die Ausflüchte, mit denen er den Gardian bestürmt. Wetter hin – Wetter her, Compagnie hin – Compagnie her, im Frühling ist Florenz die hinreißendste Stadt der ganzen Welt. Die Feste folgen aufeinander wie Prunkwagen in einem Triumphzug.
Erst kommt Himmelfahrt, und alle Bürger schauen

sich die Augen aus dem Kopf nach einem Herrgott, der wirklich nach oben schwebt, segnend mit seinem hölzernen Lächeln und seinen hölzernen Händen, an einem Seil entlang bis zum Dach der Karmeliterkirche. Die Technik schafft doch alles, heutzutage. Eine langsame Himmelfahrt, das wohl, mit Stoßen und Schieben, so daß Lapo fast das Herz stillsteht und ein Mann neben ihm sagt: »Wenn ER die Sache so angefangen hätte, damals, wäre ER jetzt noch nicht oben ...«
Dann folgt Pfingsten, wenn der Heilige Geist Geburtstag hat und der Platz vor der Heiliggeistkirche zu einem Festsaal wird voller Blumen und seidener Schmuckteppiche. Die berühmten Chorsänger der Kirche singen wie Engel, Abend für Abend, eine Woche lang, ihr Chor wird immer wieder unterstützt von Bruder Lapo, der einen Teil ihrer Lieder selbst gemacht hat.
Dann kommt noch Sankt Zenobius, und die Domglocken läuten und läuten, bis die Hände des Glöckners voller Blasen sind. Zenobius überhäuft die Bürger seiner Stadt mit Wundern, seitdem seine Reliquien einen neuen Schrein bekommen haben in einer neuen Nische. Gerade hat er wieder sechs besessenen Schwestern Teufel ausgetrieben. Der heilige Bartolo müßte sein allerbestes Bein dafür einsetzen, wenn er es damit aufnehmen wollte. Aber daran denkt Lapo lieber nicht zu lange. Er freut sich überhaupt nicht auf die Reise nach Imola. Außerdem hat er in der

letzten Zeit etwas Mühe mit der Reliquienverehrung seines Gardians. Sein Gardian ist ein nüchterner Mann, der sich wenig vormachen läßt und der saftige Geschichten zum besten geben kann über sonderbare Formen der Devotion von Nonnen, denen er ab und an als Rektor Beistand leistet. Lapo hatte sich seinerzeit schon über den plötzlichen Enthusiasmus für Bartolos Bein verwundert. Bei seiner Rückkehr aus Siena erfuhr er, daß der Gardian wegen einer der wundertätigen Rosen der heiligen Elisabeth von Thüringen nach Deutschland geschrieben hatte. Ein anderer Bruder wurde nach Loreto geschickt, an die Adriaküste, für eine Feder von den Engeln, die Marias Hütte neulich vom Heiligen Land nach Loreto hinübergeflogen haben. Und das ist nur eine Auswahl der heiligen Bedürfnisse des Gardian. Lapo vermutet, auch wenn es ihn einige Mühe kostet, daß der Gardian eine Vision gehabt hat. Es würde seine Aufgabe erleichtern, wenn er ihn daran teilnehmen ließe; aber sein Oberer schweigt. Also nicht mehr daran denken. Nicht, bevor es unvermeidlich ist.

Himmelfahrt, Pfingsten, Sankt Zenobius: laß es kein Kinderspiel sein, ein Vorspiel ist es dennoch nur. Das Fest, auf das die ganze Stadt von Ostern an zulebt, ist das Fest des heiligen Johannes. Er ist der Schutzheilige der Stadt. Für ihn nähen, sticken und putzen die Frauen von Florenz zwei Monate lang. Wenn der Mond scheint, sitzen sie halbe Nächte lang auf ihren Balkonen, denn Mondlicht ist gut für die Haare: Sie werden blond dadurch. Am Tage drängen sie sich vor den Ladentischen der Stoffverkäufer. Mit den Lilien- und Sternenmustern vom vorigen Jahr können sie sich natürlich nicht mehr sehen lassen: In diesem Sommer müssen es Rhomben sein. Und schon laufen alle Bürgersfrauen als Gräfinnen herum, in ihren eigenen Augen wenigstens. Die echten Gentildonnen machen es noch ganz anders. Die betreten keinen Laden, die entbieten Muster und Stoffe zu sich nach Hause, und wenn dann das Fest da ist, oh!, wie Göttinnen prangen sie dann auf ihren Balkonen und Tribünen. Auch für dieses Schauspiel bleibt Lapo Mosca so lange wie möglich zu Hause. Seidene Rosen und Weinranken schlingen sich auf purpurnen Gewändern, handgemalte Papageien flattern auf Mänteln aus Brokat. Ärmel hängen bis auf die Erde – Kuhzungen nennt sie das Volk mißgünstig: nur dazu gut, Arme zu bedekken, die niemals arbeiten – und in die Haare sind Diademe geflochten aus lauter Edelsteinen und Gold. Das Gesetz gegen Luxus hat solche Zurschaustellungen verboten, aber wer lang hat – oder so tun will, als ob –, läßt's ein paarmal im Jahr lang hängen: Und so bezahlen die Gemahle ihre Buße bereitwillig im voraus. Ja, die großen Damen von Florenz! Aber auch das Mannsvolk kann sich sehen lassen. Junge Burschen protzen mit ihrer Geschicklichkeit, wenn sie ihre Pferde trainieren, mit denen später der Sankt-

Johannes-Palio geritten werden soll. Auf dem Platz vor Santa Croce üben sie ihre Fertigkeiten mit Turnieren, Ringstechen, Ringkämpfen; mehr als eine blutende Nase gibt es selten zu beklagen. Aus den Nachbarstädten kommen so nach und nach die Festgaben zu Sankt Johanni schon an: Rollen von Samt und Pelze und gestreifte Tafelseide; auch Jagdhunde und abgerichtete Vögel, die später mitziehen in der Prozession.

In den Werkstätten werden Schabracken umgeändert, Banner und Behänge erneuert. Die Kerzenmachereien gleichen Bienenstöcken: jeder Bürger über fünfzehn Jahren muß ja doch eine Kerze zu Sankt Johanni opfern. Ganze Stadtviertel duften nach Bienenwachs. Über die Plätze der Stadt werden Sonnenzelte gespannt, die zunächst noch viel zu oft als Regenschirme dienen müssen. Da im Monat Mai Festefeiern wichtiger als arbeiten ist, werden unter den Zelten Hochzeiten gefeiert oder Bälle gegeben, Gastmähler, jeden Tag wieder. Lautenklang und Liedergesang wollen nicht enden, aus jeder Gasse kommen junge Menschen gesprungen mit Kränzen auf dem Kopf, und zu jedem Beisammensein schlagen die Akrobaten ihre Purzelbäume, sie eilen aus der ganzen Toscana zur freigebigen Festfreude in die Arnostadt.

Geh nun einmal in einer solchen Zeit nach Imola! Lapo Mosca hat einen unerschöpflichen Vorrat an Botschaften, die dringend in der Stadt erledigt werden müssen. Er ist auch dazu bereit, Kranke zu besuchen und Alte nach draußen zu holen, damit sie zusehen können. Er schreibt diskrete Briefe ab für den einen und liefert diskrete Briefe ab für den andern, er nimmt Almosen an und gibt sie wieder weg, betet für den, der darum bittet, und beschützt Trinkbrüder, indem er rechtzeitig ihr Glas austrinkt. Zwischendurch schnüffelt er in Küraßschmieden und Zimmermannswerkstätten oder läuft den Turmbauern zwischen den Füßen herum. Die arbeiten emsig an Hunderten von Monstren aus Holz und Papier, mit denen sie sich am Festtagsmorgen wie farbige Wirbelwinde herumdrehen werden. Abends teilt Lapo das Volksvergnügen über dem Arno, wo mächtige Fässer in einer Stunde völlig leergetrunken werden und Kerle mit entblößten Oberkörpern vor riesigen Feuern stehen und Hammelkeulen braten. Ganze Stadtviertel sitzen an langen Tafeln bei Fackelschein zu lachen und zu schmausen, und wer zur Festfreude beiträgt mit einem hübschen Rundgesang und einem kleinen Tamburin, bekommt zehnmal mehr zu essen und zu trinken, als er verkraften kann.

Es ist Juni geworden, und hinter den Bergen hat sich die Große Compagnie in Bewegung gesetzt. Die Pässe sind frei, sie will nach Perugia. Die florentinischen Unterhändler versuchen sie zu einer Route zu überreden an den äußersten Grenzen ihres Gebietes entlang, mitten durch die Berge, weit entfernt von Dörfern und Feldern. Sie bekamen den geheimen Auftrag mit, die Besprechungen so lange hinauszuzögern, bis die Pflanzen auf den Feldern weitgehend geerntet sind. So ziehen regelmäßig Kuriere hin und her, und die Stadt ist nun doch so weit, daß sie erwägt, einen Sondergesandten mit Sondervollmachten zu schicken. Sie erklärt sich bereit, für Lebensmittel zu sorgen und fünf- bis sechstausend Florins zu zahlen im Austausch gegen Garantien, an die sie selbst nur halb glaubt. Darum läßt sie inzwischen ihren östlichen Grenzposten verstärken, und in diesem Jahr dürfen keine Herden weiden in den Tälern, durch die die Große Compagnie ziehen muß. Zu Hause steht die Stadtmiliz bereit, und es sind zweitausend Bogenschützen angeworben worden. Die tanzen vorläufig noch bei den Frühlingsfesten mit, denn das letzte, was Florenz ausfallen lassen würde, ist die Huldigung seines Stadtheiligen in Zeiten, die seinen Schutz besonders nötig haben. Die Bürger können die Sorgen ihrer Regierung überhaupt nicht teilen. Sie sind viel zu sehr erfüllt von ihren neuen Kleidern, Gerichten und Skandälchen, um Gedanken zu verschwenden an Söldner, die viele Tagreisen entfernt sind. Vielleicht ist die einzige Gelegenheit, bei der die Große Compagnie in der Öffentlichkeit erwähnt wird, eine Gerichtssitzung, in der ein Spion aus dem Mugello vorgeführt wird, der auf frischer Tat gefaßt worden ist.

Die Gerichtshöfe des Podestà und des Capitano der

Stadt gehören zu den wenigen Orten, die nicht umfunktioniert sind zu Festplätzen fürs Johannifest. An dem Morgen, als der Spion verhört wird, steht Lapo Mosca schon früh unter den Zuschauern. Der Mord an der Frau im Arno ist nicht aufgeklärt. Nachdem sie als Bewohnerin eines Freudenhauses identifiziert war, hat man den Fall beiseite getan. Aber die Sache kann natürlich neu eröffnet werden, wenn neue Fakten ans Licht kommen. Lapo hält es nicht für ausgeschlossen, daß der Angeklagte aus dem Mugello irgend etwas hat verlauten lassen über »Nennetta«.

Es ist viel Betrieb und Trubel im Sitzungssaal des Podestà. Auf einer Erhöhung sitzen die Schreiber, Notare, Ratsherren und Richter aus seinem Gefolge. Ihre Amtskleidung ist voller Tintenflecke, die Pelzränder sind ausgefranst und verklumpt. Noch gut eine Woche, dann läuft ihre Sitzungsperiode aus. Sie sind müde und haben genug von dieser quirligen, viel zu großen Stadt.

Als Lapo hereinkommt, sind die Routinefälle an der Reihe. Zwei Glücksspieler erhalten eine Bußstrafe, der eine 25 Lire, aber der andere 75, denn als er verlor, wollte er in seiner Wut den Würfelmacher erschlagen. Michele hat einen Stein nach Benedetto geworfen – 18 Lire –, aber Benedetto warf gleich vier durch das Fenster von Michele, und schwere Beleidigungen und Drohungen hinterdrein – 110 Lire. Chiara, die Frau

von Pero, wird des Ehebruchs beschuldigt, aber ihr Vormund, der in ihrem Namen spricht, hat Zeugen für ihre Unschuld, und sie wird freigesprochen. Tonio hat Simon in den Arno geworfen – 18 Lire –, aber Simon schlug Tonio, sowie er auf dem Trocknen war, mit einer Ruderstange so auf die Nase, daß das Blut herausschoß: erschwerende Umstände, 70 Lire. Und zum Schluß Nicola aus Pisa. Seinen rechten Matschfuß hat er abgewischt am Wahrzeichen der Stadt, einem gestickten Löwen auf einem Wandteppich. Der Saal summt vor Entrüstung. Er wird in Abwesenheit verurteilt zu 100 Lire oder zum Abhacken des schuldigen rechten Fußes.
Nun kommen die ernsten Fälle. Der Podestà schließt sich dem Kollegium an. Da ist Stefano von Biondo, der sich selbst ein scharfes Eisen in die Kehle gestoßen hat in der Absicht, sich umzubringen. Der Vorsatz ist mißlungen und kostet ihn 200 Lire. Segna Andrei und Giovanni Guidi haben – und das noch nach dem Läuten der Nachtglocke – dem alten Dioteaiuti mit Hirschfängern den Garaus gemacht, um seine Enkelinnen vergewaltigen zu können. Sie werden zum Tode verurteilt. Ein gewisser Baccio, der den alten Mann festgehalten und dann Schmiere gestanden hat, bekommt 750 Lire Buße und wird eingetragen in das »Buch der Schandtaten«. Dann endlich kommen die Hochverratsfälle, die zu den allerschlimmsten Verbrechen gerechnet werden, die Florenz kennt. Ein Verrä-

ter wird in Abwesenheit zum Tode verurteilt – der hat sich wohlweislich aus dem Staube gemacht. Dann ist der Spion aus dem Mugello an der Reihe.
Ein verwilderter Bauernjunge, der zur Angeklagtenbank getragen werden muß. Unter der Tortur hat er die entgegengesetztesten Verbrechen gestanden. Von seiner ersten Geschichte: daß er Absprachen regeln sollte zwischen Offizieren der Großen Compagnie und Freudenmädchen, ist kein Stückchen übriggeblieben. Seine Gefangennahme war die Folge der Tortur, der eine andere Angeklagte unterworfen worden war, eine deutsche Spionin in einem Bordell über dem Arno ... An einem Ort, den die Frau preisgegeben hat, wurde der Junge aufgegriffen mit einem Briefchen von der Compagnie in seiner Tasche. Die Teutonen im Mugello, die sich seiner bedient hatten, haben ihr Lager sofort abgebrochen und sich der Hauptmacht der Compagnie angeschlossen. Zu den Kontaktpersonen, die sowohl von der deutschen Spionin als auch von diesem Unglücklichen genannt worden sind, gehört tatsächlich »die leichte Frau, bekannt als Nennetta«. Der Angeklagte hat anfangs erklärt, daß er schon seit Ostern nicht mehr bei Nennetta war, aber auf der Folterbank hat er gestanden, daß er sie im Auftrag der Großen Compagnie getötet hat. Die Wirtin des Freudenhauses hat ihn, unter Eid, erkannt. Während der Sitzung kommt der Mord selbst nur noch in der Zusammenfassung des Staats-

anwalts zur Sprache. Lapo verläßt den Gerichtssaal nach einem letzten Blick zum Wrack auf der Anklagebank. Was von dem Unglückswurm noch übrig ist, läßt sich unmöglich in Einklang bringen mit der Beschreibung des langen, mageren, vornehmen, maskierten Mörders. Wahrscheinlich glaubt niemand an sein Geständnis. Kommt es dem Podestà zupaß, der nicht gern unaufgeklärte Verbrechen zurücklassen will bei seiner Abreise? Kommt es einer mächtigen Gruppierung zupaß, die den wirklichen Täter frei ausgehen lassen will? Sei es, wie es sei: Die Nennetta-Geschichte gehört der Vergangenheit an: Joosken kann zurückkommen.
Lapo tritt aus dem Palazzo und steht sofort wieder unter den Girlanden. Vom Domplatz her klingen fröhliche Trompeten; er wendet sich dorthin, etwas abwesend noch . . . und landet in einer Hochzeitsfeier. Die Gäste begeben sich gerade zur Tanzfläche, die zwischen Dom und Domkapelle aufgebaut ist. Unter den geladenen Gästen sieht Lapo plötzlich Maria-auf-Erden an der Hand ihres Gemahls. Grund genug, sich unter die Gäste zu mischen, und, als die Reihe an ihn kommt, seine Hände in das silberne Waschbecken zu tauchen und ein Stück vergoldete Pfauenkeule zu nehmen aus der riesigen Schale, die ihm vorgehalten wird. Es ist lange her, seit er seine Madonna ohne blauen Kapuzenmantel sah, und es fällt ihm auf, wie schön sie noch ist in ihrem samtenen Schleppenkleid

voller goldener Ranken. Sie trägt ein Käppchen aus demselben Stoff, an dem ein kurzer Schleier hängt; davor liegt das schwere blonde Haar in dicken Flechten rund um ihre Stirn. Sie sieht bleich aus, wie gewöhnlich, und sogar ihr Lachen ist ernst, als sie während des Schreittanzes zu ihrem Gemahl aufschaut. Ein gutaussehender, vernünftiger Mann, denkt Lapo mit neidvoller Anerkennung und fühlt plötzlich, wie schlecht er selbst rasiert und wie wenig er gewaschen ist, und wie das Fett des Bratens an seinem Kinn herabläuft. Er ist denn auch kaum verwundert, als ein Zeremonienmeister ihm auf die Schulter tippt: »He da, Bruder, du bist nicht eingeladen.«
»Was kann ich dafür?« fragt Lapo mit vollem Mund. Es entsteht Bewegung unter den Gästen, die seine Antwort gehört haben. Sie wird lachend von Mund zu Mund weitergegeben und erreicht das Brautpaar, als Lapo schon, fortgejagt, bei den grünen Zierbäumen steht, die den Festraum eingrenzen. Der Bräutigam läßt ihn zurückholen. Er hat ihn erkannt und füllt eigenhändig einen Pokal mit griechischem Wein für ihn. Als der Tanz vorbei ist und die schmetternden Musikanten schweigen, drückt er Lapo eine Laute in die Hand: »Laß hören, Duedonne! ›Das Lied für meine Braut.‹ Ich kann es nur fühlen. Du mußt es singen!«
Lapo Mosca hat seit Jahren keine Laute mehr angerührt und sagt daher: eine Laute ist für Weltkinder

oder für Engel, nicht für Brüder. Er nimmt sein Tamburin in der Hoffnung, damit auch zugleich eine Inspiration zu bekommen. Es fehlt in seinem Repertoire natürlich nicht an Liebesliedern, hoch- und niedriggestimmten, geraden und schiefen; aber während seine Gedanken hastig im Vorrat kramen, begreift er, daß seine Minne-Rondelli selten fröhlich genug sind für ein Hochzeitslied. Er wirft einen Blick auf seine Madonna und sieht ihr Lächeln, mild, amüsiert. Es muß ein besonders schöner Liederreigen sein, den er singt, natürlich nur für sie, wenngleich er heute um das Haupt einer anderen schweben wird, wie die Aureole eines Malers, der sich geirrt hat. Er schaut noch einmal seine Maria an. Dann weiß er es:

»Madonna, wenn ich an Euch denke,
dann blühn die Bäume ringsumher!
    Die Sonn' geht auf, weil ich sie lenke,
Wenn ich, Madonna, an Euch denke!
    Licht und Leben: Eure Geschenke,
    denn ohne die Sonne gedeiht nichts mehr.
Vergönnt mir, daß ich an Euch denke,
Wir sind dann Bäume im Blütenmeer . . .«

Der Bräutigam klatscht, und die Braut kichert, und der Brautvater brummt: Was für ein Unsinn. Lapo Mosca bezahlt seine Pfauenkeule mit einer ganzen Reihe von Liedern, leichtfertigere jetzt, so daß die

Feiernden mit erhobenen Gläsern den Refrain mitsingen.
Plötzlich sieht er zwischen den fröhlichen, erhitzten Gesichtern eines, das ihn nicht nur starr, sondern haßerfüllt anstarrt; ein dunkler, grobschlächtiger Kopf, den er nie zuvor gesehen hat. Ein Kerl, bösartig durch einen starken Rausch, unterstellt er. Aber weil ein böser Rausch böse Folgen haben kann, schlüpft er, als er das Fest verlassen hat, in die Werkstatt der Baumeister, die seit kurzem wieder am Dom arbeiten. Da vergißt er bösartige und andere Räusche, so gefesselt ist er von den Zeichnungen des Neubaus und von den Reliefs, an denen die Bildhauer arbeiten. Gegen Abend geht er unbehelligt nach Hause: Der Trunkenbold hat ihn wohl auch vergessen.
Aber keine vierundzwanzig Stunden später läuft er zwischen den Läden auf dem Alten Markt dem Maler Barna von Siena in die Arme. Die Folge dieser Begegnung ist, daß Lapo nun doch zu Sankt Johanni keine Türme sich drehen, keine Pferde rennen sieht . . . weil er in gehöriger Eile zusehen muß, daß er wegkommt. Der Maler Barna! Lapo erkennt ihn nicht einmal sofort, so wunderschön stehen ihm die Kleider, so selbstbewußt ist sein Auftreten. Jawohl, er hat sein Erbteil bekommen, ebenso wie sein Bruder Jachopo, der von allem Makel befreit ist. Mit Pandolfo sieht es weniger rosig aus. Ganz enterbt haben die Richter ihn am Ende nicht, aber die Regierung hat ihn sein eige-

nes Lösegeld an Perugia zahlen lassen. Der Rest verdampfte zischend auf der glühenden Platte seiner Spielschulden. Seitdem ist er bankrott und verbittert.
»Gut für ihn«, sagt Lapo unbekümmert, »an ein bißchen Armut wird Pandolfo nicht sterben.«
»Pandolfo nicht, aber du«, sagt der Maler, »Ihr« ist zu »du« geworden, während Leinen zu Seide wurde. »Pandolfo gibt dir die Schuld an seinem Verlust. Er will dein Blut trinken. Und das wird er auch, wenn du nicht aufpaßt. Er ist zum Johannifest in der Stadt. Danach reist er weiter, um mit anderen Offizieren zur Compagnie zu stoßen. Gegen Perugia, da will er dabeisein! Aber solange er hier ist, würd ich lieber aufpassen.«
Lapo fällt sofort der Mißgünstige vom Hochzeitsfest ein. Er nimmt sich kaum Zeit für die Verabschiedung von Barna. Nie war der Weg nach Hause so lang. Nie führte er an so vielen Hecken und Mauern und Toren vorbei, die dazu geschaffen sind, bösen Sienesen als Hinterhalt zu dienen . . . Noch am selben Mittag zieht er für seinen Auftrag nach Imola los. Nirgendwo gleitet ein Messer so mühelos in einen Rücken wie mitten im Festgedränge. Pandolfo selbst würde er ausweichen können, aber der überlegt es sich wohl zweimal, ehe er handgreiflich wird in einer fremden Stadt: Ganz sicher wird er dafür jemanden dingen. Lapo kann nicht einmal sagen, daß er Pandolfos Wut nicht begreift. Auch für den Mann selbst war sein Geburts-

geheimnis eine Überraschung, und kein Mensch hatte Lapo darum gebeten, es zu entschleiern ... Er verläßt das Kloster durch eine Hintertür und nimmt seinen Weg durch den Olivengarten der Leprasiedlung Trespiano: Dorthin werden sich auch für Geld keine Meuchelmörder wagen. Weit außerhalb der Stadt erreicht er den Weg nach Imola, und als es Abend wird, sitzt er schon hoch in den Bergen bei einer Schäferhütte. Stundenlang ist er Entgegenkommenden in Festkleidung begegnet: Der Anblick vergrößert seine Wehmut. Er will überhaupt nicht weg. Er wird alt, er ist zufrieden mit der Toscana, fremde Horizonte verlocken ihn weniger als früher ... und dann noch zu Sankt Johanni! Das Liedchen, das nie fertig werden wollte, nimmt plötzlich eine andere Wendung in seinem Kopf:

O süße Hügel der Toscana,
Ihr wart mir Trost und Augenweide,
Ihr wart mir Schwester, Mutter, Ahne.
Wie weh ist mir, daß ich jetzt scheide ...

Zwei Tage später holt ihn Barna, der Maler, auf dem Stale-Paß ein und setzt ihn hinter sich auf das Pferd, auf dem er gegenwärtig reitet. Leider versteht er besser mit dem Pinsel als mit Reitpferden umzugehen. Wenn Lapo nicht so vertrauensvoll wäre, hätte er sich ein paarmal gefragt, ob der mürrische junge Mann ihn nicht im Auftrag von Bruder Pandolfo in einen Abgrund fallen lassen soll; aber abends sitzen sie doch wohlbehalten in der Unterkunft des kleinen Pilgerklosters. Es liegt an der Weggabelung, an der sich ihre Wege trennen. Lapo muß nach rechts, um Imola zu erreichen, im Bogen um die heranrückende Compagnie herum. Barna will geradeaus weiterreiten und hofft, in einer Woche in Venedig ein Schiff ins Heilige Land zu finden. Er hat die Hochzeit von Tancia mit ihrem Witwer zustande gebracht ... in aller Stille, tief in den morastigen Maremmen, aus Angst vor Pandolfo. Keine Nachricht, die Lapo mit Stolz erfüllt. Bruder Donatus schließlich hat seine Kutte an den Nagel gehängt und in Rom einen undurchsichtigen Handel angefangen mit einem Handgeld der Arrighi.

Filippo de' Figlipetri hält Wache am Sterbebett seines Vaters. Barna vermutet, daß er den Sohn ebensowenig wiedersehen wird wie den Vater. Filippo will, wenn der Vater begraben und die Wohnung geräumt ist, zur Compagnie, um Burkhardt von Landau zu töten. Es ist unwahrscheinlich, daß er dieses Vorhaben überlebt: Der Mann sitzt wie ein uneinnehmbarer Gefechtsturm, umringt von seiner ungarischen Leibwache. Pandolfo Arrighi hat während seiner Gefangenschaft einen ehemaligen Adjutanten von Burkhardt getroffen. Der Mann ist seinerzeit Zeuge von Sismondas Entführung gewesen: Burkhardts Schuld steht nun wirklich fest. Der nannte den Rachefeldzug

nur eines einzigen Bruders ein vergebliches Unterfangen. Alle Freunde in Siena rieten Filippo denn auch ab von der Unternehmung. Vergeblich.
Lapo sieht den Maler wieder in Tränen vor seinem Sismonda-Fresko. »War nicht die Rede davon, daß du Filippo begleiten wolltest?«
»Ja, das wohl . . .« Der Maler zögert. »Was erreiche ich schließlich damit? Sismonda wird davon nicht lebendig, und wenn ich etwas mit meinen Händen bekomme, kann ich nicht mehr malen.«
Er scheint selbst zu fühlen, daß diese Überlegungen sehr dürftig wirken nach den überschwenglichen Leidenschaften von ehedem. Er schaut Lapo von der Seite an und sagt schließlich: »Der Mitbruder von dir, der Lange mit den Tieren, der sagte: ›Wenn du wissen willst, wie Unser Lieber Herr ausgesehen hat, hast du größere Aussichten, es zu erfahren, wenn du kein Blut an den Händen hast.‹ Da ist was dran.«
Da ist etwas dran für den langen Bruder mit den Tieren, denkt Lapo. Nicht für dich. Du hast Sismonda beigesetzt, nun willst du malen, und damit fertig. Du heuchelst. Laut fragt er:
»Wie kamst du zu Bentivoglia?«
»Weil ich den Kerl erkannte. Den Weber. Jemand mußte doch Bescheid sagen, daß er tot war.«
Joosken der Weber ist ermordet am Weg gefunden worden, gleich am ersten Tag, als er sich aus dem Kloster gewagt hat. Die Verhandlungen zwischen Siena

und der Compagnie waren zu der Zeit in vollem Gange. Gesandte und Beobachter beider Parteien reisten hin und her. Bentivoglia vermutet, daß sich der Maskierte aus dem Freudenhaus unter ihnen befand und Joosken erkannte. Vielleicht dachte er in seinem Herzen dasselbe, was auch Lapo sofort vermutet: Es wird eher andersherum gewesen sein. Joosken hat den Maskierten erkannt – vielleicht an seinem Mantel aus Mechelner Tuch? – und hat einen plumpen Erpressungsversuch unternommen. Welche der beiden Theorien auch immer die richtige ist, die Theorie von Filippo de' Figlipetri über die Welfen als Mörder wird dadurch entkräftet. Sienas Politik ist antiwelfisch. Die Parteiführer von Florenz hatten in Siena nichts zu suchen.

Lapo Mosca zuckt die Achseln. Der Tod von Sismonda geht ihm in diesem Augenblick weniger ans Herz als der Tod von Joosken, dem Weber. Er betet lange für die Seelenruhe des armen Flamen, bevor er einschläft. Danach fügt er seinem Gebet noch ein P. S. für die Leibesruhe von Alda und Tancia an. Es mag wahr sein, daß das Leben fortwährend dazu zwingt, Böses zu tun um des Guten willen. Unrecht zu tun, um Recht zu schaffen. Aber er war nicht darum gebeten worden, und die Angst, in der diese beiden Frauen leben, die hat er ihnen verschafft.

Alda und Tancia. Joosken der Weber. Bamboglia, der Schulmeister . . . manchmal laufen sie in seinem Gei-

ste durcheinander, in den Tagen, als er auf schlechten Pfaden durch eine öde Landschaft nach Osten zieht. Ob er ihnen Böses tat oder Gutes, gewollt oder ungewollt, spielt kaum eine Rolle. Sie waren schwach, und dem gegenüber, der schwach ist, fühlt man sich schuldig. Ob er diesen Auftrag nun auffaßt und ausführt als Bußfahrt, nützt den Schwachen wenig: Cassianus von Imola kann damit höchstens den ärgsten Schmutz von Lapos eigener Seele abwaschen ... wenn er es will. Lapo hat eine lange Liste mitbekommen von Klöstern, Kirchen und Kapellen, die dem heiligen Schulmeister geweiht sind. Irgendwo in diesem geweihten Heuhaufen liegt wie eine Stecknadel das Bein von Bartolo. Ohne persönliche Einmischung des Heiligen aus Imola findet er nie, was er sucht ...; und hat Cassianus irgendeine Ursache, um Lapo, Sohn des Lapo, zu Hilfe zu eilen?
Ein entsetzliches Los ist diesem Schulmeister seinerzeit beschieden gewesen. Seine heidnischen Richter lieferten ihn gefesselt seinen eigenen Schülern aus. Die kleinen Henkersknechte machten von dieser einmaligen Gelegenheit einen besseren Gebrauch als jeder Scharfrichter.

Der Heilige Schulmeister Cassian
gab Tausende Schläge an Tausende Ohren,
    bis sich die Schüler zusammengetan.
Erst griffen sie Schulmeister Cassian

mit Schiefertafeln und Büchern an
und taten ihn dann mit Griffeln durchbohren.
Ich war nicht besser als sie, Cassian.
Ach, sei mir gnädig, leih' mir deine Ohren . . .

Die Berge werden flach, das Land wird langweilig. Dies ist die Romagna, und hinten am Horizont liegt Imola.

Dreizehn

Filippo de' Figlipetri muß sich von einem stinkenden Mönch umarmen lassen, um sein Leben zu retten, das ihm eigentlich nichts mehr wert ist. – Doch vorher hat er noch etwas zu erledigen. – Arme Gebirgsbauern werden zu vortrefflichen Kriegsstrategen, und Lapo Mosca wird um ein Haar ihr Anführer.

Aus Juni wird Juli, und noch immer liegt die Große Compagnie an der Ostseite des Apennin. Die Soldaten langweilen sich und piesacken das Landvolk um Faenza. Ihre Anführer langweilen sich und piesacken die Gesandten von Florenz. Welche Marschroute durch die Toscana die Florentiner auch vorschlagen, die Antworten, die sie bekommen, sind nichts als überhebliche Wichtigtuerei. Sie sind drauf und dran, die Verhandlungen abzubrechen und nach Hause zu gehen, da kommt endlich Graf Conrad von Landau zurück aus den deutschen Ländern und nimmt die Zügel der Macht straff in die Hand. Eine Macht, die zum ersten Mal einen Hauch von Rechtmäßigkeit zeigt, denn Kaiser Karl, der gern von der großen deutschen Kriegsmacht in Italien profitiert, hat Landau gerade zu seinem Statthalter ernannt. Seine Aufgabe ist es, durch taktvolles und friedfertiges Auftreten Stimmung zu machen für den Kaiser und die kaiserfreundlichen Ghibellinen. Unter diesen Voraussetzun-

gen kann Landau zunächst keine Feindschaft mit einer mächtigen Stadt wie Florenz gebrauchen, und so tritt er den Gesandten freundschaftlich gegenüber. Noch am Abend seiner Rückkehr werden sie sich einig über eine Marschroute durch das Lamone- und Sieve-Tal, die die Compagnie in fünf Tagen durch einsame Berggebiete in das Gebiet von Perugia führen soll. Hätte Landau seine Untergebenen wirklich in der Hand und sie nicht jahrelang nach Belieben überall, wohin sie kamen, plündern, morden, brandstiften lassen, brauchte sich niemand um diesen Durchmarsch Sorgen zu machen.
Die Große Compagnie, da zieht sie! Reiter, Lanzenträger, Bogenschützen, Waffenknechte und Burschen, Mitläufer, Hausierer, Marketender, Huren, insgesamt so an die siebenundzwanzigtausend Mann – und Frau –, mit mindestens zehntausend Pferden. Überall die Finger davonlassen, lautet der Vertrag, und: Nahrungsmittel gegen Bezahlung! Aber die Große Compagnie ist nicht gewöhnt ans Bezahlen und noch viel weniger daran, die Finger von etwas zu lassen. So ziehen sie westwärts wie ein Feuer im Wind, alles verwüstend auf ihrem Weg, und vor sich her, wie Rauch, die flüchtende Bevölkerung. Florenz bekommt Nachricht von dem Aufmarsch. Durch einen Kurier, nicht durch die Gesandten, die Landau als Geiseln behält. Das Stadtheer rückt sofort aus, der neuernannte Podestà an der Spitze, und geht in Stellung. Die Stadt-

wachen werden verdoppelt, die Tore geschlossen, die schwere Sturmglocke ruft die Urlauber aus ihren Villen zurück hinter die Stadtwälle.
Filippo de' Figlipetri hört die Glocke, während sein Pferd im Schritt den Bergpfad emporsteigt. Vor einer Woche hat er seinen Vater begraben, weit entfernt von dem alten Familiengrab in der Stadt, nicht einmal, wie es ihm zugekommen wäre, im Dom von Siena: Eine kleine Ruhestätte abseits, mit einem Sarg aus billigem Stein. Alles, was er dem Toten mitgeben konnte, war das Gelöbnis, seine Gebeine einst dahin zurückzubringen, wohin sie gehören: Ein Gelöbnis, das mehr vom guten Willen lebte als von der Wahrscheinlichkeit, jemals eingelöst zu werden. Er horcht auf die Sturmglocke und denkt voll Verbitterung an eine andere florentinische Glocke, die er hat läuten hören: Die Totenglocke, als der Bann über seine Familie ausgesprochen wurde. Er war nicht älter als sechzehn, aber der Scheinprozeß, der die Schuld seines Vaters beweisen sollte, steht ihm in jeder Einzelheit vor Augen. Die falschen Anschuldigungen – sogar seinen Urgroßvater haben sie zum Bastard eines Ghibellinen machen wollen. Die falschen Zeugenaussagen – von Gesprächen zwischen seinem Vater und Rebellenführern, die er niemals überhaupt nur gesehen hatte. Die Fahnen, die er immer noch wehen sieht, die Trommeln, die er noch schlagen hört – von der Stadtmiliz, die kam, um sein Elternhaus am Dom-

platz zu verwüsten. Die Welfen haben seine Familie entsetzlich behandelt um eines Vermögens willen, das schon lange wieder aufgebraucht ist. Sein Vater ist daran zerbrochen. Seine Schwester ist daran gestorben. Vielleicht sind sie besser dran als er, der, weit entfernt, in einer nebligen, rauhen Stadt sein Leben fristen muß als unbedeutender Bankangestellter. Sein Freund Jachopo Arrighi hat angeboten, ihm Geld zu leihen. Das kann er in London zu Wucherzinsen anlegen, so wie andere Florentiner das auch tun. Das macht ihn innerhalb weniger Jahre vermögend, so daß er leicht eine englische Bürgertochter bekommen kann, die nur spärlich mit Grazie, aber desto fürstlicher mit einem Brautschatz ausgestattet ist. Keine Zukunft, die ihn lockt. Es wird für ihn nie eine andere Stadt existieren als die Vaterstadt, die ihm Unrecht tat und ihn ausschloß. Er wird sie nicht mehr betreten. Sie betrachten ihn als Ghibellin. Er ist auf dem Weg zu dem Stellvertreter des Kaisers. Wer wird je glauben, daß er kommt, um den Bruder dieses Stellvertreters zu töten, und nicht, um sich ihm anzuschließen, wie andere Verbannte es tun? Es ist beinahe ein Trost, daß er seinen Vorsatz mit dem eigenen Tod bezahlen wird, so daß er nicht zurückmuß nach London.

Das Pferd klettert und klettert, und sein Reiter hält die Ohren gespitzt. Er hat das Sieve-Tal unter sich gelassen, die Glocken sind schon lange nicht mehr zu hören, und das ist gut. Sie können nicht mehr weh tun und ebensowenig andere Geräusche übertönen. Wo sich die Compagnie genau befindet, weiß Filippo nicht, aber die Vorhut kann nicht mehr weit weg sein. Er will niemandem bei Tageslicht begegnen. Vor allem den Sienesen, die sich der Heeresleitung angeschlossen haben, bleibt er tunlichst aus dem Wege: Die wollen auf Burkhardt nicht verzichten, bevor der Perugia in die Mangel genommen hat. Sie wären dazu in der Lage, den Schuft zu warnen. Sie haben Filippo beschworen, zu warten, bis der Feldzug vorbei ist, aber Filippo will nicht mehr warten. Er hat kein Geld mehr und auch keinen Lebensmut. Ihn hält nichts anderes im Sattel aufrecht als der verbissene Wille, die Ehre seines Geschlechts zu rächen.

Es dämmert, als er über den kahlen Paß von Belforte reitet. Er schaut sich um nach einem kleinen Kloster, das hier irgendwo liegen muß, und sieht plötzlich große Feuer brennen, ganz weit weg, unten, in der Tiefe. Das müssen die Wachfeuer der Compagnie sein. Vor ihm führt der Pfad im Zickzack steil nach unten und verschwindet in einer Schlucht. Mehr nach rechts, nicht viel tiefer als der Paß, scheinen ein paar Häuser zu liegen, vielleicht eine Meile entfernt. Da wird auch das Kloster sein. Er sucht seinen Weg dorthin zwischen Kieseln und magerem Gras, vorsichtig, sein Pferd ist müde. Die Niederlassung scheint ein geeigneter Ausgangspunkt zu sein für einen Meuchelmörder, der er, der Not gehorchend, wird werden müssen.

Die Berggegend, durch die Filippo gezogen ist, war dünn besiedelt; nur an zwei oder drei Dörfern ist er vorbeigekommen. Sie waren, oder schienen, verlassen. Keine Stimmen, kein Schreien oder Blöken, die Fensterläden geschlossen, der Mist am Wege vertrocknet. Er hat dem nicht viel Aufmerksamkeit geschenkt: Der Lärm in seinem Herzen übertönte die Stille draußen. Dunkel hat er sich an die buchstäblich ausgestorbenen Dörfer erinnert, die er als Junge gesehen hat während der großen Pest. Jetzt erst, im nachhinein, macht er sich klar, daß alles, was lebt, weggezogen ist aus Angst vor der Großen Compagnie.

Die Gebäude, auf die er zureitet, machen keinen klösterlichen Eindruck. Sie sehen aus wie Hütten und Ställe eines Sommerweideplatzes. Auch sie sind leer. Filippo hat keinen Mut mehr, um das Kloster selbst zu suchen. Er steigt ab bei einem ausgehöhlten Baumstamm, durch den ein kleiner Bach geleitet ist, nicht breiter als ein Arm. Er läßt sein Pferd trinken und schaut nach dem, was sich noch an Hütten abzeichnet in der schnell hereinbrechenden Dunkelheit; eines von diesen armseligen Löchern wird er als Unterschlupf wählen müssen.

Bevor er seine Wahl getroffen hat, fliegt eine Tür auf, und fünf oder sechs Bauern stürzen mit Heugabeln

heraus. Filippo geht ihnen ein paar Schritte entgegen. Er merkt nicht gleich, daß sie es auf ihn abgesehen haben, schon deshalb nicht, weil er kein Wort von ihrem Dialekt versteht. Sie umzingeln ihn, sie halten ihn für einen Spion der Compagnie. Für einen Augenblick sieht es sehr unerfreulich aus für Filippo de' Figlipetri. Dann zwingt eine gebietende Stimme die Kampfhähne zur Ruhe. Ein abgerissener Bursche bahnt sich einen Weg zwischen Kämpfern und Heugabeln hindurch. »Ihr Esel! Das ist ein Freund von mir!«
Und um sein Leben zu retten, muß Messer Filippo sich umarmen und abküssen lassen von Fra Lapo Mosca, übelriechend und mit Beinamen Duedonne.

Wochenlang ist Bruder Lapo von Kirche zu Klause gezogen im Land von Imola, und das Lachen ist ihm dabei vergangen. Seine Erfahrungen begannen ineinanderzufließen. Abends vor dem Einschlafen – einmal in einer Besucherzelle, dann wieder in einem Heuschober – sah er ein Gewirr von Kirchen, großen, kleinen, armen, reichen, alten, neuen, einen Wald von Säulen, weiß, grün, schwarz, Steinplatten, Grabsteine, und Sakristeien, Sakristeien. Kutten und Soutanen in jeder Form und Farbe . . . und immer wieder einen Cassianus-Schrein. Nirgends ein Bein bestellt, nirgends eine Erinnerung an einen Reliquienhändler. Drei Kirchen hatten schon ein rechtes Bein, alt, ver-

färbt, verschrumpelt. Vollständig bis zu den Nägeln und Zehen.
Erst auf der Rückreise kam er Bartolo auf die Spur. Gott schickt uns Erfolge am liebsten als Dessert. Mitten im Apennin fand er den Außenhof einer Abtei, nicht viel mehr als ein Schuppen für Bruder Schafhirt: Er stand nicht einmal auf der Liste von Pater Gardian, aber er war sehr wohl dem Cassianus geweiht. Verlassen. Herden und Hirten waren mit allen anderen Herden und Hirten zu sichereren Orten gezogen, sobald die Marschroute der Großen Compagnie bekanntwurde: durch das Tal direkt unterhalb des Außenhofs. Nur ein alter Gärtner werkelte noch herum, nicht wegzuprügeln von seinen Kräutern, bevor sie gepflückt werden konnten. Er versorgte Lapo mit Kräutersuppe und Kräuterkäse und mit den Neuigkeiten des Jahres. Einer der Grafen Guidi – der örtlichen Großgrundbesitzer – wäre um ein Haar während der Jagd verunglückt. Wochen hindurch hat er im Außenhof gelegen, bevor er ins Tal befördert werden konnte. Zum Dank hat er den Brüdern eine Cassianus-Reliquie versprochen, und die war auch gekommen, kurz vor Weihnachten. Nicht gerade etwas Besonderes, sagte der alte Mann zu Lapos Freude. Ein dürres Bein, an dem der Fuß hing wie ein Häuflein Fischgräten. Glücklicher alter Mann: Er hatte noch nie einen Leprosen von nahem gesehen. Übrigens war das gräfliche Geschenk nicht so minderwertig, so daß

man es zusammen mit allen anderen Besitztümern vor zwei Wochen evakuiert hatte. Lapo also wieder weiter. Zuerst zur Abtei selbst und von dort zu einem anderen Außenhof, weil auch die Abtei verlassen worden war. Fast alle Bewohner, einschließlich Vater Abt, hatten versucht zu entkommen, und in dem Planwagen mit den Kostbarkeiten, die mitfuhren, war auch die vermeintliche Cassianus-Reliquie gelandet. Wer irgend konnte, hat die Beine in die Hand genommen, sagte der Pförtner verbittert. Diese Gelegenheit suche ich schon vier Monate lang, hat Lapo geantwortet ... und müde war er dem Planwagen nachgegangen.

Eine unheimliche Wanderung durch ödes Land, mit dem Rauch brennender Dörfer schon über dem Bergkamm hinweg. Lapo Mosca legte ebensowenig Wert auf die Große Compagnie wie der flüchtende Vater Abt. Die Compagnie hatte eine Schwäche dafür, Klosterleute aufzuknüpfen. Sie zählte zur Zeit außerdem Pandolfo Arrighi zu ihren Mitgliedern. Als Lapo endlich den Abt und seinen Planwagen eingeholt hatte, war er am Rande der Erschöpfung. Der Abt selbst war kaum besser dran. Die Sorgen wuchsen ihm über das asketische, erzväterliche Haupt. Er richtete seine Pläne nach den Auskünften, die er über die Marschroute der Compagnie erhielt, aber diese Auskünfte waren vollkommen verkehrt. Die Compagnie würde ganz sicher nicht direkt zum Mugello ziehen, das wollte Florenz bestimmt nicht. Die Compagnie sollte in ein Seitental einbiegen und über den Belforte-Paß ziehen bis zur Sieve ... aber dann würde das neue Versteck der Mönche noch unsicherer als das alte. Sie machten sich fertig, um weiterzuklettern, zu Fuß, bis dahin, wohin ihnen keine Soldaten folgen konnten ... aber Planwagen ebensowenig. Lapo hätte kaum einen ungünstigeren Augenblick wählen können, um den Abt nach einer Cassianus-Reliquie zu fragen, die eigentlich eine Bartolo-Reliquie war, und ob er nicht vielleicht eben ... Der Abt wies ihm die Tür und schnauzte ihn an: »Halte die Kerle auf, dann kannst du bekommen, was du haben willst!«

»Anhalten! Mehr nicht? Kommt Ihr dann und bekehrt sie mal eben?«

Das letzte, was er von Vater Abt gewahr wurde, war eine Kanne, die haarscharf an seinem Kopf vorbeiflog.

Ein Blick auf die Stalltüren gab Lapo den Rest. Fest verschlossen, eifrig bewacht, und dahinter hatten die Planwagen ihren Platz. Da lag nun das Bein, für das er sich Hacken und Zehen abgelaufen hatte. Er konnte nicht dran kommen, und morgen schlugen Plünderer es kurz und klein. Dem alten Bruder Gärtner vom Cassianus-Außenhof, der sich inzwischen hier zu seinem Oberen begeben hatte, wurde wenig Ehre zuteil für die Bergkamille, mit der er den ermüdeten Knochenjäger zu ermuntern gedachte; ebensowenig wie für die Baldrianwurzel, die er seinem aufgeregten Abt anbot. Mißmutig war Lapo zum Nachbargehöft geschlendert. Er setzte sich neben einen ausgehöhlten Baumstamm, durch den ein kleiner Bach geleitet wurde, nicht breiter als ein Arm. Er trank daraus, vornübergeneigt, wie das durstige Tier, das er war, und besprengte seine staubigen Füße. Der Tag war heiß, und er hatte heute keinen Bissen zu essen bekommen, nun war auch diese Niederlassung wieder leer. Der heilige Cassian strafte nicht mit halben Maßnahmen. Er würde in einer der Scheunen hier übernachten müssen.

Noch bevor er sich für eine entschieden hatte, flog eine Tür auf, und fünf oder sechs Bauern stürzten mit offenen Armen nach draußen.

»O Lapo Mosca, Gott selbst hat dich hierher geschickt! O Lapo Mosca, du bist unser Anführer!«

Der Raum, in den sie ihn im Triumph schleppten, war voll schwitzender Kerle, die alle zugleich anfingen, ihm die Situation zu erklären. Er schlug auf einen Futtertrog, und sie schwiegen. Zu ihrer eigenen Überraschung, so daß sie die Stille sofort wieder durchbrachen, um ihm zuzujubeln.

»Seht ihr wohl, daß wir Bruder Lapo nötig haben! Er ist der einzige, der uns anführen kann.«

»Dann versuchst du wenigstens nicht, den Herrn zu spielen!«

»Oder du! Du würdest uns gleich an Landau ausliefern!«
Er bearbeitete den Futtertrog noch einmal mit der Faust und erteilte das Wort einem älteren Mann, den er von Ansehen zu kennen meinte; verkaufte er nicht Käse auf dem Alten Markt? Da bekam er nach und nach zu hören, was los war. In einem Kriegsrat war er gelandet. Alle Männer aus der Gegend hatten sich versammelt. Sie wollten abrechnen mit der Großen Compagnie! Der Teufel hatte die Schurken in diese Richtung geschickt, aber jetzt war Gott an der Reihe. Gott würde die Große Compagnie ausliefern an die Fäuste der Bauern aus dem Lamone-Tal.
»Leute, was ist in Euch gefahren? Dreißigtausend Mann. Ihr Anführer ist der schlaueste Fuchs des Jahrhunderts.«
»Aber er kennt diesen Landstrich nicht, und wir ja«, sagte der Käsehändler. »Wenn er diese Ecke kennen würde, hätte er sich geweigert, durch dieses Seitental zu ziehen. Kennst du den Weg hier unten, Lapo Mosca? Kennst Du die Scalelle?«
Und ob Lapo die Scalelle kannte! Die »Treppchen«, der steilste Pfad durch die engste Kluft von ganz Mittelitalien. Er war da an eben diesem Mittag noch durchgekommen, auf dem Wege zu Vater Abt, und wie immer war ein Gefühl von Beklemmung zurückgeblieben.
Dieses Seitental ist trügerisch. Ganz hinten, wo der

Bach sich in die Lamone stürzt, scheint es freundlich und weit. Die ersten Meilen sieht es aus wie sanft ansteigendes Weideland. Dann, plötzlich, stürzen die Bergwände aufeinander zu. An beiden Seiten des Baches steigen sie auf, so steil, daß da kein Baum mehr wachsen kann. Für den Pfad, der bis dahin am Bach entlangführte, ist kein Platz mehr. Er steigt steil aufwärts, wie eine Treppe, und windet sich dann durch die Kluft, an die zwanzig Ellen oberhalb des Baches. Menschenhände haben diesen Durchgang gebahnt. Die Entfernung zwischen Faenza und Florenz wird dadurch um mehr als eine Tagesreise verkürzt, aber wer frei ist in seiner Entscheidung und auch nur eben die Zeit hat, folgt tunlichst dem Weg durch den Mugello. Der Durchgang mit dem »Treppchen« ist dunkel, feucht, glitschig. Der Bach unten, kalt, voller Felsbrocken, trocknet auch im Sommer nicht aus. Er donnert mit hundertfachem Echo durch die Kluft. Der Pfad liegt immer ungeschützt vor fallendem Gestein, er ist die Hälfte des Jahres gesperrt. Aber auch wenn der Weg frei ist, paßt ein Wagen dort nur mit größter Mühe hindurch. Die meisten Pferde haben Angst, so daß die Reiter absteigen und die Tiere am Zügel führen müssen. Dies alles ging Lapo Mosca durch den Kopf, während er den Bauern zuhörte. Er hatte nie darüber nachgedacht, daß die Welt oberhalb der Kluft nicht unbewohnbar zu sein brauchte, selbst wenn diese

Welt vom Lamone-Tal aus nicht zu erreichen ist. Steile Wände setzen sich nicht zwangsläufig überallhin fort in neue Wände und Bergspitzen. Hier und da können Grasfelder liegen zwischen den Kämmen, Weideplätze für Kleinvieh, manchmal bis an den Rand des Einschnittes, den der Bach in die Erde gegraben hat. Diese Ställe, erfuhr er jetzt – Zuflucht für Hirten der Grafen Guidi –, lagen beinahe senkrecht über der Scalelle. Es wird ihm klar, was die Bauern in ihrer Verzweiflung planten. Sturm und Regen sind nicht die einzigen, die Gestein herunterwerfen können. Geübte Menschenhände können Passanten unten kaum verfehlen mit ihren Wurfgeschossen. Ein paar massive Blöcke schließen außerdem die Kluft wirkungsvoll ab.

Steine zu Tausenden hatten die Bauern gesammelt: Stapel von Munition längs den oberen Rändern der Schlucht. Beim ersten Tageslicht würden sie ihre Posten beziehen mit Frauen und Kindern, die ihnen die Steine herbeitragen sollten. Sie würden warten, bis die Schlucht voll Kriegsvolk war, und dann: Gute Nacht, Landau!

Für dreißigtausend Mann im Gänsemarsch ist die Schlucht bei weitem nicht groß genug. Da lag der Grund für ihren Streit. Sollten sie die Vorhut angreifen, die Hauptmacht, den Troß? Zwei Bauern hatten in ihrer Jugend unter Waffen gestanden, die hatten die Führung übernehmen sollen; aber sie konnten sich

untereinander nicht einig werden, so daß niemand mehr glaubte, daß sie etwas vom Kämpfen verstanden. Nun hatten sie Lapo Mosca. Lapo Mosca verstand von allem etwas.
Lapo hat die Pläne der Bauern mit wachsender Bewunderung angehört. Not lehrt beten, Not lehrt kämpfen, Not macht einfallsreich! Er hat genickt und gelacht: Wenn alles gutgeht, sitzen die Schufte morgen wie Ratten in der Falle. Aber gerade dieser Gedanke verdarb ihm die Freude. Er erinnerte ihn an die wirkliche Ratte, die er einmal in einer Falle gefunden hatte, die Todesangst in den Perlaugen, er hatte das Tier laufenlassen. In der Scalelle-Falle würden Menschen sitzen. Schurken. Räuber. Mörder. Schlimmer als Ratten. Aber Menschen.
»Leute, dafür könnt ihr mich nicht nehmen. Das wird ein Abschlachten. Ich bin kein Schlachter. Ich bin Minderbruder.«
Heuchler, würden die Bauern nun sagen, hängst du den Heiligen wieder heraus? Sind diese Kerle etwa besser als die Missetäter, mit denen du dich sonst anlegst? Müssen wir uns ermorden lassen, weil du nicht morden willst? Kommst du morgen an, um ein bißchen zu beten, während sie unsere Frauen vergewaltigen? Ein bißchen zu weinen, während sie deine Reliquie in Stücke treten ...? Aber die Bauern schwiegen. Schließlich sagte der Käsehändler: »Und was ist mit den Kardinälen? In der Stadt sagen sie:

Die Heere des Herrn Papst werden angeführt von Kardinälen!«
Lapo schaute unglücklich von einem zum anderen und murmelte einen Reim, den Meister Bamboglia in den Mund zu nehmen pflegte, in jener fernen Vergangenheit, die er gerade abgebüßt hat:

»Was den Göttern erlaubt ohne Mühe,
das gilt nicht zugleich für die Kühe.«

»Wir haben hier doch keine Kühe«, verteidigten sich die Bauern, »nur Ziegen.«
»Von mir würde Sankt Franziskus so was nicht haben wollen«, verdeutlicht Lapo lahm. Franziskus, dachte er, wäre Landau entgegengetreten. Franziskus hätte nicht geprahlt da vorhin, gegenüber dem Vater Abt. Er wäre den Soldaten entgegengetreten, er hätte sie bekehrt, und es wäre ihm auch noch gelungen. Kurzzeit-Bekehrungen vielleicht, aber lange genug, um diese Bauern zu retten.
Jawohl, aber er war kein Franziskus. Er war Lapo, und er hatte keine Wahl. Selbst wenn seine Reliquie nicht auf dem Spiel stünde, würde er diesen Bauern helfen müssen auf die einzige, ihm mögliche Weise, auf eine sündige Weise. Er würde die Leitung übernehmen müssen, ohne welche die »Operation Scalelle« schiefging. Er würde töten müssen, mit den Händen dieser Bauern, und den Rest seines Lebens

gebeugt gehen in diesem Schuldbewußtsein. Was pflegte er in solchen Fällen doch immer wieder so flott zu behaupten? Daß das Leben zum Bösen zwingt, um Gutes zu erreichen? Daß ein reines Gewissen davon keine Flecken bekommt? Als ob es reine Gewissen gäbe! Diesen Unsinn würde er sich jetzt selbst aufschwatzen müssen.
Lapo hob sein schweres Haupt. Er räusperte sich lange. In dem Moment wieherte draußen ein Pferd. Spione? Die Bauern ergriffen ihre Mistgabeln und stürmten nach draußen.

»Esel! Das ist ein Freund von mir!«
Ob der Himmel Lapo Mosca zu diesen Bauern gesandt hat, mag die Frage sein; aber daß Filippo de' Figlipetri zu Lapo Mosca gesandt ist, steht fest. Lapo versteht sofort, was Sismondas Bruder in dieser Gegend vorhat: genau das, wovor er selbst zurückschreckt. Sismondas Bruder ist ein bißchen verrückt. Für den Befehlshaber der verrücktesten Schlacht, die jemals geschlagen werden soll, ist das ein Vorteil. Sismondas Bruder besitzt außerdem die Überlegenheit, die zu einer vornehmen Herkunft wie selbstverständlich mitgeliefert wird: Die Bauern kennen ihn nicht, stehen aber jetzt schon, mit den Mützen in der Hand, auf zehn Schritt Abstand. Lapo schickt sie hinein.
»Hier steht euer Anführer!« ruft er vergnügt. »Ich muß es ihm nur noch eben erklären.«

Einem Figlipetri etwas erklären – einfacher gesagt als getan. Die Abenddämmerung ist noch nicht so weit fortgeschritten, als daß Lapo nicht sehen könnte, was in dem jungen Gesicht zu lesen ist: Abwehr, nach dem peinlichen Kontakt eines Aristokraten mit einem Plebejer. Zunächst einmal kondoliert er Filippo. Dann gratuliert er ihm: Wer auf Erden gelitten hat, was sein Vater litt, kann auf himmlisches Schmerzensgeld rechnen.

»Woher weißt du, daß er tot ist?«

»Wärt Ihr sonst weggegangen?«

»Was dachtest du denn? Ich muß zurück an meine Arbeit; als der letzte Schreiberling. Um den Unterhalt zu verdienen.«

»Kommt, Messer Filippo. Dies ist nicht der Weg nach London. Hier verdient Ihr Euch nicht Euren Unterhalt. Hier verdient Ihr Euch höchstens den Tod.«

»Das ist meine Sache.«

»Das ist sie nicht. Das ist die Sache Gottes, und ich bin sein Gerichtsvollzieher. Selbstmord, davon will Gott nichts wissen. Und Selbstmord begeht Ihr, wenn Ihr auf Burkhardt losgeht mit bloßen Händen. Der Mann schüttelt Euch ab wie eine Hornisse.«

»Erst werde ich ihn stechen!«

»Da gibt es nichts zu stechen. Ihr kommt an seiner Leibwache nicht vorbei.«

»Und wenn ich über ihre Köpfe fliegen müßte ...«

»Jetzt redet Ihr vernünftig. Fliegen, das ist es. Aber

nicht aus eigener Kraft. Sondern mit Hilfe der Felsbrocken dieser Bauern hier, wenn Ihr mit ihnen zusammenarbeiten wollt.«

»Ich? Zusammenarbeiten mit Bauern? Wofür hältst du mich?«

»Für einen Anführer. Einen Anführer, der achtzig willigen Bauern zeigt, wie sie die Compagnie schlagen sollen.«

Lapo setzt dem jungen Mann auseinander, wie die Lage ist und welches die Pläne sind. Filippo wiederholt noch ein paarmal, daß er als Mann von Ehre nichts anderes anbieten kann, als einen öffentlichen Zweikampf mit Graf Burkhardt, darauf Lapo, schroff: Daher kommt es also, daß nur noch so wenige Männer von Ehre übrigbleiben auf dieser Welt. Im dunkeln lächelt er ein wenig über die kindische Noblesse. Er merkt schon lange, daß die Lust zum Soldatenspielen die Oberhand gewinnt.

Und wirklich: Keine Viertelstunde später sitzt Filippo de' Figlipetri bei einem qualmenden Talglicht über die Karte der Scalelle gebeugt, so, wie sie mit einem Meißel in den Lehmboden des Stalls gezeichnet wird. Der Käsehändler ist sein Dolmetscher, die Veteranen bilden seinen Stab. Er erkundigt sich nach Fakten, er akzeptiert gelegentlich sogar einen Ratschlag. Sobald der Mond aufsteigt, beginnt die Heeresleitung, den zukünftigen Kampfschauplatz zu erkunden: Keine fünfzig Schritte von den Hütten entfernt öffnet sich

die Schlucht wie ein schwarzer Schacht. Der Feldgeistliche des Befreiungsheeres kann sich an das Rinnsal im hohlen Baum zu einer äußerst notwendigen Gewissensbefragung zurückziehen. Er schrickt daraus auf, als Filippo sich zu ihm setzt. Der erscheint beinahe fröhlich, als er sagt: »Hast du ihnen die Geschichte von Leonidas erzählt?«
»Von wem?«
»Von dem Griechen aus der Schlacht bei den Thermopylen.«
»Hieß der Leonidas? Ich kenn nur einen Paß, der den Scalellen gleicht. In Griechenland. Als ich da durchkam, erzählten sie mir, daß da neulich ein Heidenkönig niedergemetzelt wurde, mit hunderttausend Barbaren. Das hielt ich für eine passende Geschichte. Sie gab den Leuten Mut.«
»Mut? Ein Verräter zeigte dem Heidenkönig einen Umweg, und alle Griechen kamen ums Leben. Das hast du ihnen sicher nicht mit erzählt.«
»Warum sollte ich? Das passiert hier bestimmt nicht.«
»Verräter sind überall.«
»Verräter schon«, sagte Lapo freundlich, »aber Umwege nicht. Landau muß durch die Scalelle.«

Vierzehn

Ein Logenplatz bei der Scalelle-Schlacht – Lapo hält es nur kurz aus. – Bei seinen Samariterdiensten erfährt er, daß Burkhardt von Landau unschuldig am Raub oder gar am Mord der Sismonda ist und wer der wirkliche Entführer war. – Bruder Gärtner will seinen Abt vor einem Meineid bewahren.

Die Ratte nagt an seinem Ärmel. Zerrt und zerrt mit scharfen Zähnchen. Das hat man nun davon, wenn man die Biester laufenläßt. Ruck! Knacks! Die Ratte wird zu einem Kinderhändchen. »O Frate Lapo! Vater läßt sagen: Sie kommen!«
Der Platz, wo Figlipetri lag, ist leer, und schon lange, denn er ist kalt. Die Sonne ist noch hinter den Bergen, das Gras hängt voller Tau, und Biforco, wo gestern abend die Wachfeuer brannten, liegt weit weg im Nebel. Aber am oberen Rand der Schlucht ist Leben, und auch drüben auf der anderen Seite, wo das Gelände viel rauher ist, bewegt es sich, spähen Köpfe aus Spalten und hinter Felsen hervor. Unten in der Tiefe hantieren einige ganz Behende noch schnell mit Dreck und Wasser, damit der Pfad glitschig wird. Auf ein Warnzeichen hin laufen sie davon, und im selben Augenblick schießt ein erster Sonnenstrahl über den Berg und glänzt auf Lanzen und Kürasse, die sich durch den Nebel bewegen. Lapo entdeckt

Filippo neben sich und wünscht ihm noch schnell Erfolg.

»Was du da siehst, ist die Vorhut«, zeigt ihm der frischgebackene Kommandant. »Weißt du noch, was wir sagten, gestern, über Verräter? Ich möchte schwören, daß Landau Gefahr vermutet. Ich hab mich ihnen so weit wie möglich genähert, da bei der hervorspringenden Felszacke. Landau schickt seine am besten bewaffneten Reiter voraus, und ich habe vier Florentiner mit Lilienbannern gezählt. Gesandte in den ersten Reihen. Wir lassen sie hübsch passieren. Landau selbst ist nicht dabei und sein Bruder auch nicht.«

Die ersten Reiter sind in die Schlucht hineingeritten. Ihr Tempo verlangsamt sich sofort. Lapo, wie die anderen platt auf dem Bauch durchs Gras spähend, sieht sogar von oben die Widerspenstigkeit der Pferde und hört die zischenden Geräusche ihrer Reiter. Die Florentiner führen außer der Lilie der Stadt auch das Wappen ihrer Familien mit. Lapo erkennt einen Medici, einen Cavalcanti: lauter führende Gestalten. Läßt Filippo darum die Vorhut unbehelligt? Führt er mehr im Schilde als den Untergang von Graf Burkhardt? Dies Bravourstück kann die Tore von Florenz für ihn öffnen . . .

Es dauert lange, ehe die Vorhut durch die Schlucht hindurch ist, mindestens eine Stunde. Aus ihrem Hinterhalt verfolgen die Bauern gespannt die Bewegungen des Anführers an der Spitze. Wittert er Unheil und wartet er ab? Sind aufgebrachte Bauern der Mühe nicht wert, und reitet er weiter? Er reitet weiter. Im Zickzack klettert die Vorhut nach oben und verschwindet über den Belforte-Paß. Noch bevor die letzten außer Sicht sind, gerät die Erde auf der Paß-Seite der Schlucht in Bewegung. Bäume stehen plötzlich woanders. Felsblöcke wandern. Der Boden scheint zu beben, wird Schwelle, Brüstung, Mauer ... bis die Scalellen-Schlucht einzig dem wüsten, gefährlichen Bach Durchlaß gewährt. General Figlipetri hat seine Einheiten tadellos instruiert. Drei Wegbiegungen weiter nähert sich der Kern der Großen Compagnie.

Liegt Lapo Mosca auf dem Bauch im Gras? Sitzt er auf einer Tribüne des Platzes von Santa Croce? Atemlos schaut er dem besten Turnier des Jahres zu. Da kommt der berühmte Wolfsritter! Wer klettert jetzt die »Treppchen« herauf? Ist es tatsächlich der legendäre Teutone, der einen halben Bären auf dem Helm trägt, ausgestopft, mit Klauen und allem? Da kommen die Ungarn, kleine Teufel, festgewachsen auf ihren Pferden wie die Pferdemenschen im Altertum, und natürlich, die steigen nicht ab und brauchen ihre Pferde nicht zu beruhigen: Ungarnpferde schrecken vor nichts zurück. Nun ein Riese, barhäuptig, blond, sein Helm am Sattelknopf baumelnd: ja, das ist er, Graf Conrad von Landau. Er hat etwas Weißes in seiner Hand, aha, ein Brot; er reißt Brocken ab, während er reitet und sich mit seinen Begleitern unterhält, rauhe Kehllaute aus einem vollen Mund; sie steigen nach oben mit den Hufschlägen und dem nervösen Gewieher von Pferden. Was für ein Turnier wird das, mit den Koryphäen der ganzen Welt . . .

Ein Signal gellt durch die Luft, und in dem Moment donnern die Steinlawinen. Schreie von unten: Warnung, Schmerz, Wut. Auf dem steilen Pfad wollen die Reiter kehrtmachen, dafür ist kein Platz, sie steigen ab, neue Steine rollen heran, da stürzen die ersten Männer und Pferde schon hinunter in den Bach. Geschrei der vordersten Reiter: Die Schlucht ist dicht! Die Bewegung wogt zurück, aber wer zurück will, stößt auf den Mann, der ihm folgte, es entstehen Knäuel von Pferden und Menschen, alles ist gepanzert und wenig wendig; wieder steigen Pferde, springen in den Bach, brechen die Beine . . . Und die Felsblöcke dröhnen mit tödlicher Geschwindigkeit und in tödlicher Anzahl die steilen Wänden herab.

Graf Landau hat hastig seine Sturmhaube aufgesetzt. Er schnauzt seinen Ungarn Befehle zu und zeigt nach oben, wo nun überall Gestalten zum Vorschein kommen. Die Ungarn stehen auf den Sätteln, so wie nur sie das können, und beginnen, Pfeile abzuschießen. Hinaufklettern! befiehlt Landau ihnen wütend, und das tun sie . . . mit ihren eisernen Schuhen, ihren Panzerhemden, ihren schweren Waffen: Sie verlieren ihr

Gleichgewicht schon durch Steine, nicht größer als eine Faust ... Inzwischen hat sich auch die Nachhut der Schlucht genähert und sieht, wie ihre Formation zerstört wird durch die ersten, die brüllend und Arme schwenkend aus der Scalelle wieder herauskommen. Die Verwirrung erreicht ihren Höhepunkt. Was Landaus Ungarn nicht gelingt, gelingt umgekehrt den Bauern sehr wohl: Mit Piken und Heugabeln kommen sie herunter, sie kennen jede Unebenheit in der Felswand, jeden Halt für ihre mit Lappen umwickelten Füße ... und sie schreien dazu so, wie Lapo nicht wußte, daß Menschenkehlen schreien können.
Lapo hat sich hingestellt, zusammen mit den anderen, außer sich vor Aufregung. Seine Gewissensskrupel sind wie weggeblasen, er brüllt, er tanzt, er feuert seine Kumpane an – Gib es ihnen! Getroffen! Der sitzt! Und da wieder einer! – so lange, bis, als er eben zu Atem kommen muß, das Wimmern verwundeter Menschen und Tiere zu ihm aufsteigt. Im selben Augenblick entdeckt er den fünften florentinischen Gesandten, mit dem Landau sich hat decken wollen. Gegen die Wand gepreßt, hält er den Lilienschild über seinen Kopf und versteckt sich hinter seinem Pferd ... aber sein Familienwappen ist auf seinem Banner zu sehen, und Lapos Herz setzt für einen Schlag aus: Das Emblem kennt er besser als jedes andere. Es ist das von den Machiavelli. Der Mann in Lebensgefahr ist der Gemahl von »Maria-auf-Erden«.

Lapo Mosca begreift erst, was er getan hat, als er schon in der Schlucht ist – mit zerrissener Kutte und abgeschürften Händen – und mit aufgescheuerten Füßen von Stein zu Stein den Bach überquert. Verwirrung und Tumult haben ihren Höhepunkt erreicht. Ungarn mähen mit ihren Lanzen alles um sich herum nieder. Bauern brüllen Lapo etwas zu, Steine rollen rechts und links von ihm ins Wasser, das aufspritzt und ihn durchnäßt, während er nach oben zum Pfad hin krabbelt und mit knapper Not einem gepanzerten Ertrunkenen ausweicht, der stromabwärts geschleudert wird. Aber er erreicht den Florentiner gerade rechtzeitig, um ihn gegen zwei Bauern zu schützen, die in blinder Raserei jeden niedermachen, der ihnen entgegenkommt. Mit ausgebreiteten Armen bleibt er vor Machiavelli stehen und sieht mit an, wie keine zehn Schritte weiter der große Landau von seinem Pferd geschleudert wird. Überall liegen Tote und Verwundete. Flüchtende Soldaten und Pferde trampeln darüber. Der Anführer ergibt sich. Er liefert sein Schwert ab mit der Spitze nach vorn, eine Beleidigung, die auch dem bäurischsten Bauern nicht entgeht: Jemand verpaßt ihm einen Schlag, von dem er zusammensackt. Das heißeste Gefecht verzieht sich zum Eingang der Schlucht. Da muß Filippo sein, da befehligt nämlich Burkhardt. Zum erstenmal denkt Lapo an Pandolfo Arrighi, der seinen Untergang geschworen hat. Der wird im Augenblick anderes im

Kopf haben, obgleich er, flüchtend oder verfolgend, Lapo mit Leichtigkeit einen Dolch in die Brust stoßen könnte. Zur Sicherheit nimmt sich Lapo den ersten besten Schild, der ihm zu Füßen liegt. Dann wagt er einen Blick zu dem Mann von Maria und lacht, weil sie alle beide Mut nötig haben.
»So ein Teutonenkarneval ist auch nicht das Wahre!« Er brüllt, um gegen den Tumult anzukommen.
Machiavelli klappt sein Visier hoch. »Sagtest du etwas?«
»Daß Ihr hier wegmüßt!« Aber daran ist nicht zu denken. Der einzige Ausweg führt direkt nach oben. Machiavellis Füße sind ihr Leben lang noch nicht geklettert, und außerdem ist einer von ihnen verstaucht. Er muß stehnbleiben, da wo er ist, an den Felsen gepreßt. Aber es fallen jetzt keine Steine mehr, und auch wenn da noch Flüchtende wären, die aus der Schlucht herauswollten, kämen sie nicht an dem Haufen johlender Bauern vorbei, die den bewußtlosen Landau zu fesseln versuchen. Als Machiavelli die Gefahr weichen sieht, gewinnt er seine Haltung zurück.
»Bei den Evangelien! Das ging um Haaresbreite, mein Lieber! Was für Zustände am frühen Morgen. Verflixt sauber geplant übrigens. Hast du den Haufen da gedrillt?«
Lapo beeilt sich, das Lob Figlipetris zu singen, ein feuriger Patriot, zu Unrecht verbannt! Machiavelli ist der Hauptgesandte, als letzter und mit den größten Voll-

machten zu Landau geschickt: Er kann mehr als jeder andere für Filippo in der Stadt erreichen. Aber dies eben waren die ersten Worte, die Lapo jemals von Marias Gemahl vernommen hat, und sie gefallen ihm nicht. Die Kluft der Scalelle, wird er später denken, war ein Spalt, verglichen mit der Kluft zwischen ihm und mir. Zwischen ihr und mir. Machiavelli verdeckt seine durchstandene Angst weiterhin mit hochtrabenden Worten wie mit Straußenfedern. Lapo ist fast dankbar für das Gestöhne der Verwundeten, das ihn an seine Pflichten als Minderbruder erinnert. Er greift nach Helmen, die über den Pfad verstreut liegen, und schickt ein paar neugierige Kinder, um Wasser aus dem Bach zu holen. Hier ist ein Küraß abzuschnallen, da eine Wunde zu betupfen oder ein gequetschtes Bein unter einem Pferd hervorzuziehen. Aber er vergißt den Samariter in sich, als Graf Landau wieder zu sich kommt.

Der große Heerführer hat eine klaffende Kopfwunde. Er brummt etwas vor sich hin, das die Bauern nicht verstehen, und sie holen Lapo dazu. Landau darf ihnen beileibe nicht unter den Händen wegsterben: Dafür ist er viel zuviel wert. Der Deutsche, bleich zwischen seinen Bartstoppeln, kann seine Augen kaum offenhalten und wiederholt mit Anstrengung: »Meinen Bruder holen. Hat Verbandstoff. Salbe. Mein Bruder.«

Bruder. *Fratello*. Lapo übersetzt, und die Bauern antworten mit Hohngelächter. Landaus Bruder sitzt ein bißchen zu weit weg, um erste Hilfe zu leisten. Mitten in der Flamme der Hölle sitzt Landaus Bruder. Kriegte einen Felsbrocken auf seinen Wanst, so groß wie ein Backofen. Mit den Empfehlungen vom Anführer persönlich.

»Dieser Anführer«, fügt Lapo seiner Übersetzung hinzu, »ist der Bruder von Sismonda de' Figlipetri. Graf Burkhardt hat sie entführt. Vergewaltigt. In ein Bordell gesteckt. Das hat ihn sein Leben gekostet. Heute.«

Landau schaut ihn an. Blut tropft an seiner Schläfe herunter, und er hält sich mit Mühe aufrecht, aber er ist bei vollem Bewußtsein. »Du bist verrückt. Das Mädchen aus Florenz? Mein Bruder hatte sie nie gesehen. Bevor er in das Loch da kam. Niemals.«

»Unmöglich. Dann hätte er sie nie zu Spionage zwingen können.«

»Zwingen? Sie bot es an. Wenn mein Bruder ihren Verführer fertigmachen würde. Hat er getan. Vor ein paar Wochen.«

Großer Gott, wer kann das gewesen sein? Landau murmelt: »Ein Sienese. Rigi. Righi. Arrighi. Er ist tot.«

»Bind den Lappen da um seinen Kopf, Bruder«, sagen die Bauern. »Der Herr soll hier nicht Wurzeln schlagen.«

Lapo bindet ihm den Lappen um den Kopf und

wischt das Blut ab, das sich wahrhaftig mit Tränen vermischt hat. Er wagt eine letzte Frage. »Graf Conrad, warum habt Ihr sie ermorden lassen? Hatte sie Euch verraten?«

Die Antwort kommt, als er die Hoffnung schon beinahe aufgegeben hat.

»Ermorden? Er hatte sie heiraten sollen. Mein kleiner Bruder. Er war verrückt nach dem Mädchen. Und verrückt vor Kummer, als sie tot war.«

Die Bauern heben Landau auf ein Pferd. Sie binden ihn fest und führen ihn weg. Machiavelli folgt der Eskorte. Das Bein von Bartolo! Lapo Mosca sieht ein anderes Bein auf dem Pfad liegen, ein frisches Teutonenbein, den Fuß noch dran. Das erinnert ihn an seinen Auftrag und läßt die Worte Landaus für eine Weile in Vergessenheit geraten. Was hat dieser elende Abt gesagt? Halte die Compagnie auf, dann kannst du bekommen, was du willst. Die Reliquie ist so gut wie verdient. Lapo beginnt auf Händen und Füßen den Hang hinaufzuklettern. Der obere Ausgang der Schlucht scheint noch verschlossen zu sein, und am Eingang lärmt das Kampfgetümmel. Es wird eine Kletterpartie, die seine ganze Aufmerksamkeit fordert, aber als er oben ist, bekommt auch das Bein von Bartolo nicht sofort wieder die Gelegenheit, ihn zu beschäftigen. Es gibt zu viel zu schauen.

Es wimmelt in der Schlucht. Nicht mehr von Kämpfern: von Räubern, von Räuberinnen vor allem. Wie Geier haben sich die Frauen aus der Umgebung auf die Hunderte von Toten gestürzt. Kinder sammeln die Waffen und anderen Ballast, den die Flüchtenden abgeworfen haben, um nur schnell wegzukommen. Am oberen Ausgang warten Bewacher mit Dutzenden Gefangenen, bis die Sperren aus dem Weg geräumt sind, sie haben sich mit Kriegstrophäen geschmückt, und mehr als einer ist mit einer Flasche beschäftigt, die er aus einer Satteltasche gefischt hat. Aber ihr Anblick ist nichts im Vergleich zu dem Schauspiel talabwärts. Da flüchten, über die gesamte Breite des Tals, voller Panik, die Reste der Großen Compagnie. Nach Biforco, nach Marradi, nach Faenza, heraus aus der Toscana! Die Sonne beleuchtet die Gegend. Wohin Lapo auch schaut, zu den Weiden, den Felsen, den bewaldeten Anhöhen, überall bewegt es sich von Flüchtenden und Verfolgern. Auch dort viele Frauen, wehende Röcke und Kopftücher, Rechen und Besen wie Degen vor sich: endlich geben sie den Plünderern ihren verdienten Lohn, den Räubern, Vergewaltigern, den Brandstiftern! Kommt das Gesindel auch mit dem Leben davon, mit dem, was es zurücklassen muß, wird die Bevölkerung des Lamone-Tals auf einen Schlag wohlhabend.

Lapo Mosca starrt hinab, bis ihm klar wird, daß seine Augen eigentlich Filippo de' Figlipetri suchen. Dann erst dringen die Worte von Graf Landau bis zu ihm,

und zwar mit solcher Wucht, daß er sich ins Gras fallen läßt.
Pandolfo Arrighi! Von allen Seiten stürmen Schlußfolgerungen auf ihn ein, straucheln übereinander in ihrer Hast. Er ist tot, er kann Lapo nichts Böses mehr tun. Aber all das Böse, das er sonst getan hat! Natürlich war er es, der Sismonda entführte . . . und Lapo, der anerkannte Schurkenaufspürer, hat ihn nicht einmal verdächtigt. Hat ihn nicht verdächtigt, obwohl er den schlechten Charakter des Mannes kennengelernt hatte! Der Gedanke ist so erniedrigend, daß Lapo sein Gesicht tief ins Gras drückt. Er wird alt, er hat ausgedient, er sollte in Zukunft zu Hause bleiben und Unkraut jäten. Pandolfo!
Soll er es Filippo erzählen? Warum? Warum dem verkrampften jungen Mann die Illusion nehmen, den wahren Feind getötet zu haben, während er in Wahrheit um einen Freund trauern müßte?
Lapo Mosca macht sich wieder auf den Weg. Er kommt an dem Gehöft vorbei, wo die ersten erschöpften Helden sich im Schatten der Hütten niederlassen. Er sucht das kleine Kloster auf, das niedrig und grau zwischen den Felsen eines höheren Plateaus liegt. Im Takt mit seinen müden Schritten findet er seine alten Zeilen wieder:

Sismonda im Arno – wer warf sie dorthin?
Sismonda – wer hat sie ermord't?

Die Antwort scheint weiter entfernt als jemals. In der Compagnie ist der Täter kaum noch zu suchen. Pandolfo lag mehrere Tagesreisen entfernt an der Front, als Sismonda starb, und als Joosken, der Weber, ermordet wurde, saß er gefangen. Welfische Parteiführer und Florentiner Ratsherren hatten nichts zu suchen in Siena, wo Joosken den Mörder erkannte. Ein Berufsmörder, das scheint die einzige Lösung. Aber die Wunde, die er in Sismondas Kehle gesehen hat, war nicht die Arbeit eines Fachmanns . . .

Das kleine Kloster ist nahezu leer. Vater Abt und seine engsten Mitarbeiter haben sich auf die höchsten Berggipfel verzogen, die sie finden konnten. Die Planwagen stehen unversehrt hinter Schloß und Riegel. Das Häufchen steinalter Mönche, das übriggeblieben ist, hat zuviel Respekt vor dem Abt, um Lapo ohne Erlaubnis zu seiner Reliquie zu verhelfen.

»Die Verabredung war, daß ich die Reliquie bekommen sollte, wenn ich die Große Compagnie aufhalten würde«, sagt Lapo wie ein Kind, dem Unrecht geschehen ist. »Das habe ich getan!«

»Das wirst du beweisen müssen«, sagt ein Greis.

»Und wenn du es bewiesen hast«, sagt ein anderer, »dann läßt er dich in Ketten legen. Als Ordensbruder darf man nicht kämpfen.«

»Vater Abt ist sehr streng in diesen Dingen«, sagt ein dritter ehrfurchtsvoll, und dann – es kann nicht verschwiegen werden –, dann flucht Lapo Mosca eine

Summe von hundert Tagen Fegefeuer zusammen. Die ganze Compagnie hätte es nicht besser gekonnt. Hinter der Tür, die er zuschlägt, ist die Mißbilligung mit Händen zu greifen.

Aber draußen steht der alte Bruder Gärtner mit einem erquickenden Gläschen Kräutersaft. Er trägt einen großen Korb mit allerlei heilsamem Zeug über dem Arm und lächelt unerschütterlich.

»Du hast selbst gehört, was euer Abt zu mir sagte«, schnaubt Lapo wütend.

»Ich hab es gehört«, lächelt Bruder Gärtner. Lapo beruhigt sich.

»Kannst du mich nicht eben mal in diesen verfluchten Planwagen hineinsehen lassen . . .?«

»Mein lieber Junge, warum willst du das?«

»Das weißt du doch, ich muß die Reliquie haben, ohne dieses Bein kann ich nicht nach Hause.«

»Dafür brauchst du den Planwagen doch nicht durcheinanderzubringen? Ich hab es schon herausgeholt. Es ist hier in meinem Korb.«

Hinter den Ställen, wo niemand sie sieht, wühlt der alte Mann in seinen Kräutern. Es kommt ein Gehäuse zum Vorschein, genau so eines, wie Lapo es bei den Dominikanern von Siena gesehen hat. Das Etikett hängt daran, mit Zertifikat und Siegel. Rechtes Bein des Hl. Cassianus von Imola, steht darauf.

»Vater Abt hält nichts von Reliquien«, sagt der Gärtner vertraulich. »Dies merkwürdige Bein hat er nicht

einmal angesehen. Er wird es sein Lebtag nicht vermissen, aber er gibt nicht gern etwas weg.«
»Er hat es mir versprochen!«
»Das habe ich gehört. Ich will ihn behüten vor der Sünde eines gebrochenen Wortes. Unter deine Kutte damit!«
Endlich.

Fünfzehn

Lapo Mosca muß alle Heiligen anrufen, die er kennt. Er versucht, durch Beichten Beichten hervorzulokken. Es gilt, irdisches und ewiges Leben zu retten. – Sein Rondello schließt sich.

Die Vorhut der Großen Compagnie mag wohl unbehelligt über den Paß gezogen sein, viel Schaden kann sie nicht anrichten. Einer Truppe von tausend Mann ist das Stadtheer von Florenz leicht gewachsen; so ist das Ende denn auch, daß sie mit ihren tausend Mann im Eiltempo über einen anderen Paß gen Norden zieht. Der Sieg der Lamone-Bauern über den Rest des Heeres ist vollständig. Mehr als dreihundert Reiter sind getötet und mehr als dreizehnhundert Pferde; die gefallenen Fußsoldaten kann man nicht einmal zählen. Im stabilsten Stall des Gehöftes warten als Unterpfand zahlreiche Gefangene auf Zahlung des Lösegeldes. Die Sonne geht unter, und noch immer werden Packesel, beladen mit Beute, durch die Schlacht zu sicheren Lagerplätzen geführt. Die Sterne gehen auf, und noch immer wird auf Flüchtende Jagd gemacht. Keuchende Soldaten, erschöpfte Straßenhändler, Possenreißer, Barbiere, Köche, Spielweiber und was nicht alles: Noch immer rennen sie, was sie können, wieder in die Romagna hinein.

Filippo de' Figlipetri kann sich kaum mehr im Sattel

halten, als er vom Paß zur Niederlassung reitet. Er hat den Gesandten Machiavelli begleitet, bis dieser den Weg zur Stadt nicht mehr verfehlen konnte, und Machiavelli hat ihm versichert: Auch Filippo selbst kann den Weg nicht mehr verfehlen, dafür setzt er sich persönlich ein. Sie kennen einander von früher, sie hatten denselben Fechtlehrer. Über die Kluft der Verbannung hinweg ist der Kontakt schnell wiederhergestellt. Aber jetzt, als Filippo wieder allein ist, weiß er nicht mehr, ob er nach Florenz zurück will. Ist er nur zu müde, oder ist wirklich zuviel geschehen? Sie haben sein Stadthaus verwüstet, sein Landhaus an Proleten verkauft. Und kann er jemals den Arno sehen, ohne an seine Schwester zu denken?
Gerade vierundzwanzig Stunden sind vergangen, seit er auf die Niederlassung zuritt. Sind es wirklich dieselben Hütten? Die Umgebung ist nicht wiederzuerkennen. Die ganze Hochfläche gleicht einem Tanzboden. Überall brennen Freudenfeuer, werden Ziegen an Spießen gedreht, werden erbeutete Weinfässer aufgeschlagen. Hirtenjungen laufen in silbernen Kürassen herum, Frauen haben sich schlampige Hurenkleider und auffälligen Schmuck an den Leib gehängt, bis aus Bioforco und sogar Marradi sind Schaulustige und Festbesucher heraufgekommen.
Solange es hell war, hat man Filippo ununterbrochen zugejubelt, wurde er gefeiert. Seine Hände sind schwarz und klebrig von den dankbaren Küssen, de-

nen er sich nicht entziehen konnte. Jetzt, wo es dunkel ist, erkennen sie ihn nicht mehr: Der Festrausch hat die Heldenverehrung vernebelt. Filippo hat das Gefühl, daß man ihm eine Tarnkappe aufgesetzt hat, die unsichtbar und einsam macht. Er steigt bei dem ausgehöhlten Baumstamm ab, um das Pferd zu tränken und seine Hände zu reinigen. Er zerrt an seinen Reitstiefeln und wundert sich vage, daß der Tod von Burkhardt von Landau ihn nicht mit größerer Genugtuung erfüllt. Seitdem er festgestellt hat, daß sein Felsblock den Deutschen mit Pferd und allem in den Bach geschleudert und zerschmettert hat, ist er auf der Suche gewesen nach Pandolfo Arrighi. Spät am Mittag erst hat er erfahren: Pandolfo ist tot. Der Verlust seines Freundes geht ihm mehr zu Herzen als die Ausführung einer Tat, auf die er jahrelang zugelebt hat. Das Gehöft ist voll von tanzenden Füßen, betrunkenen Stimmen, pfeifenden Dudelsäcken, ist voller Holzrauch und dem Duft von gebratenem Fleisch. Es wird Filippo übel davon, und er überlegt, ob er das Kloster suchen soll, das hier doch irgendwo liegen muß . . . als die Dudelsäcke dem rhythmischen Schlagen eines Tamburins weichen und eine wohlvertraute Stimme im Wechsel mit Kehrreimsängern zu singen beginnt:

Gott schuf den edlen Traubentrunk,
der Kater muß vom Teufel sein,

mir dir als Maus!
Gott schuf den edlen Traubentrunk . . .

wiederholen die Festbesucher begeistert.
Und der Solist:

Er macht dir Durst, bringt dich in Schwung,
lacht sich ins Fäustchen dann hinein.

Gott schuf den edlen Traubentrunk,
Der Kater muß vom Teufel sein,

bestätigen die Festbesucher.
Der Solist:

Hör auf! Du hast schon lang genug,
trink jetzt mal lieber Gänsewein
und geh nach Haus!

Und die Bauern:

Gott schuf den edlen Traubentrunk,
der Kater muß vom Teufel sein,
mit dir als Maus!

Es klingt so fröhlich, es klingt unwiderstehlich, es klingt sogar schön, auch wenn die Refrainstimmen etwas rauh sind. Filippo de' Figlipetri hat soben beschlossen, das Angebot des Florentiner Gesandten auszuschlagen und nach London zurückzukehren. Dort wird er diese Art Lieder nicht mehr oft hören. Er behält seine Stiefel an und sucht das Freudenfest auf.

Viel später sitzen sie an einem heruntergebrannten Feuer. Ein gutes Mahl und ein noch besserer Trunk haben Filippo seine Kräfte wiedergegeben und seine Melancholie gemildert. Die Kühle, die in den Bergen sogar in einer Julinacht Erleichterung bringt, hat Bruder Lapo weitgehend von seinem Rausch befreit. Nicht so weit, als daß er nicht doch der Versuchung erlegen wäre und den Reliquienbehälter ein klein wenig geöffnet hätte. Einen kleinen Augenblick mußte er die heiligen Gebeine in seine unheiligen Hände nehmen, um bei dem Schein des Feuers einen dankbaren Blick darauf zu werfen. Was hat er nicht alles dafür getan! Jetzt noch eine Wanderung von zwei Tagen nach Hause, und er wird triumphierend vor seinen Gardian treten, als Sonderling zwar, der es aber doch immer noch irgendwie schafft. Seine Aufgabe ist erledigt. Er kann seine Aufmerksamkeit Filippo de' Figlipetri zuwenden, und das scheint auch nötig zu sein. Er braucht seine ganze Überredungskunst, um dem jungen Mann seine Rückkehr nach London auszureden. Es wird nicht lange dauern, bis die Ehre »des Helden von Scalelle« wiederhergestellt ist, und die

Beute, die ihm zusteht, macht ihn zu einem reichen Mann. Will er denn seinen Vater nicht im Familiengrab beisetzen . . .?

Natürlich will er das. Natürlich will er den Namen Figlipetri von der Schande befreit wissen. Aber selber in Florenz wohnen . . .?

»Ich würde in der ganzen Stadt keinen Mann ansehen können, ohne mich zu fragen, ob er mit meiner Schwester geschlafen hat«, sagt er.

»Und ob er Eure Schwester getötet hat?« ergänzt Lapo nach einigem Zögern.

Filippo zuckt die Achseln. »War dieser Tod keine Befreiung? Er machte einem unerträglichen Zustand ein Ende. Eine Figlipetri, die sich mißbrauchen lassen muß von jedem Proleten, der die Lire dafür hinzählte. Was wäre denn jemals noch aus ihr geworden?«

Schließlich bricht sich eine grimmige Genugtuung Bahn.

»Du hättest sie kennen sollen, bevor dieser Schweinehund sie wegschleppte. Stolz, unnahbar, eine Königin. Und wenn er sie noch für sich selbst behalten hätte. Wenn er sie von mir aus Kühe hätte melken lassen oder Fußböden scheuern. Aber sie verschachern an ein Bordell! Weißt du, was das Schlimmste ist an den Frauen da? Natürlich nicht, du bist ein Bruder, und ein guter noch dazu, wie solltest du es wissen. Das Schlimmste ist nicht das, was sie tun, das Schlimmste ist, was sie werden. Wie Tiere werden sie, läufige Hündinnen, ehrlos, kriecherisch: je härter man sie anpackt, desto geiler werden sie. Jeder Faustschlag, den man ihnen gibt, macht ihre Stimmen schleimiger, ihre angemalten Visagen brünstiger. Huren! Die kotzen mich an. Was soll ich in einer Stadt, die meine Schwester zur Hure gemacht hat?«

Das Porträt, das Filippo zeichnet, gleicht dem, das Lapo vor langer, langer Zeit vorgehalten worden ist in der Laube von Marignolle. Es gleicht ihm so überzeugend – trotz der dunkleren Schattierung –, daß er sich hastig davon abwendet: »Dennoch hatte Barna, der Maler, sie so heiraten wollen . . .«

»Denkst du?« höhnt Filippo. »Solange er meinte, er wäre ein Bauernjunge, das kann sein, aber so lange hätte er sie von mir nicht bekommen. Als Sohn eines reichen Notars hätte er daran nicht im entferntesten gedacht, das kannst du mir glauben.«

»Ich danke Gott«, sagt Lapo Mosca plötzlich und heftig, »daß ich arm bin und daß mein Vater ein Korbflechter war. Ich danke Gott, daß meine Gefühle nicht durch Geld und Ansehen bestimmt werden. Ich danke Gott, daß er mir die Scheuklappen eurer Gesellschaft erspart hat.«

»Glaubst du etwa«, fragt Filippo nach einigem Stillschweigen, »daß du ohne Scheuklappen auskommst? Daß die göttliche Vorsehung bei dir nicht berechnet hatte, wo du geboren werden solltest und wem du begegnen solltest, um dich so werden zu lassen, wie

du jetzt bist? Wäre es zum Beispiel nicht ein anderer Lapo Mosca gewesen, wenn er die Frau hätte bekommen können, über die er jetzt nur singt?«
»Hätte ich die Frau haben wollen?« fragt Lapo zurück, an Filippo und an sich selbst gerichtet. »Nein. Nicht wirklich. Ich will doch auch nicht mit der Muttergottes ins Bett.«
Hätte er »Maria-auf-Erden« niemals haben wollen? Er weiß es nicht. Aber er bringt Filippo wenigstens zum Lachen.
»Warum bist du dann zu den Pfaffen gegangen, Lapo Mosca? Ein Abenteurer wie du. Ein Liedersänger. Du willst mir doch nicht weismachen, daß du Visionen hattest? Daß du Gott rufen hörtest?«
Dies ist eine Frage, die Lapo nicht gern anders beantwortet als mit einem frommen Gemeinplatz. Nicht einmal gegenüber sich selbst, geschweige denn gegenüber diesem Mann in seinem Panzer von Vorurteilen. Aber in steigendem Maße beunruhigt ihn Filippo de' Figlipetri. Er schaut unauffällig in das eckige, erstarrte Gesicht. Im flackernden Licht der Flammen gleicht es dem Kopf eines Verdammten, den er in Frankreich über einer Kirchentür gesehen hat, aus Stein gehauen. Dieser Junge sitzt in Schlimmerem als Vorurteilen gefangen. Er kann ihn so nicht ziehen lassen, aber er weiß nicht, wie er an ihn herankommen soll. Vielleicht lockt Beichten Beichten hervor?
»Ein Abenteurer«, bestätigt er schließlich. »Vielleicht

gerade deshalb. Weil ich viel gesehen habe, und beinahe für alles mußte ich mich schämen. Ich wußte am Schluß nur eine Verteidigung gegen all die Armut. Selbst arm sein. Man sagt, daß Unser Lieber Herr es gern sieht, daß wir arm sind. Davon verstehe ich nichts. Ich weiß nur, daß ich einzig und dadurch diesen armen Teufeln ins Gesicht zu sehen wage. Arm. Nicht, weil du nicht reich sein kannst, sondern weil du es nicht sein willst. Ich werd dir was sagen. Ich bin zu den Franziskanern gegangen. Ich hätte beinahe ebensogut Räuber werden können. Ich weiß nur zwei Dinge, die man mit Reichtum machen kann: abwerfen ... oder abschwören.«

Filippo starrt ins Feuer und antwortet schließlich kühl: »Für unser Geschlecht lag keine Armut in Gottes Plan. Die Gesellschaft braucht auch Gruppen mit einigem Vermögen. Es sind die Welfen, die uns ausgeplündert haben. Soll ich ihnen etwa dankbar sein, weil wir auf die Weise doch durch das berühmte Nadelöhr hindurchkönnen?«

»Für das Nadelöhr«, sagt Lapo Mosca mitleidig, »muß der Mensch auch sein Haupt beugen können.«

Das Feuer brennt tiefer und tiefer, es ist nun wirklich kalt. Filippo steht auf, um seinen Mantel aus der Satteltasche zu holen.

»Ein selten schöner Stoff«, bemerkt Lapo bewundernd, und er fühlt das geschmeidige Tuch zwischen seinen Fingern.

»In Flandern gekauft, als ich aus England kam«, berichtet Filippo arglos. »Echtes Mechelner Tuch.«
Und da weiß Lapo bestimmt, was er seit einer Stunde vermutete. Eine Stunde, in der er viele Heilige angerufen hat, um sie zu fragen, was er tun soll. Filippo einem lebenslangen Zweikampf zwischen Schuldgefühl und Ehrgefühl zu überlassen, ist unwürdig. Aber der Mann, der neben ihm sitzt, hat drei Morde begangen; warum sollte er einem vierten aus dem Wege gehen, wenn er feststellt, daß jemand ihn durchschaut? Erst als er merkt, daß Filippo sich schlafen legen will, zwingt er sich zu einem Entschluß.
»Da ist etwas, das ich Euch erzählen muß«, sagt er. »Ihr trauert um Pandolfo Arrighi. Ihr tätet besser daran, um Burkhardt von Landau zu trauern.« Und dann berichtet er das, was er anfangs hatte verschweigen wollen, von allen Warnsignalen, an denen er vorbeigelaufen ist. Daß Pandolfos Charakter nichts taugte, war durch die Erbschaft schon klargeworden. Pandolfo war es, der Filippo im Dom im Gespräch festgehalten hatte, so daß Söldner Sismonda entführen konnten, die schöne Sismonda, die ohne Mitgift keine gute Partie mehr war. Pandolfo war es, der den Verdacht in Richtung der Compagnie lenkte und der mit einer ausgedachten Warnung eines ausgedachten Adjutanten kam, als der Name Burkhardt gefallen war . . . Aber inzwischen hatte Sismonda de' Figlipetri verbissen ihr Netz aus Rache geknüpft . . .

Es wäre einfach gewesen, wenn Filippo de' Figlipetri in diesem Augenblick zusammengebrochen wäre, aber Lapo erwartet es kaum, und es geschieht auch nicht. Der junge Mann starrt, ohne sich zu rühren, vor sich hin. Es ist zu dunkel, um seinen Gesichtsausdruck zu erkennen. Lapo legt seine Worte auf die Goldwaage.

»Durch diese Tat wird Euer Leben nicht einfacher. Wenn Ihr Soldat gewesen wärt und Ihr hättet Burkhardt getötet, so wie die anderen heute getötet wurden, als Feinde der Stadt, dann läge die Sache anders. Dann hättet Ihr Euch nichts vorzuwerfen. Aber Ihr habt ihn nicht als Soldat getötet. Ihr habt ihn als Bruder von Sismonda getötet, während er der einzige war, der Sismonda beigestanden hat. Ein Tod aus einem Irrtum heraus, das ist vielleicht der einzige Irrtum, der nicht wiedergutzumachen ist.

Ein Tod aus einem Irrtum heraus wiegt schwer. Schwerer als ein Tod aus Rache oder ein Tod als Strafe. Auch wenn niemand jemals etwas davon erfahren wird: So ein Tod aus einem Irrtum heraus muß gebeichtet werden. Man muß Buße dafür tun. Sonst lassen die Rachegeister des eigenen Gewissens den Mörder nicht mehr los.

Barna, der Maler«, sagt Lapo beiläufig, »ist im Heiligen Land. Euer Freund Machiavelli braucht Zeit, um Eure Rückkehr nach Florenz vorzubereiten. Es wäre keine schlechte Idee, wenn Ihr Barna aufsuchen

würdet. Nach dieser Feldschlacht habt Ihr Geld genug. Eine Pilgerfahrt ins Heilige Land, davon würde ich mir viel Gutes versprechen.«
Filippo steht schweigend auf und verschwindet. Um sich schlafen zu legen, um Buße zu tun, wer kann es sagen.
Lapo Mosca bleibt sitzen, mit dem Reliquienbehälter in seinen Händen. Über dem Bergkamm im Osten wird der Himmel schon hell. Die ersten Raubvögel ziehen kreischend ihre Schleifen über dem Tal der Scalelle. Lapo sieht sie ziehen. Leise beantwortet er ihren Ruf mit dem Rondello, der seine Schlußzeilen gefunden hat.

Nennetta im Arno – wer warf sie dorthin?
Nennetta, wer hat sie ermord't?
Entdeckt hat's Frau Wirtin im Zimmer drin,
die Leich' in den Arno, sie warf sie dorthin.
Aber der nur den Stolz der Familie im Sinn,
der hat ihr die Kehle durchbohrt:
Seine Seelenruh' treibt nun im Arno dahin,
seine Schwester hat er ermord't . . .

Sechzehn

Wieder in Fiesole: erfolglos und doch erfolgreich. – Gibt es wirklich keine Reliquienkäfer? – Schlimmer: Es gibt auch keinen aufrechten Messer Machiavelli. Und was ist mit dessen Ehefrau, Lapos irdischer Maria? – Die Brüder vom »Offenen Buche« brauchen nötigst Lapos Hilfe.

»So, so«, sagt der Gardian der Franziskaner in Fiesole, und er schaut Lapo kurz über die Brille hinweg an, die er neuerdings trägt. Er hält den Reliquienbehälter in seinen Händen, und irgend etwas in seinem Lächeln macht Lapo Mosca unsicher.
Er ist am Abend zuvor nach Hause gekommen, spät, und nicht besonders nüchtern. Den kostbaren Behälter hat er beim Bruder Sekretär abgeliefert, und danach hat er sich einer wohlverdienten Nachtruhe hingegeben auf seiner eigenen Strohmatratze. Heute morgen hat er dem Gardian Bericht erstattet. Natürlich, wer irdischen Komplimenten nachjagt, hat im Himmel nichts mehr zu erwarten; aber ein wenig Anerkennung hätte doch herauskommen können für all seine Schinderei. Statt dessen scheint ihm – es kann an den Brillengläsern liegen –, als ob sein Oberer ihn auslacht.
»So ein Cassianus aber auch«, sagt der Gardian. »Drei rechte Beine hast du von ihm gesehen, sagst du?

Bei Heiligen weiß man doch nie. Unser Bartolo kann da auch mithalten. Gib mir mal das Kästchen, das da auf dem Schrank steht.«

Das Kästchen war der erste Gegenstand, der Lapo auffiel, als er in die Zelle kam, die dem Gardian tagsüber als Arbeitszimmer dient. Es erfüllte ihn augenblicklich mit Unbehagen. Nun weiß er, noch bevor der Gardian den Deckel geöffnet hat, was er auf dem Samt liegen sehen wird: ein offenkundig lepröses Bein mit abgefressenen Zehen.

»Deinen eigenen Fund, hast du dir den gut angesehen, Bruder?«

»Mit den Augen des Glaubens«, versichert Lapo . . . und sieht sich dann wieder am qualmenden Feuer oberhalb der Scalelle sitzen, mit einem Kopf voller Wein und einem Behälter voller Knochen auf den Knien.

Der Gardian öffnet Lapos Behälter und setzt Lapos mühsam erworbene Reliquie dem hellen Tageslicht aus.

»Ist es vielleicht möglich, daß du dies Löchlein übersehen hast? Und das da? Lassen sie nicht auch dich stark an Holzwurm denken?«

»Ich hab schon manchmal etwas von einem Reliquienkäfer gehört . . .« beginnt Lapo. Sein Gardian lacht mitleidig und bricht das Bein des Bartolo mittendurch.

»Feuerholz. Man kann es sogar riechen.«

Lapo Mosca betrachtet niedergeschlagen die Ernte von sechs Wochen Füße-wund-Laufen. Brennholz.

»Hatten wir nicht seinerzeit etwas verabredet, Bruder, für den Fall, daß etwas schiefgehen würde bei den Verhandlungen in Siena?«

»Ihr meint, daß ich dann nach San Gimignano gehen sollte? Dorthin war ich auch unterwegs. Aber als ich von den vertauschten Reliquien erfuhr, hatte es keinen Sinn mehr.«

»Der heilige Gehorsam, Bruder Lapo, trägt seinen Sinn in sich selbst. Ich glaube, daß Vater Franziskus dir das hat klarmachen wollen. Die ganze Zeit über lag das Bein des Bartolo nämlich im Hospital von Santa Fina. Wenn du getan hättest, was ich dir auftrug, hättest du es einfach mitnehmen können.«

Die Brüder des Hospitals von Santa Fina, so scheint es, hatten eine Rechnung zu begleichen mit dem Reliquienhändler, der sie bei einer vorigen Gelegenheit betrogen hatte. Aber sie hatten nicht die Absicht, den Gardian von Fiesole dafür bezahlen zu lassen. Sie hatten Verpflichtungen gegenüber dem Gardian von Fiesole, der früher einmal eine Reihe äußerst fruchtbarer Bettelpredigten für sie gehalten hatte. Als sie vor etwa einer Woche erfuhren, was passiert war, ließen sie ihm die Reliquie durch einen besonderen Kurier zustellen.

»Ich habe das Kästchen hierbehalten, bis du zurückkamst«, sagt der Gardian. »Nachher werde ich es wegbringen lassen. Mutter Clara erkundigt sich danach, sooft sie mich sieht. Der selige Bartolo war ein Urgroßonkel von ihr.«

Mutter Clara ist die Äbtissin der Nonnen auf dem Berg, denen der Gardian die Beichte abnimmt. Lapo Mosca fühlt sich zugleich erleichtert und verunsichert.

»Also Ihr behaltet das Zeug nicht selbst? Die Rose aus Thüringen und die Engelsfeder aus Loreto und den Zahn der heiligen Monica und die Speiche aus dem Rad der Catharina, allesamt für die Nonnen? Das Frauenvolk bringt es doch wirklich fertig, uns in Trab zu halten!«

»Es gibt anderes, worin die Frauen nicht so erfolgreich sind. Sieh einmal aus dem Fenster, Bruder Lapo. Was siehst du?«

»Nichts«, sagt Lapo, nachdem er draußen aufmerksam herumgeschaut hat. »Nichts – außer dem Wald auf der Bergspitze über Fiesole natürlich.«

»Du hast die Klausen und die kleine Kapelle der Schwestern da oben doch sicher schon gesehen? Völlig ungeschützt. Sie sind überhaupt nicht ängstlich, ich aber sehr wohl. Ich fühle mich für sie verantwortlich. Es ist dort oben gefährlich einsam für eine Handvoll Frauen. Tja ... nun will es der Zufall, daß sie eine außerordentliche Verehrung für Reliquien pflegen. Und daß man Reliquien nicht frei und offen in einer Waldkapelle liegenlassen kann, diese Einsicht dämmert ihnen allmählich.«

Auch Lapo dämmert es. Von dem Berggipfel über Fiesole sieht man die halbe Toscana liegen. Es gibt Grotten und Klausen genug für alle seine Mitbrüder. Es ist Platz genug für einen richtigen Kreuzgang. Ein Paradies. Ein bettelarmes Paradies.

»Ihr meint: In unserer Kapelle hier sind ihre Reliquien sicher. Ihr wäret in Eurer Besorgnis sogar dazu bereit, den Schwestern unser Kloster anzubieten?«

»Der Provinzial wird keinen Einwand gegen einen Tausch haben. Die Einsamkeit zu suchen, gehört zu den besten Traditionen unseres Ordens. Unserer Seelsorge können wir von da aus ebensogut nachkommen. Aber vor allen Dingen müssen die Nonnen damit einverstanden sein.«

»Sagt nur, was ich noch holen soll! Kohlen vom Feuer des Sankt Lorenz? Glockenschall aus Jerusalem, in einem Fläschchen?« Lapo hat alle Sorgen und Enttäuschungen vergessen. Er blickt noch einmal zurück auf die vergangenen Wochen und sagt: »Und doch war die Reise nach Imola kein Irrtum. Ich weiß bestimmt, daß der heilige Cassianus sie mir persönlich beschert hat. Das hatte ich verdient.«

Er beichtet die Untaten, die er als Schuljunge begangen hat. Er läßt dazu sogar sein Cassianus-Rundlied hören. Aber als er fertig erzählt hat und seinen Gardian anschaut, liest er auf dessen Gesicht eine nachdenkliche Verblüffung, die nicht zu dem leichten Ton seiner Erzählung paßt.

»Dieser Schulmeister von dir, war das vielleicht Bamboglia?«
»Habt Ihr ihn gekannt?«
»Er war mein Nachbarsjunge. Weißt du, was aus ihm geworden ist?«
»Er ist tot, Pater Gardian. Er ist umgekommen während der Pest.«
»Er ist nicht tot. Er ist fortgezogen, in die Berge, um der Pest zu entgehen. Dort lebt er noch immer, mit zehn oder zwanzig Getreuen.«
Der Gardian schweigt, offenkundig im Zwiespalt über das, was er preisgeben darf.
»Diese Strafexpedition von dir nach Imola«, sagt er schließlich, »das war vielleicht sehr heilsam für deine Seele, und sehr klug von Cassianus. Aber dem Schulmeister, dem du so übel mitgespielt hast, nützt das gar nichts ... und er befindet sich in Gefahr. Für das, was ich dir jetzt sagen werde, erlege ich dir die Schweigepflicht auf. Hast du jemals von der › Bruderschaft des Offenen Buches ‹ gehört?«
»Das sind Ketzer.«
»Es sind keine Ketzer. Sie gelten als Ketzer. Man will sie als Ketzer verfolgen. Sie sind es nicht. Ich habe ihrem Anführer vor ein paar Jahren die Beichte abgenommen und lange mit ihm geredet. Ein komischer Kauz, aber kein Ketzer.«
»Bamboglia?«
»Bamboglia. Er lebt mit seiner kleinen Bruderschaft

in Grotten hoch oben auf dem Berg, der von den Hirten dort das ›Offene Buch‹ genannt wird.«

»Den kenne ich. Ein ganzes Stück weit nördlich von Lucca. Warum ist er nicht zurückgekommen, als die Pest vorüber war?«

»Er sagt: die Pest geht niemals vorüber. Die Pest dauert an, bis zum Jüngsten Gericht. Die Pest bricht in stinkenden Beulen in der menschlichen Gemeinschaft aus. Er will nicht mehr davon angesteckt werden. In Reinheit und Gesundheit will er den Herrn anbeten. Droben. Weit weg. Aber inzwischen scheinen die Zustände in seiner Bruderschaft etwas wunderlich geworden zu sein, und das ist schließlich dem Inquisitor zu Ohren gekommen. Er will sie alle miteinander holen lassen, und dann gebe ich für ihre Zukunft keinen Deut mehr. Das habe ich gestern in der Stadt gehört, bei unseren Brüdern von Santa Croce. In tiefem Vertrauen, das ich hiermit enttäusche. Verstehst du, warum?«

»Natürlich. Ist es früh genug, wenn ich morgen losziehe?«

»Ich wollte gerade selbst gehen, aber das hätte Aufmerksamkeit erregen können ... und, nun ja, das, woran ich mich von dem ›Offenen Buch‹ erinnern kann, ist steil und unwirtlich. Ich werde auch immer älter. Gut, geh morgen früh los. Sie sollen nicht versuchen, sich zu verteidigen. Sie sollen fortziehen. Sie sollen mit dem Schiff nach Corsica. Corsica scheint voller Berge des ›Offenen Buches‹ zu sein. Dort sind sie sicher.«

»Ist es wieder soweit?« fragt der Küster in der Apostelkirche, als er den abgerissenen Bruder bei der Sakristei stehen sieht. »Was sollst du jetzt wieder in Ordnung bringen?«
»Ich soll . . . nach Pisa.«
»Herzlichen Glückwunsch. Eine Dame hier aus der Parochie bekam die Wahl, nach Pisa zu heiraten oder in ein Kloster zu gehen. Sie wählte das Kloster.«
»Das Kloster hab ich schon. Pisa bekomme ich noch dazu.«
»Aber wir liegen im Streit mit Pisa.«
»Eintracht findest du nur im Himmel, sagt mein Oberer.«
»Es geht dir sicher wieder um die Kollektenschale, nicht wahr? Sie ist gerade hereingekommen. Die Compagnie verschafft mir volle Kirchen diesen Sommer.«
Der Küster späht durch die halboffene Tür in die Kirche.
»Du hast ihren Mann getroffen, nicht wahr? Ihre Kammerfrau erzählte, daß Messer Machiavelli dir das Leben gerettet hat in der Feldschlacht mit der Compagnie. Ein frommer Mann, Messer Machiavelli.« Der Küster kichert. »Der erste Ehemann, der seinem Rivalen das Leben rettet.«

Lapo lacht höflich, aber seine Gedanken lachen kaum, während er mit der Opferschale an den Besuchern der Messe entlanggeht. Er hat einen Brief für Messer Machiavelli in seiner Innentasche. Filippo de' Figlipetri hat ihn Lapo anvertraut, bevor er wegzog ... nach London oder ins Heilige Land, das hat er nicht gesagt, und es ist die Frage, welche Buße ihm schwerer fallen würde. Er hatte natürlich kein Siegel zur Hand, aber auch, wenn der Brief verschlossen gewesen wäre, hätte Lapo gewußt, was darin stand: eine lange Liste mit Bedingungen, von denen Filippo seine Rückkehr nach Florenz abhängig machte. Kein Figlipetri als Bittsteller vor dem Tor! Er verlangt Schmerzensgeld, die Rückgabe seines gesamten Besitzes, das Haus in Marignolle inbegriffen. Vor allem fordert er einen Prozeß wegen übler Nachrede und Meineides gegen die Welfen, die seinen Vater verbannt haben. Es ist ausgeschlossen, daß die Stadt darauf eingeht, aber das hat Filippo natürlich genausogut gewußt wie Lapo Mosca. Was er in Wirklichkeit geschrieben hat, ist ein Abschiedsbrief an Florenz. Die Furien selbst, die »Rachegeister des Gewissens«, haben ihn diktiert.

Seitdem Lapo den Brief bei sich trug, hatte er gewußt, was er damit tun würde. Er würde seine Madonna in die Sakristei bitten lassen und ihn da persönlich übergeben. Nach mehr als zwanzig Jahren würde er ein paar Worte mit ihr wechseln. Die Belohnung

stand ihm zu, nach dem, was er für ihren Mann getan hatte.
Aber als er ihr die Schale vorhält und die schmale Hand sieht, die eine Münze opfert, und das vage Lächeln im Schatten ihrer Kapuze ... sinkt ihm der Mut. Was weiß er von »Maria-auf-Erden«? Sie hat einen Mann, der in den Scalellen schwadronierte, und der sich zu Hause einer Tat rühmte, die er nicht begangen hat. Ist das die Sprache der Kreise, zu denen sie gehört? Wieviel davon hat sie selbst sprechen gelernt? Vor seinen Augen wird die kniende blaue Gestalt eingehüllt in eine Wolke von Fremdheit. Gesicherte Fremdheit. Gesegnete Fremdheit. Zurückgekehrt in die Sakristei, schickt er den Küster mit Filippos Brief zu ihr.
Er hat das Gefühl, einer drohenden Gefahr entronnen zu sein, als er die Kirche verläßt, sich auf den Weg zum Fluß macht, um eine Schute in Richtung Lucca zu suchen. Bleibt mir fremd, bis zu Eurem Tod, Madonna, damit ich bis zu meinem Tod Euch liebe ... Die Worte taugen nicht, aber der Gedanke ist gut. Er wird ein Rondello daraus machen.

Quellenhinweis

Der Fall Figlipetri wird von dem Chronisten Marchionne di Coppo Stefani in seiner *Istoria fiorentina* (in: *Delizie degli eruditi toscani.* Florenz 1780ff., Teil XVII, S. 17) beschrieben.
Der Fall Arrighi stützt sich auf die Passage einer Predigt des Bernardinus von Siena (Ausgabe Siena 1935, S. 144).
Die Schlacht bei *Le Scalelle* wird von dem Chronisten Matteo Villani in seiner *Istoria di Firenze* (verschiedene Ausgaben), Buch VIII, Kap. 74 beschrieben. In Kap. 27 und Kap. 48 werden dort auch die Konflikte zwischen Siena und Perugia erwähnt.
Die Geschichte spielt im Frühjahr 1358.

Helene Nolthenius, geb. 1920 in Amsterdam. Klavier- und Gesangsausbildung. Promotion in Musikwissenschaft. 1958–76 Professorin für Musikgeschichte der Antike und des Mittelalters an der Reichsuniversität Utrecht. Lebt heute in Amsterdam. Veröffentlichte seit 1953 Romane und Erzählungen sowie musik- und kulturgeschichtliche Essays, wofür sie 1989 für den AKO-Literaturpreis nominiert wurde. Seitdem erlebt ihr Werk in den Niederlanden eine Renaissance. Im Arche Verlag erschien 1993 *Die abgewandte Stadt* (*De afgewende stad*, 1970).

Helene Nolthenius
Die abgewandte Stadt
Roman
Aus dem Niederländischen
von Hanni Ehlers
153 Seiten. Gebunden

»Der gelassene Rückblick auf ein wechselvolles Leben mit der Weisheit derjenigen, die sich beizeiten zu lösen wußte vom Korsett der Gewohnheit und von der Diktatur der vorgeblichen Bedürfnisse . . . Helene Nolthenius gelingen viele ungewöhnliche, poetische Sprachbilder, die Ferne, Fremdheit, Intensität der Atmosphäre des Erzählten sinnhaft machen . . . Der imponierende Lebensentwurf einer Frau, eines weiblichen Sonderlings.«
Barbara von Becker, Süddeutsche Zeitung

Ulrich Knellwolf
Roma Termini
Kriminalroman
243 Seiten. Gebunden

Ein spannender Kriminalroman über Drogen- und Waffenhandel und über das Verhältnis der Kirche zur Macht. »Seine anglikanischen Geistlichen, lutherischen Pastoren, römischen Prälaten und lateinamerikanischen Eminenzen sind mit so viel entlarvender Ironie gezeichnet, daß es bisweilen schwerfällt, sie als bloße Erfindungen eines Zürcher Pfarrherrn zu betrachten.« Klara Obermüller, Weltwoche

Ulrich Knellwolf
Tod in Sils Maria
13 üble Geschichten
138 Seiten. Gebunden

»Knellwolf schildert höchst anschaulich, wie in der exemplarischen Situation eines Engadiner Winterurlaubs Menschen plötzlich aus ihrer Normalität fallen und damit unabsehbare Verheerung anrichten oder wie die Natur den blasierten Menschenzwerg abstreift, der sie herauszufordern wagt.« Deutsches Allgemeines Sonntagsblatt

Peter Zeindler
Feuerprobe
315 Seiten. Gebunden

Der Schläfer
Agentenroman
303 Seiten. Gebunden

»Knapp und hart, atmosphärisch dicht und überzeugend, mit präzisen Charaktervignetten – Zeindler gehört zu den Besten des Thriller-Gewerbes.«
Gisbert Haefs, DIE ZEIT

Peter Zeindler
Mord im Zug
Böse Geschichten
166 Seiten. Gebunden

»Das typische Lesefutter für kürzere Zugreisen, anstrengende Ferien oder schlaflose Nächte.«
Gerda Wurzenberger, Neue Zürcher Zeitung

Gertrude Stein
keine keiner
Ein Kriminalroman
Aus dem Amerikanischen
und mit einem Vorwort von Renate Stendhal
Herausgegeben und mit einem Nachwort
von John Herbert Gill
125 Seiten. Fotos
Broschur

Blood on the Dining-Room Floor oder *keine keiner* ist der erste und einzige Kriminalroman, den Gertrude Stein geschrieben hat, und er ist eine Entdeckung.

Friedrich Glauser
Die Wachtmeister Studer-Romane
Wachtmeister Studer
Die Fieberkurve
Matto regiert
Der Chinese
Krock & Co.
922 Seiten. Gebunden

»Spannung ist ein vorzügliches Element; sie erleichtert dem Publikum die Anstrengung des Lesens. Sie lenkt den Geist, den von Sorgen geplagten Geist, von den Widerwärtigkeiten des Lebens ab, sie hilft vergessen. Genau wie irgendein Schnaps, genau wie irgendein Wein. Aber wie es auch echten Kirsch und Façon gibt, gerade so gibt es die echte Spannung und die Fuselspannung – verzeihen Sie das neue Wort. Und Fuselspannung nenne ich jede Spannung, die nur ein Ziel kennt: die Auflösung, das Ende des Buches . . .«
Friedrich Glauser